KB235381

블라인드
러브

# 블라인드 러브

Un peu, beaucoup,
avéuglemnt! Blind Date

클로비스 코르니악 원작 ― 유은서 소설

가연

— contents —

# 제1장

## Rondo Capriccioso op.14

멘델스존 론도 카프리치오소 작품 14

봄이 시작되는 신선한 바람 속에 여자는 트럭 짐칸에 앉아 파리 거리를 지나고 있었다. 높이 쌓인 박스들과 그랜드 피아노 사이에 덩그러니 놓인 밝은 오렌지색 의자 위에 앉은 그녀는 자그마했다. 마른 체구에 갈색 머리칼을 질끈 틀어 올려 묶고, 주근깨가 조금 있는 하얀 뺨 위로는 알이 큰 뿔테 안경을 썼다. 안경알 너머로 크고 맑은 물빛 눈동자가 호기심과 기대를 안고 빛났다.

지나가는 사람들이 뒤돌아볼 만한 외모는 아니었지만 찬찬히 뜯어보면 귀여운 구석이 있었다. 아몬드 모양의 큰 눈매에 맑고 푸른 눈동자, 고양이처럼 살짝 미소를 머금은 도톰한 입술. 비록 아무렇게나 동여맨 머리에 두툼한 안경, 그리 신경 안 쓴 옷차림이 그 매력을 가리고 있긴 했지만.

오늘은 미셸이 새 보금자리를 찾아가는 날이다. 진행 방향을 등지고 앉은 그녀에게서 오랜 기간 정겨웠던 거리들이 빠르게 멀어져갔다. 거리상으로는 멀지 않지만 유년기부터 지내던 집을 떠난다는 것에 서운함과 두근거림이 섞여 미묘한 기분이었다. 미셸은 멀어지는 풍경을 바라보다 숨을 크게 들이쉬었다. 공기는 아직 차갑지만 이삿날로서는 딱 좋을 정도의 선선함이 느껴졌다. 새 출발을 하기에 이보다 더 좋은 날씨는 없으리라.

초봄의 햇볕은 따스하고 공기는 싱그러웠다. 겨울을 견딘 가로수들 위로 움트는 녹색 빛 잎들이 돋아났고, 사람들 역시 한층 가벼워진 옷차림으로 거리를 활보했다. 아직은 코끝이 조금 시큰하긴 해도 얼마 전까지 매섭게 몰아치던 겨울바람에 비할 바는 아니었다. 그리고 이마저도 곧 훈훈하고 따뜻하게 바뀔 테니까.

부푼 가슴으로 멀어지는 거리에 인사를 고하는 사이에도 이삿짐 트럭은 털컹이며 도로를 달렸다. 옮길 짐이 워낙 적은 탓에 그랜드피아노가 들어가고도 트럭은 텅텅 빈 채였다. 트럭은 점점 낯선 거리로 접어들었다. 미셸은 가방 안에서 작은 쪽지를 꺼냈다.

버즈가 6번지.

앞으로 그녀가 살 곳의 주소였다. 종이를 접었다 펼쳤다 하던 미셸은 중얼거렸다.

"좋은 일만 있을 거야. 당연히 그래야지."

선선한 공기 사이로 햇볕이 따뜻하게 내리쬐었다. 눈을 감고 바람을 느끼던 그녀는 문득 휴대폰 진동을 느꼈다. 샬롯이 보낸 메시지였다.

샬롯 님이 감성 퍼즐, 러즐(RUZZLE)로 당신을 초대합니다!

아이들 간식만 챙겨주고 바로 온다더니 아무래도 딴짓 중인가 보다. 별다른 일이 없는 한 자매는 딱히 먼저 연락을 취하지 않았기에, 미셸은 이따금 보내오는 게임 초대 메시지 등을 보며 샬롯의 안부를 짐작했다.

통통.

운전석에 앉은 나이 많은 인부가 차벽을 두드려 그녀를 불렀다.

"이 길만 쭉 따라가면 아가씨 집이 나올 거요. 금방 도착할 테니까 내릴 준비하고."

무뚝뚝한 음성이었다.

"아, 네!"

애초에 짐이 그리 많지 않아 따로 준비할 것이 있지는 않았다. 미셸은 휴대폰과 주소가 적힌 쪽지를 가방 안에 집어넣고 짧은 심호흡을 했다.

버즈가 326번지. 파란색 바탕에 하얀색으로 쓰인 주소는 끊임없이 그 모습을 바꾸며 점점 더 멀어지는 것과 점점 더 가까워지는 곳을 안내했다. 미셸은 하늘을 향해 고개를 들었다. 초록빛 순이 돋는 나뭇가지들이 보였다. 잠시 거리에서 눈을 뗀 사이, 주변의 가로수 종이 바뀌어 있었다. 확 달라진 풍경에 자신이 낯선 동네로 이사한다는 것이 새삼 실감이 났다.

전에 살던 동네보다 건물들이 조금 낮은 듯했고 가게들도 허름했다. 하지만 미셸은 그런 모습들에서 오히려 생동감을 느꼈다. 이전에는 워낙 빡빡한 스케줄 탓에 최대한의 연습 시간을 내기 위해 사람들을 빠르게 지나쳐야 했다. 그래서 미셸은 이렇게 느긋하게 누군가를 구경하는 것도 처음이었다.

벽을 맞대고 빽빽하게 들어선 건물들 사이, 작은 광장을 빙둘러 천막들이 옹기종기 모여 있었다. 각각에는 색색의 파프리카가 가득 쌓여 있기도 했고, 소시지며 햄 덩어리들이 주렁주렁 매달려 있기도 했다. 지금은 요리를 못해 엄두가 나지 않지만, 언젠가는 저곳에서 이것저것 장을 본 뒤 카페에 느긋하게 앉아 지나가는 사람들을 구경할 것이다. 그리고 어떤 날에는 갈레트(메밀가루를 얇게 부치고 그 위에 달걀, 치즈, 햄, 채소 등을 얹은 뒤 4면을 접어 먹는 요리. 모양과 반죽 재료를 제외하면 크레이프와 비슷하다)를 시켜놓고 악보도 보고 음악도 들으며 시간을 보내리라 생각했다. 미셸은 기대감에 눈을 반짝이며 피아노의 고운 나뭇결을 쓰다듬었다.

끼이익.

신호에 걸렸는지 트럭이 잠시 멈춰 섰다. 그사이 주소는 50번대로 껑충 올라와 있었다. 정말로 얼마 남지 않았다.

이곳 건물들에는 작은 창들이 빼곡하게 나 있었다. 이전에 동네에선 흔하게 보았던 테라스도 없고 집들의 크기도 작아 보였지만 그래도 창가에 오밀조밀 놓인 색색의 꽃 화분들이 밝은 빛을 내고 있었다. 그녀가 웃음 띤 얼굴로 주위를 둘러보는 사이, 트럭은 이사할 집이 있는 건물 앞에 도착했다.

"다 왔어요, 아가씨."

미셸은 다시 퉁퉁 차벽을 치는 인부의 말에 잽싸게 트럭에서 내려왔다. 이전에 보러 온 곳이 맞았지만 혹시나 하는 마음에 주소를 확인한 그녀는 고개를 들어 하늘과 맞닿은 건물 꼭대기를 올려보았다.

그리 높지 않은 아파트는 출입구가 있는 층을 포함해 7층이었는데, 그중에서 미셸의 집은 꼭대기 층인 6층이었다.(프랑스에서는 한국에서의 1층을 Rez-de-chaussée로 표기, 한국에서의 2층부터 1층으로 셈함.) 입구는 회색 섞인 초록색의 큰 나무 문이었고, 외벽에는 매끈하게 다듬은 얇고 넓은 돌판들이 쭉 붙어 있었다. 부동산업자가 한 말이 생각났다. 이곳이 근방에선 드물게 100년 밖에 안 된 깨끗한 새 아파트예요.

처음 집을 구하러 왔을 때는 바쁜 마음에 제대로 보지 못했는데, 사실 새(?) 아파트라지만 깨끗한 것도 잘 모르겠고 이전에 살던 집에 비해 고급스럽다는 느낌도 덜 들었다. 하지만 앞으로 지낼 곳이라 생각해서일까, 어딘지 정겨운 기분이 들었다.

역시나 이곳에서도 몇몇 집이 봄을 맞아 꽃 화분을 창틀에 올려놓은 것이 보였다. 가벼운 봄바람에 팔랑이는 꽃잎들이 그녀에게 환영 인사를 건네는 것 같아, 미셸은 방긋 웃었다.

피아노를 빼면 애초에 짐이 많지 않았기에 물건을 옮겨줄 이는 나이 많은 인부와 젊은 인부, 이렇게 둘이었다. 자잘한 짐들을 먼저 올려 보낸 뒤 피아노를 옮길 차례가 되자, 미셸은 인부들과 함께 계단을 올랐다.

"어 어 어, 잠시만요! 거기! 거기!"

계단은 암모나이트 껍질처럼 둥글게 말려 있었다. 게다가 대리석으로 된 계단은 오랫동안 사람이 밟고 지나간 탓인지 반들반들 닳아 있었다. 한쪽 손잡이에 넝쿨식물 장식이 자잘하게 있어 고풍스러운 느낌을 주었지만 지금 당장은 고풍이니 뭐니보단 반들반들하게 파인 계단 탓에 인부들이 발을 헛딛지나 않을지 걱정이라 미셸은 잔소리를 할 수밖에 없었다. 며칠 전에야 구입한 중고 피아노지만 아직 제대로 쳐본 적도 없는 피아노였다.

계속 따라붙어 잔소리하는 그녀가 신경 쓰여서인지 인부들은 계단 모퉁이를 돌 때마다 피아노를 내려놓았다 다시 들고 가곤 했다. 하지만 그녀로선 그런 행동들이 오히려 피아노에 더 안 좋은 영향을 줄까 걱정이었다.

"살살, 살살."

땀을 뻘뻘 흘리며 두 사람은 연신 중얼거렸다. 나름대로는 조심히 옮기는 듯했지만, 미셸은 영 마뜩잖았다.

"저기, 죄송하지만 여기 좀 긁힌 것 같은데."

"안 긁혔어요, 거참. 안 그래도 조심히 옮기는 거 못 봤어요? 중고잖아요. 원래 긁혔었나보지."

미셸의 이야기에 나이 든 인부가 투덜거렸다. 그러곤 이내 젊은 조수를 향해 소리쳤다.

"어이, 세피. 내려가서 내 휴대폰 좀 가져와."

조수는 인부의 말에 얼른 자리를 털고 일어나 계단을 내려갔다. 계단 아래로 조수의 모습이 사라지자 인부는 품에서 손수 건을 꺼내 이마를 닦으며 말했다.

"계단으로 피아노를 옮겼으니까 150유로 추가 운임 붙어요."

"진짜요?"

추가 운임이 붙는다는 인부의 말에 미셸은 당황했다. 지금 당장은 현금이 없었다. 그렇다고 카드를 내밀 수도 없고. 잠시 고민하던 미셸은 물었다.

"계좌이체도 되나요?"

"아 아니, 현금으로 안 돼요? 이런 건 당연히 현금으로 줘야지.”

미셸은 안절부절 어찌해야 할 바를 몰랐다. 그런 미셸의 모습에 늙은 인부는 이마에 주름을 잔뜩 만들며 목소리를 높였다.

“아, 아가씨. 바쁘니까 어서 줘요.”

그때 휴대폰을 손에 든 젊은 조수와 함께 샬롯이 들어왔다. 샬롯은 미셸의 표정을 살펴보고는 물었다.

“뭐야, 무슨 일이야?”

“언니, 마침 잘 왔어. 150유로 있어? 현금으로.”

“그건 왜?”

“피아노를 계단으로 옮겨서 추가 운임비를 줘야 한대. 계좌이체는 안 된다고 해서.”

“그럴 리가. 그건 처음에 냈는데.”

성큼성큼 들어온 그녀는 피아노 위에 있던 서류를 슥 훑어본 뒤 당황한 표정의 인부 앞으로 서류를 내밀었다.

“자자, 보세요. 여기 있잖아요. 글은 읽을 줄 아시죠?”

나이 든 인부는 서류에는 눈길 한번 주지 않은 채 당황한 기색도 없이 그저 머쓱한 얼굴로 뒤돌아 가버렸다. 샬롯은 그의 뒤를 쫓아 나가려는 젊은 일꾼에게 얼마간의 지폐를 꺼내 손에 쥐어주었다.

“팁이에요.”

“감사합니다, 부인.”

활짝 웃는 남자에게 샬롯은 환하게 웃으며 말했다.

"미혼이에요, 나. 미스라고."

인부들이 돌아간 뒤, 두 사람은 얼마 되지 않는 짐을 빠르게 정리했다. 바른대로 말하자면 그 정리는 대부분 샬롯의 몫이었다. 미셸은 낯선 집에서 어떻게 해야 할지 갈피를 못 잡고 그저 들뜬 마음으로 집 안을 이리저리 돌아다닐 뿐이었다.

미셸은 피아노를 몇 번이고 쓰다듬었다. 급히 찾아다니느라 괜찮은 것을 살 수 있을지 걱정했는데, 다행히 샬롯이 찾아낸 악기 중고 매장을 하루 온종일 구경한 뒤 구입한 피아노는 미셸의 마음에 쏙 들었다.

전체적으로 갈색빛 나무로 매끈하게 마감된 그랜드 피아노는 15년 전에 만들어졌다고 했다. 절품이 된 나사 때문에 건반 뚜껑이 가끔 제멋대로 닫힌다고는 했지만 당장에는 큰 문제가 없어 보였다. 매장에서 피아노 뚜껑을 고정할 수 있도록 끈도 따로 내주었고, 그 때문에 구매가보다 5퍼센트를 더 깎아 피아노를 살 수 있었다. 음색도 미셸이 좋아하는 부드러운 울림을 가지고 있었다.

미셸이 계속해서 피아노 주위를 맴도는 사이, 샬롯은 입과 손을 부지런히 놀렸다. 떨어져 산 몇 년치를 오늘 하루에 해치울 듯한 기세였다.

"아까 그런 놈들은 너같이 순진한 애를 보면 등쳐먹으려고 든다고. 그래서 팁도 세피한테만 준 거야. 늙은이 꼴좋다. 그래도 자기 잘못한 건 알아서 말 한마디 못하고 가는 것 봐. 증거 없이 하려고 세피도 내려보내고. 계좌이체도 안 받는 게 순 도둑놈이라니까."

낯선 이름에 미셸은 되물었다.

"세피?"

"아까 그 젊은 애. 키 크고."

"아, 그 젊은 사람? 이름은 언제 알았어?"

미셸의 물음에 샬롯은 어깨를 으쓱해 보였다.

"올라오면서 물어봤지. 어쨌든 너, 세상 무섭다. 조심해, 조심. 그래도 계좌이체를 고집한 건 잘 했어. 일부러 그런 거지?"

"아니, 내려가기 귀찮아서."

"뭐, 됐어. 어쨌든 앞으론 내역 포함해서 영수증 받을 수 있는 일이 아니면 꼭 계좌이체 해. 그리고 그렇게 사람 쓰면서 집 비우는 것도 안 돼. 뭔가 훔쳐갈 수 있으니까. 알았지?"

"응, 응."

성의 없이 답하며 미셸은 집 안 곳곳을 돌아다녔다. 부엌 쪽 창문으로 가서 아래를 내려 보았다가 화장실 쪽 창문으로 고개를 빠끔 내밀기도 했다가. 새로운 창틀 밖 낯선 풍경들은 그녀를 흥분시켰다. 하도 재잘대는 통에 나중에는 샬롯이 미셸에게 괜히 방해하지 말고 조용히 앉아 있으라고 할 정도였다.

시원시원한 성격답게 샬롯은 순식간에 미셸의 짐을 정리했다. 이것저것 가리지 않고 담아온 가방들까지 한군데에 모아 수납한 샬롯은 무릎을 탁 치며 일어났다.

"자, 그릇 같은 건 모노프리(Monoprix. 잡화부터 식료품까지 다양한 물건을 파는 체인형 중대형 마트) 같은 데서 대충 네가 원하는 걸로 사면 될 거야. 어차피 너, 요리 못하지? 대충 싼 거 몇 개만 사. 콩쿠르 끝날 때까지는 그렇게 한번 살아보자고. 그 위에 냉동 음식 올려서 돌려 먹을 만한 거, 꼭 전자레인지 되는 걸로 사라. 난 애들 저녁 챙기러 갔다가 이따 올게."

"응, 알았어."

겉옷에 한 팔을 꿰는 샬롯에게 미셸은 열쇠를 내밀었다. 자신의 집 열쇠라니, 어딘지 뿌듯한 기분을 느끼면서.

"여기 여분 열쇠. 그런데 언니."

"응?"

미셸은 막 나가려는 언니를 붙잡고 문득 떠오른 질문을 던졌다.

"아까 왜 미스라고 한 거야?"

"싱싱하잖아, 아까 그 영계. 한번 낚아볼까 했지."

휴대폰을 꺼내 확인한 그녀는 훅 하고 입으로 바람을 날렸다.

"아, 연락 안 왔네. 팁에다 내 연락처도 적어놨는데."

미셸은 천연덕스러운 샬롯의 태도에 고개를 내저었다.

정말로 가봐야겠다며 문을 연 샬롯은 나가다 말고 목을 빼어 들여다보면서 말했다.

"미셸, 저녁에 축하 파티 잊지 마!"

"알았어."

"잊어버리면 가만 안 둔다!"

다시 한 번 일침을 놓은 샬롯은 휙 몸을 돌려 문밖으로 빠져나갔다.

언니가 나간 뒤에도 미셸은 꿈꾸는 것 같은 기분으로 방을 둘러보았다. 전체적으로 네모진 작은 공간은 입구를 통해 들어가면 자잘한 꽃무늬가 있는 벽지 위에 낡은 그림 하나가 덜렁 걸려 있었다. 그림이 걸린 벽에 직각으로 붙어 있는 두 벽은 흰색 페인트로 칠해져 있었는데 크고 작은 창문이 마주 보고 있어 바람도 잘 통하는 듯했고 빛도 충분히 들어왔다. 그리고 이미 달아놓은 베이지색 커튼을 통해 은은한 저녁 그림자가 오크색 나무 바닥 위에 드리워져 따뜻한 기운을 느끼게 했다.

침대는 입구에서 왼쪽, 큰 창문 쪽 바로 옆이라 아침에 햇살을 받으며 깰 수 있을 것 같았다. 침대에 나란히 붙박이 옷장과 수납장이 붙어 있었고, 좁은 방 안 형편에 맞게 이동할 수 있게 바퀴가 달린 테이블이 그 옆에 있었다. 작은 창이 있는 벽 구석에는 싱크대와 함께 빌트인 된 세탁기가 있었다. 그 옆에는 가슴께까지 오는 신발장이 입구와 싱크대 공간을 가벽처럼 나누어주었다.

피아노는 작은 창과 그림이 걸린 벽 사이 공간에 넣었다. 언뜻 보기에는 허름했지만, 제 살림이라고 생각하자 아기자기해 보였다. 피아노가 제 존재감을 강하게 주장하고 있는 것도 그에 한몫했다.

실감이 나지 않아 한참을 그렇게 방을 둘러보던 미셸은 아직도 목에 둘려 있던 스카프를 대충 구겨 옷장 속에 던져 넣고는 창가로 가 고개를 쭉 뺐다. 주위의 건물보다는 조금 더 높은 꼭대기 층이라 탁 트인 시야가 시원했다. 며칠 사이에 확 달라진 창밖 풍경을 내려다보면서, 미셸은 미소를 지었다.

샬롯은 금방 돌아왔다. 이사로 피곤했던 탓에 잠깐 새 침대에서 잠든 미셸은 샬롯이 들어와 깨우고 나서야 겨우 정신을 차렸다. 집에 돌아가 좀 더 몸에 달라붙는 원피스로 갈아입고 나온 언니는 화장까지 연하게 한 듯했다. 대충 옷을 껴입은 미셸은 샬롯과 함께 집을 나섰다. 샬롯이 미셸의 팔을 끌며 말했다.

"미셸, 저기 봐봐. 치즈 가게, 정육점 그리고 저기에는 빵집."

"나도 글자는 읽을 줄 알아, 언니. 애 취급하지 마."

"이제 독립한 건데 애 맞지, 뭐. 그래도 익혀두는 게 좋다니까. 나중에 갈 때 헤매지 말고."

어디 갈까 고민하다 그냥 집 근처에 있는 레스토랑으로 발걸음을 옮긴 두 사람은 오랜만에 오붓한 식사를 했다. 자매 사이에는 어느새 화기애애한 기운이 감돌았다. 아무리 오랜 기간 떨어져 지냈어도 두 사람에겐 어릴 적 함께한 추억이 있었다.

즐거운 기분에 두 사람은 샬롯이 이끄는 대로 가까운 바를 찾았다. 칵테일을 가볍게 한잔 한 샬롯은 춤을 추자며 미셸의 손을 끌어 중앙 공간으로 향했다. 빼곡하게 들어찬 사람들 사이에서, 미셸은 어색하게 손뼉을 쳤다. 그걸 본 언니는 깔깔대며 웃었다.

"그게 뭐야, 미셸! 나처럼 몸을 좀 더 흔들어 이렇게. 이렇게 해봐!"

샬롯이 간단한 춤을 보여주자 미셸은 어설프게 따라 했지만, 샬롯은 그 모습에 다시 한 번 웃음을 터뜨렸다. 미셸도 함께 웃었다. 별것도 아닌 일인데, 춤도 잘 추지 못해 즐기지 않았는데, 언니와 오랜만에 함께 시간을 보내기 때문인지 아니면 독립으로 들뜬 기분 때문인지 어쨌든 미셸은 오랜만에 배가 땅기도록 웃었다. 처음에는 남들 눈치를 살폈지만, 눈앞에 있는 언니와 함께 놀다 보니 다른 사람들이 신경 쓰이지 않았다. 그냥 되는 대로 몸을 흔들면 언니도 함께 그 동작을 따라 했다. 자매는 한 동안 음악과 함께 춤 아닌 춤을 추었다.

"아, 목말라."

샬롯은 미셸을 이끌고 다시 원래 자리로 돌아갔다. 바에 놓였던 물을 단번에 들이켠 그녀는 미셸에게 물었다.

"우리, 고아원에서 네 생일 파티 때 이후로 이렇게 같이 춤춘 적 처음이지?"

"응? 그런 적이 있었어?"

"애 봐, 애 봐. 까맣게 잊은 거야?"

어릴 때 부모님이 일찍 돌아가시는 바람에 두 사람은 고아원에 맡겨졌었다. 얼마 지나지 않아 미셸은 그녀의 피아노 선생이었던 예브제니를 후견인 삼아 고아원을 나왔고, 샬롯은 고등학교를 졸업하고 독립할 때까지 그곳에서 지냈다.

"사실, 어릴 때 일은 기억이 잘 안 나."

"하긴, 네가 나보다 꽤 아래잖아. 그럴 만하네."

오랜만에 옛이야기를 들으며 미셸이 가쁜 숨을 진정시키고 있는데, 한 남자가 불쑥 자매 사이로 끼어들었다. 느끼하게 생긴 남자는 미셸은 쳐다보지도 않고 등을 돌려 샬롯과 얼굴을 마주했다.

'큼큼' 하고 목을 가다듬은 남자는 샬롯에게 물었다.

"아가씨, 잠깐 시간 있나요?"

언니가 애가 둘이나 되는 유부녀인 걸 알고 있는 미셸은 제가 당황해선 남자와 샬롯을 번갈아 쳐다보았지만, 정작 샬롯은 남자의 은근한 시선에 아가씨인 양 새침하게 말했다.

"당신 하기 나름이겠죠?"

"아아, 오늘 헌팅 성공하면 당신을 우리 집에 장식해두고 싶은데 말이죠."

"뭐라고요?"

남자의 말에 두 여자의 얼굴이 찌푸려졌다. 등만 바라보던 미셸마저 답이 없는 그의 개그에 고개를 흔들었다. 샬롯의 찌푸린 얼굴을 본 남자는 다른 무언가를 해봐야겠다고 생각했는지 바로 화제를 바꿨다.

"혹시 15유로 있어요? 빌려주면 한잔 살게요."

난감하게 웃으며 어깨를 으쓱한 샬롯이 답했다.

"무슨 소릴 하는 건지, 원."

"으음, 재미없죠? 농담이었어요. 금방 칵테일 한잔 사가지고 올게요."

남자가 자리를 뜨자, 이번에는 샬롯의 반대쪽 옆에 있던 남자가 말을 걸어보려고 기웃거리기 시작했다. 하지만 샬롯은 그가 영 취향이 아닌지 무시하고는 대신 미셸에게 속삭였다.

"아까 그 영계, 어때?"

반대쪽 남자의 실망한 표정에 미셸이 대신 미안하다며 위로의 미소를 보냈지만 남자는 오히려 고개를 홱 돌렸다. 그러자 정작 샬롯은 별생각 없는 듯 조금 들뜬 목소리로 이어 말했다.

"농담은 죄다 아니지만 애는 좀 섹시한 것 같지 않아, 응?"

미셸이 미처 답을 하기도 전에 나타난 남자가 둘 사이를 다시 갈라놓았다. 그는 양손에 칵테일을 들고 와서는 자신과 샬롯 앞에 놓았다. 남자가 미셸이 옆자리로 이동해 비워준 자리에 앉으려고 하자, 샬롯은 그의 손을 이끌어 일어섰다. 여유롭게 미소 지은 그녀는 남자에게 물었다.

"그쪽, 춤은 좀 춰요?"

샬롯의 말에 남자의 입가에 좀 더 진한 미소가 걸렸다.

"제가 또 춤 하면 어디 가서 안 빠지죠. 그럼 가실까요, 아가씨?"

"어디 믿어볼까요?"

미셸은 순식간에 사람들 사이로 사라지는 두 사람을 보면서 생각했다. 어떻게 저렇게 쉬운 걸까. 그녀는 가만히 있어도 꽃처럼 남자들의 시선을 받는 언니가 부러웠다. 언니에 비하면 자신은 아무도 알아주지 않는 길가 보도블록 사이의 잡초 같다고나 할까. 일행인 것 같으면 말 한마디 예의상 걸어볼 법도 한데, 오히려 무시당하기 일쑤니.

미셸은 지금까지 몸가짐을 중시하던 예브제니의 집에서 살

왔던 데다 피아노 연습에 바빠 외모에 관심을 가질 새도 없었다. 거울을 볼 때면 '그래도 나 정도면 나쁘지 않은 거 아닌가'라고 생각했는데…. 좀 더 꾸미면 나을까? 언니처럼 옷을 좀 더 달라붙는 걸 입어볼까? 아니면 콘택트렌즈라도 껴보면 나을까? 이제는 매일같이 옷이나 머리 모양으로 잔소리하는 예브제니도 없으니 충분히 가능한 일이었다. 턱을 괴고 앉아선 옷은 어떻게 사야 하나, 화장품도 지금 있는 것 외에 뭘 더 사야 하나 생각하던 그때, 누군가가 미셸의 옆자리에 와 앉았다. 설마 하고 슬쩍 돌아보자 한 중년의 남자가 사람 좋은 모양새로 웃음 짓고 있었다. 남자는 가볍게 고개를 숙여 인사했다.

"혼자 심심해하는 것 같아서 친구 해드리려고 왔어요. 웃으시면 더 예쁘실 것 같은데. 그래요, 그렇게 웃으면 더 예쁘잖아요!"

나쁘지 않은 말에 미셸이 배시시 웃자 남자는 좀 더 자신 있게 그녀에게 다가와 앉았다.

이런 곳에 거의 오지 않았던 미셸은 그가 가만히 앉아 있는 자신에게 말을 걸어준 것만으로도 기뻤다. 누군가와의 연애를 바란다기보다는 지금 이 순간 그냥 외롭다는 감정이 컸다. 그 순간 남자의 손이 슬그머니 미셸의 팔에 얹어졌다. 미셸은 한순간 기분이 나빠졌다.

"이야기를 좀 나누고 싶은데…."

미셸은 저도 모르게 그의 손을 벌레 쳐내듯 떨쳐냈다. 남자는 급히 사과했다.

"아, 미안해요."

미셸도 자기가 너무 했나 싶은 마음에 괜히 따라 사과했다.

"아뇨, 제 잘못이에요."

"아닙니다. 죄송해요."

사과만 하던 두 사람 사이에 어색한 침묵이 감돌았다. 굳이 그럴 필요는 없다고 생각하면서도 무언가 이야기를 해야겠다 싶었던 미셸이 겨우 둘러댄 말은 어딘지 변명 같았다.

"솔직히 말하면, 제가 숫기가 별로 없어서요."

"저도 그래요."

"그래도 제게 말을 건 시점에서, 저보단 나으신데요."

상대를 높이는 미셸의 말에, 남자의 시선에 살짝 웃음기가 묻어났다. 그녀가 어떻게 해야 할지 몰라 당황한 것처럼 남자 역시 마찬가지인 듯 나란히 앉은 두 사람 사이에는 침묵이 한 동안 자리를 지켰다. 콜라 잔만 만지작거리던 미셸이 겨우 입을 뗐다.

"다들 어떻게 저렇게 쉬운지 모르겠… 꺼억!"

술을 마실 줄 몰랐던 미셸은 샬롯의 기분에 맞추기 위해 연거푸 콜라를 들이켜고 있었다. 그 여파가 지금 거나한 트림이 되어 그녀의 입술 사이로 빠져나갔다. 기겁한 미셸이 급히 입을 틀어막았지만 이미 때는 늦은 뒤였다.

맙소사, 이게 웬 망신이야! 새빨개진 미셸의 얼굴을 본 남자는 어색한 미소를 지었다. 으악 하고 속으로 비명을 지르다 겨우 그 모습에 용기를 얻은 미셸은 다시 입을 열었다.

"아니, 저기, 이건, 그러니까… 읍, 끅!"

다시 한 번 사색이 된 미셸를 두고 남자는 바 의자에서 내려섰다. 눈동자로 그의 움직임을 따라가자, 남자는 민망한 듯 변명을 했다.

"아, 전화가 와서요."

그렇게 화면이 켜지지도 않은 휴대폰을 들어 보인 남자는 그대로 자리를 떠났고 다시는 돌아오지 않았다. 얼굴이 벌게진 미셸은 민망함을 온몸 가득 느끼며 바 탁자에 콩콩 머리를 찧었다.

집으로 돌아온 미셸은 옷을 갈아입고 문단속을 한 뒤 혼자 침대에 앉았다. 언니가 곧 돌아올 거라 생각해 바에서 계속 샬롯을 기다렸지만 그녀는 돌아오지 않았다. 결국 미셸은 혼자 터덜터덜 새 보금자리로 걸음을 옮겨야 했다.

레스토랑에서, 샬롯은 오늘 밖에서 밤을 보내고 들어갈 거라 집에 이야기하고 나왔다고 했다. 그래서 당연히 미셸은 오랜만에 부모님이 돌아가시기 전의 그때처럼 언니와 함께 수다를 떨며 보낼 것이라고 생각했다. 하지만 샬롯은 그게 아니었던 모양이다. 아까 그 영계와 함께 있으리라는 건 굳이 묻지 않아도 충분히 짐작 가능했다. 하긴 이제 언니는 서른이 넘었고 자신은 이십 대가 된 지 한참인 만큼 아무래도 예전과 같은 게 이상할 일이었다. 그렇다고 이제 와서 샬롯에게 방종하게 살지 말라고 설교할 생각은 없었다. 그녀에겐 그녀의 생활 방식이 있고, 자신에겐 자신의 방법이 있으니까.

오랫동안 그녀를 가르쳤고 나중에는 후견인까지 되어 집에서 함께 살게 해준 예브제니 선생은 그녀에게 피아노뿐만 아니라 생활 습관까지 많은 것을 강제했다. 혹독한 예브제니의 방식에 울음을 터뜨릴 때마다 미셸을 달래는 것은 두 사람과 함께 살며 집안일을 봐주던 마리아의 몫이었다. 원래 미셸은 꽤나 엉뚱하고 자유로운 아이였지만 예브제니가 이야기하는 좋은 피아니스트가 되려면 많은 것을 참아야 했다. 마리아는 그런 미셸을 다독이며 그 고단한 시절을 견디게 해주었다.

그렇게 오랫동안 자신을 가둬두고 산 미셸이었기에 자유나 독립은 꽤나 중요한 문제였다. 남의 간섭을 받아들인다는 것은 예브제니 아래에서 어린아이 취급을 받으며 살던 미셸이 지금까지 살아온 방식이었다. 그간의 세월이 싫었던 만큼, 독립을 결심한 지금부터는 어느 누구에게도 그런 일을 당하고 싶지 않았다. 하지만 마음 한구석으론 조금 서운했다. 오늘 하루만은 언니가 함께 있어주었으면 좋았을 텐데. 아무리 자유와 독립이 기쁘다고는 해도 혼자 덩그러니 첫날 밤을 보낼 생각을 하니 쓸쓸한 기분이 들었다.

미셸은 휴대폰을 만지작거리며 생각에 잠겼다. 매일같이 저녁 시간 때면 도착하던 샬롯 님이 보내신 크리스털 5개가 도착했다느니, 얼른 접속해서 달리라느니 하는 메시지도 없었다. 전화를 걸까 말까 휴대폰을 한참 동안 만지작거리던 그녀는 결국 크게 숨을 들이마시고는 샬롯에게 전화를 걸었다. 혹시나 그 남자가 마음에 들지 않는데 붙잡혀 있는 상황일지도 모르는 거였다. 좋고 싫음이 확실한 샬롯이기에 그럴 가능성은 무척이나 낮지만, 미셸은 언니에게 전화를 하기 위해 일부러 그렇게 이유를 만들어 붙였다.

신호가 몇 번 간 후 전화를 받은 언니는 기분이 좋은지, 평소보다 한 톤 높은 목소리였다.

"전화할 줄 알았어. 또 무슨 일인데?"

"이 상황에 무슨 전화야, 끊어!"

수화기 너머로 들려오는 낯선 남자의 목소리에 미셸은 이마를 감싸 쥐었다. 어느 정도 예상했지만 아무래도 두 사람은 좋은 시간을 보내고 있는 것 같았다.

"물 새? 아니면 개미라도 나와?"

목소리를 낮춘 남자가 계속해서 전화를 끊으라고 종용하는 사이, 키득대는 두 사람의 목소리가 들렸다. 미셸은 최대한 빨리 통화를 마무리했다.

"아니, 아무 일 없어. 오늘 도와줘서 고마웠다고. 그 말 전하려고."

"뭘 그런 걸 가지고. 그럼 첫날 밤 판타스틱하게 보내고. 사랑해, 예쁜 우리 동생."

샬롯의 거창한 인사와 함께 전화가 끊어지자, 어둠이 깔린 낯선 방이 이상하게 을씨년스럽게 보였다. 괜히 이상한 그림자가 서 있는 것 같고, 방구석 옷장에 누군가 숨어 있을 것 같았다. 미셸은 고개를 절레절레 흔들고는 부정적인 생각을 떨쳐내려 애썼다.

"씻고 자자. 낯설어서 그래, 낯설어서."

그렇게 중얼거리며 세면대 앞에 선 그녀는 물을 틀었다. 차가운 물에 손을 적시자 정신이 번쩍 들었다.

사아아아아.

갑자기 온몸의 털이 쭈뼛 서게 만드는 소리에 미셸은 수도꼭지를 잠그고 귀를 기울였다. 처음엔 물소리에 바람소리가 섞인 것일까 생각했는데, 물이 멈춘 이후에도 그 소리는 계속 이어졌다. 미셸은 오싹 얼어붙는 몸을 겨우 움직여 천천히 등을 돌렸다. 미셸은 너무 놀라 비명을 지르지도 못한 채 그 자리에 주저앉았다. 벽에 걸린 낡은 그림이 좌우로 움직이고 있었다.
 끼이익, 끼이익. 끼익끼익.

# 제 2장

## Piano Sonata No. 14 "Moonlight"

베토벤 피아노 소나타 14번 "월광"

비둘기가 구구대는 소리에 한 남자가 퀴노아 크래커를 꺼내 부숴 창밖에 뿌렸다. 적당한 중간 키에 갈색의 머리칼, 남자다운 눈매에 어두운 갈색 눈동자를 가진 그는 창밖으로 손을 털더니 입으로 비둘기의 구구 소리를 흉내 냈다. 한두 번이 아니었던 듯, 비둘기는 그의 손 근처까지 와 부스러기들을 주워 먹었다. 그 모습을 잠깐 지켜보던 남자는 피식 웃고는 방 안으로 들어갔다. 남자는 지난밤 일이 고되었는지 고개를 양쪽으로 뚝뚝 소리 내며 꺾었다. 고개가 움직일 때마다 남자의 갈색 머리칼도 같이 흔들렸다.

그의 집 벽지는 부드러운 고동색이었고, 한쪽 벽에는 키보다 더 큰 칠판이 세로로 길게 붙어 있었다. 고물이라고 해야 할 만큼 오래된 기기들도 이것저것 눈에 띄었다. 옛날 영화관에서나 볼 수 있을 법한 원형의 필름 케이스도 몇 개 있었다. 하지만 대부분 정리가 잘 되어 있는 모습이라 고물상이나 쓰레기장처럼 보이지는 않았다.

깨끗하게 정리된 하얀 싱크대 위에는 온갖 소스와 향신료 통이 죽 늘어서 있었고, 창에 붙어 있는 작업 테이블 위는 이런저런 도구들로 가득 찼다. 바깥에 나와 있는 물건들은 많았지만, 열을 맞추고 물건들 사이의 간격을 맞춰둔 덕분에 어지러워 보이지는 않았다.

집 안에서도 셔츠를 갖춰 입은 남자는, 방을 가로질러 테이블 옆에 있는 한 구조물 앞에서 걸음을 멈췄다. 금속 구와 금속 막대들이 어지럽게 얽혀 중세의 고문 도구라든가 혹은 가시로 만든 성처럼 보이는 그것은 한눈에도 꽤나 복잡해 보였다.

작은 핀셋을 든 그는 숨을 들이마시고는 세심한 손길로 그 안에 있는 막대들을 조금씩 움직였다. 언뜻 보면 멈춰 있는 것으로 보일 만큼 남자의 움직임은 미세했다. 그 움직임들은 아주 조금씩, 그리고 반복적으로 진행되었다. 숨까지 멈춘 채 작업에 열중하던 남자는 이내 인상을 쓰며 몸을 일으켰다. 문밖에서 쾅쾅대는 소리가 들려왔기 때문이다.

"벌써 일주일이 지났나."

한숨과 함께 중얼거리던 그는 현관으로 가 문을 열었다. 예상한 대로, 덥수룩한 머리에 덩치 있는 남자가 바게트로 가득한 종이봉투를 품에 안고 들어섰다. 올챙이배를 볼록 내민 그는 눈 밑에 흘러내린 주름에도 상관없이 호탕한 웃음으로 입을 열었다.

"여, 기욤. 아투스 님 오셨다. 사과 좀 사왔어. 퀴노아 크래커는 없어서 메밀로 샀는데, 뭐, 비슷한 거지?"

기욤은 긴 한숨을 쉬었다. 하여간 제멋대로였다. 제대로 적어주어도 아투스는 언제나 이렇게 묻지도 않고 멋대로 물품을 바꾸곤 했다. 하지만 이러니저러니 해도 은자를 자처하며 오랫동안 세상에 나가지 않고 혼자 방에서 머무를 수 있는 것은 아투스의 도움 덕이었다. 기욤은 손을 내저으며 등을 돌렸다.

"아예 다른 건데 그걸로 됐어. 대신 다음에 올 땐 꼭 찾아서 사와."

한동안 비둘기들에게는 메밀 크래커를 부숴 줘야겠다고 생각하며 기욤은 다시 핀셋을 손에 쥐었다. 아투스는 사과며 크래커 박스 등을 싱크대에 늘어놓으며 투덜거렸다.

"식성이 무슨 계집애 같냐. 매번 찾기도 힘든 걸 꼭 사오라 하고 말이야."

"그 덕분에 너처럼 배불뚝이가 안 된 게 어디야."

"그러니까 여자가 없지."

아투스의 핀잔에 기욤은 고개를 흔들었다. 하여간 저놈의 주둥이는 터져 있는 것이 재앙이나 다름없었다.

아투스는 조심조심 구조물을 다루는 기욤의 등 뒤를 기웃거리다 물었다.

"아직도 울티멈 만들어? 안 질려?"

"울티맥스라니까, 이 자식아."

"너도 어지간하다. 그렇게 복잡한 퍼즐을 어떤 놈이 하겠냐? 나라면 돈을 준대도 안 하겠다. 만드는 데 10년, 푸는 데 10년. 뭐 이런 거 아냐?"

아투스의 말에 기욤은 어깨를 으쓱해 보였다. 어차피 남에게 이해받으려고 울티맥스를 만들기 시작한 것은 아니었다.

"그게 바로 묘미인 거야. 만든 사람만 풀 수 있는 게임이지."

"헹, 웃기지도 않아서."

비웃음에 기분이 상한 기욤은 아투스에게 쏘아붙였다.

"휴대폰 중독자들은 이 맛을 모르지. 화면 속 도트들, 그게 무슨 의미가 있어? 그래 봐야 환상인데."

"흠, 이건 뭐지?"

열띤 기욤의 이야기에 아투스는 딴청을 피우며 무언가를 집어 들었다. 그의 손에 들린 것은 울티맥스에 있는 구들을 세심하게 조정할 때 쓰는 원형 추였다. 기욤은 목소리를 낮추어 위협했다. 있어야 할 것이 있어야 할 자리에 없는 게 제일 싫었다.

"하지 마. 좋게 말할 때 제자리에 놔. 귀찮은 놈."

하지만 아투스는 보란 듯 원래 있던 자리에서 꽤나 먼 곳, 그
러니까 기욤의 손이 닿지 않는 곳에다 도구를 옮겨다 놓았다.
그러고는 혀를 날름 내밀고는 말했다.

"됐냐?

"이 자식아! 제자리에 놓으라고."

투덜거리며 도구를 다시 가져다 놓는 아투스에게 기욤은 인
상을 찌푸렸다. 하여간 무슨 이유인지 몰라도 그는 이렇게 사
사건건 기욤의 신경을 긁어놓았다.

"볼일 끝났으면 어서 나가."

"커피 한잔 마시고 가자고. 뭘 그렇게 매정하게."

아투스는 아랑곳없다는 듯 빙글대며 커피를 내렸다. 기욤은
다시 경고했다.

"그거 공짜 아니다."

"어허, 일주일에 두 번이나 찾아와 장 봐주는 나 같은 친구가
어디 있다고 감히 커피값을 받아?"

그렇게 협박을 하면 기욤도 할 말은 없었다. 그가 입을 다물
자 이겼다라고 비죽거리던 아투스는 근처에서 의자를 하나 끌
어다 앉았다. 후루룩 소리를 숨기지도 않고 커피를 들이켠 그
는 기욤을 올려다보며 물었다.

"그래, 이번 주는 좀 사람답게 보냈어?"

아투스는 말이 많은 편이었고, 이렇게 이야기를 시작하면 차

라리 조금 시간을 들여서라도 원하는 대로 대답을 주고 쫓아내는 편이 더 빨랐다.

작업을 포기한 기욤은 핀셋을 내려놓고 의자를 하나 끌어다 앉았다. 그의 태도에 아투스는 만족스러운 얼굴로 재차 물었다.

"사람을 만난다든가 뭐, 술도 좀 마시러 다니고, 응?"

그래도 친구랍시고 혼자 방 안에서만 시간을 보내는 기욤이 걱정되었는지 이렇게 일주일에 두 번씩 찾아올 때마다 아투스는 근황을 물어보곤 했다. 평소라면 '아무것도'라고 답할 테지만 이번에는 그래도 특이 사항이 있었다.

"목요일에 전화 한 통 받았어."

오호 하고 호기심을 보이는 아투스에게 기욤은 이어 말했다.

"잘못 걸린 전화. 그것 빼고는 평화롭게 지냈지."

그럼 그렇지 하고 푸 한숨을 내쉬는 아투스에게 기욤은 또 한 가지를 덧붙였다.

"아, 그리고 옆집에 사람 들어올 뻔했어."

"그런데? 들어올 뻔했다면 다시 나갔단 거야?"

"그래. 스트라이크! 한 방에 보냈지."

기욤이 자랑스럽게 말하자 아투스의 얼굴이 한심하다는 듯 일그러졌다.

"하, 너란 애는 정말 왜 이렇게 발전이 없냐. 또 장난쳤냐?

기욤은 긍정의 뜻으로 손가락을 퉁겨 딱 소리를 내고는 의기

양양한 표정으로 웃었다.

파리에는 개발 제한 구역에 걸려 재건축을 하지 못하는 오래된 건물이 많았고, 덕분에 건물들이 벽을 맞대고 한 건물처럼 붙어 있는 경우가 꽤 있었다. 그가 사는 집과 벽을 마주한 건물도 그런 것인 듯한데, 건물을 지을 때 벽을 얇게 세웠는지 어떻게 된 게 옆집의 소리가 고스란히 들려왔다. 처음에는 집주인에게 집요하게 항의했지만 건물이 달라 자신이 해줄 수 있는 것은 없다는 답만 돌아올 뿐이었다.

이전의 세입자들은 어땠는지 모르지만 기욤은 누군가와 소리를 공유할 생각이 전혀 없었고, 이사를 가고 싶지도 않았다. 이전의 집과 구조가 같은 것도 그렇고, 복잡한 수식과 정교한 작업을 요하는 울티맥스를 만드는 데는 조용히 집중할 공간이 필요했는데 반대편 사람만 없으면 지금의 집이 그런 조건에 꼭 들어맞는 곳이었기 때문이다.

사실 처음에는 그도 그렇게까지 벽 건너편의 입주자에게 적대적인 것은 아니었다. 갑작스러운 사고로 연인을 잃고 실의에 빠져 이 집을 구해 틀어박혔을 때, 먼저 벽 건너편에 입주한 사람이 너무나 고약했던 게 문제였다. 당시 정말 아무것도 하기 싫었던 기욤은 조용하게 지내다 세상을 뜨는 것이 목표였을 정도로 계속 잠만 잤다. 아무것도 먹고 싶지 않았고, 아무것도 보고 싶지 않았다. 그저 조용하게 세상을 등지고 싶었다. 그러나 벽 너머의 소음이 그를 가만두지 않았다.

처음 얼마간은 이웃이 여행을 간 덕에 조용히 지낼 수 있었다. 바캉스가 끝나고 이웃이 돌아온 뒤로는 뭔가를 끊임없이 뽀스락거린다든가, 그릇을 깬다든가 하는 소리가 계속 벽을 울렸다. 전화 통화를 할 때도 주의하는 기색이 없었다. 텔레비전 소리라도 줄여달라고 했지만 건너편 사람은 들은 척도 하지 않고 그저 '내가 먼저 들어왔으니 마음에 들지 않으면 나가라'는 이야기만 했다. 다행히 곧 이사 갈 사람이었기에 겨우겨우 참았다. 그래서 기욤은 첫 이웃이 이사 나간 뒤에는 이런저런 장치로 귀신이 있는 것처럼 공포를 조장해 아예 처음부터 세입자들을 쫓아냈다. 그토록 싫어했던 전 이웃의 이야기는 이제 그의 이야기가 되었다. 자신이 먼저 들어왔으니 마음에 안 들면 상대방이 나가야 한다는 것. 그렇게 7년 가까이 기욤은 자신이 만족할 만한 조용한 삶을 보내고 있었다. 모든 것을 알고 있는 아투스는 답답해하며 말했다.

"이야기를 잘 해서, 서로 주의하면서 살면 되잖아. 사실 너 이사 오고 나서 얼마 안 돼 이전 세입자가 이사 나간 뒤로는 기껏 세입자가 들어와도 이틀을 못 버티고 집이 안 나간다며, 네 장난질 때문에."

기욤은 심드렁하게 말했다.

"그러길 바라서 하는 건데 뭐. 옆집에 사람이 들어오면 내 평화로운 생활이 깨진단 말이야. 그리고 굳이 맞춰야 할 필요가 있어? 마음에 안 들면 나중에 들어온 사람이 나가면 되는 거지.”

벽 너머 방에서 첫 세입자가 나간 뒤, 기욤은 원하던 침묵을 얻었다. 그 조용함 속에서 시간도 따지지 않고 잠에 빠져들 수 있었다. 하지만 며칠 지나지 않아 갑자기 덜컥 하고 열리는 문소리가 그의 귀를 울렸다. 부동산업자와 함께 방을 보러 사람이 들른 것이다. 그제야 기욤은 알 수 있었다. 이전 세입자도 문제였지만 사실은 그 빌어먹을 벽이 문제였다는 걸.

“들어오려던 사람은 무슨 죄야. 응? 너 때문에 사람도 못 받고. 그쪽 집주인도 불쌍하게.”

“그런 거야 내가 알 바 아니지. 나도 건너편에 나보다 먼저 온 사람 참아주느라 얼마나 힘들었는데.”

“그거야 네 사정이지. 너 진짜 누구 심장마비로 쓰러뜨려봐야 정신 차릴래? 그러다 잡혀가, 인마.”

두 번째 세입자는 대체적으로 조용한 사람이었지만, 기욤에게 그의 움직임 하나하나가 소음인 것은 다를 바 없었다. 기욤은 숨을 죽이고 상황을 지켜보면서 대책을 강구했다.

기회는 얼마 지나지 않아 찾아왔다. 두 번째 세입자는 벽에 있는 얼룩을 감추기 위해 싸구려 그림 하나를 걸었다. 놀러 온 친구에게 하는 그 이야기를 듣고 기욤은 쾌재를 불렀다. 그림의 위치는 어렵지 않게 찾을 수 있었다. 두 집을 가르고 있는 벽이 워낙 얇다 보니 못의 날카로운 부분이 기욤의 방 쪽으로 튀어나와 있었으니까.

이웃이 방을 비운 사이, 기욤은 벽 사이에 드릴로 작은 구멍을 뚫고 단단한 접착제로 벽 너머 그림에 손잡이를 달았다. 그리고 그 그림으로 장난을 친 지 하루 만에 옆방의 이웃은 방을 비웠다. 자신의 뜻대로 되어 신이 난 기욤은 옆집에 새로운 세입자가 들어올 때마다 그 방법을 써먹었다. 좀 더 극적인 효과를 위해 공포 영화의 소리를 녹음해 함께 틀기도 했다.

게임 같은 기분이었다. 누군가가 들어오면, 쫓아낸다. 이전에 게임을 만들던 기욤은 몇 번의 예비 세입자를 더 쫓아내면서 게임을 하나하나 이겨나가는 기분을 느꼈다. 벽 너머의 사람은 그에겐 소음일 뿐이었으니까. 그 덕분일까, 어쨌든 그 게임에 집중하다 보니 더는 죽고 싶다는 생각도 들지 않았다. 새로운 세입자도 없고 시시때때로 드는 옛 연인 생각에 괴로운 것도 사실이라 집중할 것이 필요해 울티맥스를 만들기 시작했다. 아투스는 세입자를 쫓아낼 때마다 신나 하는 기욤에게 혀를 차며 잔소리를 해댔다.

"시끄러워. 내가 알아서 한다니까."

기욤의 말에 아투스는 고개를 저었다.

"이기적인 놈. 그러니까 네가 이렇게 방에만 처박혀 있는 거 아냐. 사람답게 좀 살아라, 사람답게."

핀잔을 주는 아투스에게 기욤은 다시금 어깨를 으쓱해 보였다.

"뭐 어때서? 난 지금 생활에 만족하고 있다고."

"벌써 7년째야, 기욤."

"또 잔소리네."

기욤은 슬쩍 인상을 찌푸렸다.

7년 전, 그의 애인이 교통사고로 세상을 떠난 이후 이곳에 자리 잡은 그는 지금까지 내내 울티맥스를 만들었다. 언제나 함께할 것 같았던 그녀가 사라졌는데 세상은 여전히 아무 일도 없는 듯 돌아가는 것을 지켜보자니 울분이 치밀었다. 길거리를 지나가는 사람만 봐도 멱살을 잡아 흔들고 싶었다. 몇 번이나 문제가 생긴 뒤 그는 이곳에 틀어박혔다. 남들을 위해서가 아니라, 자신을 위해서. 그렇게 홀로 울티맥스를 만들면서 그는 텅 빈 가슴속에도 뾰족하고 높은 첨탑을 세웠다. 아무도 들어오지 못하고, 아무도 무너뜨릴 수 없도록.

기욤은 손을 휘휘 내저었다.

"어서 돌아가기나 해. 볼일 끝났으면."

"게임 한 판만 하고 가자."

"그놈의 게임."

"네 놈은 싫지만, 너희 집에만 오면 게임들이 많아서 그건 좋다니까. 헤헤, 오늘도 트리플 체스 한판 할까?"

두 사람이 하는 게임은 언제나 정해져 있었다. 기욤이 가진 것 중 클리어할 때까지 가장 시간이 오래 걸리는 게임, 트리플 체스였다. 두 사람이 체스를 세 판 동시에 진행하는 것인데, 기욤이 가진 것은 트리플 체스판 중에서도 꽤 고가의 골동품이었다.

아투스는 구석에 놓인 큰 상자에서 가운데가 뚫린 박스 같은 것을 꺼냈다. 체스판 모양으로 장식된 곳에 수십 개의 말들이 붙어 있었다. 그 모습을 보면서 기욤은 작게 한숨을 쉬었다. 언제부터일까, 아투스는 꼭 그렇게 한 번씩 트리플 체크 메이트를 당해야만 돌아가곤 했다.

어차피 게임에 관해서 천부적인 재능을 지닌 기욤은 자신이 플레이 시간을 늘렸다 줄였다 할 수 있었기에 자신이 편할 때는 플레이 시간을 조금 오래, 기분이 좋지 않을 때는 빨리 끝을 내 아투스를 쫓아낼 수 있었지만 귀찮은 것은 똑같았다.

한동안 두 사람 사이에서 조용히 체스 말이 움직였다. 조금 집중하나 싶더니, 말을 움직이다 말고 아투스가 다시 입을 열었다.

"그러니까, 언제까지 이렇게 살 건데. 바깥에도 좀 나가고 예전처럼 일도 하면서 그렇게 다른 사람들처럼 평범하게 살면 어디가 덧나냐?"

"퀸이나 조심해."

"야. 너 신경 쓰는 건 나 하난데 그것마저 귀찮아? 버즐 저작권료 끊기면 어떻게 벌어먹고 살려고?”

아투스의 입에서 버즐이란 단어가 나오자 기욤은 인상을 썼
다. 버즐은 그가 만들고 전 유럽에서 인기를 끈 히트 퍼즐 게임
이었다. 결과적으로 그것은 그의 연인을 앗아가기도 했다. 그
게임에 한눈이 팔려 잠시 앞을 보지 못한 한 청년이 운전 중에
그만 그녀를 치고 만 것이다.

그녀를 잃은 슬픔도 슬픔이었지만 자신이 그녀의 죽음에 원
인을 제공한 것 같았던 것도 그를 절망으로 몰아넣었다. 그런
버즐이 지금까지 그가 별다른 일을 하지 않고 살 수 있을 정도
의 수익을 벌어주고 있는 것은 아이러니한 일이었지만.

기욤은 탁 소리 나게 말 하나를 옮기고는 답했다.

“버즐은 안 망해. 쓸데없는 소리는.”

“망할 수도 있지.”

“안 망한다니까? 그런 시스템은 나 같은 천재 아니고선 만들
기 힘들지. 앞으로 10년은 더 팔릴 거야.”

“아, 그러셔?”

잠깐 침묵하던 아투스는 짧은 한숨을 쉬더니 휴대폰을 꺼내
조작했다.

“그럼, 이거나 봐라.”

그가 기욤에게 건네준 휴대폰 화면에는, 아주 익숙한 화면이
떠 있었다.

RUZZLE.

버즐과는 알파벳 하나만 다른 완벽한 모조품이었다. 아투스는 급히 게임을 조작해보는 기윰에게 심드렁하게 말했다.

"버즐을 완전히 베꼈어. 그렇지만 추가 업데이트가 되지 않는 버즐 대신 이벤트을 엄청 해대서 이제는 오히려 버즐이 밀려났다고. 버즐에서 넘어오면 또 혜택이 엄청나서, 이용자들이 죄다 거기로 넘어갔다니까. 너, 특허 등록 안 해놨잖아?"

기윰은 특허 등록을 하려던 시점에 그녀를 잃고 바로 이 방에 틀어박힌 것을 기억해냈다. 버즐의 퍼블리셔였던 아투스가 몇 번이나 찾아와 등록을 하라고 했지만 기윰은 넋이 나가 대답조차 하지 않았다. 그가 권리를 포기한 것이나 다름없는 상황이었고 그렇다면 지금 그가 할 수 일은 재판을 거는 방법밖에 없었다. 아마 분명 이길 수는 있었을 테지만 그 과정에서 집 밖으로, 다른 사람들과 얼굴을 마주 보며 진행해야 한다는 생각에 포기할 수밖에 없었다. 지나다니는 사람의 얼굴만 보면 달려들고 싶은 자신으로서는 그 재판을 진행하다 오히려 폭행죄로 사람들에게 보상금을 물어야 할지도 몰랐다. 아니, 무엇보다 밖에 나갈 엄두가 나지 않았다. 그러니 그저 욕이나 퍼부을 수밖에.

"이런 개자식, 날강도 놈들!"

능글맞던 아투스도 이번만큼은 조금 진지한 표정으로 말을 꺼냈다.

"어쩌냐. 이제 그 게임으론 한 푼도 못 벌게 됐는데. 기윰, 이 기회에 진지하게 생각해봐. 평생 비둘기한테 크래커나 부숴 주는 홀아비로 살 거야? 버즐을 어떻게든 해보든가, 아니면 다른 걸 만들어보든가. 그러다가 돈 다 떨어지면 어쩌려고 그래."

아투스뿐만이 아니었다. 기윰을 아는 이들은 모두 그렇게 이야기했다. 그저 7년간 끈질기게 그를 찾아주는 이가 아투스밖에 남지 않았을 뿐.

어떻게 보면 당연한 결과였다. 사람들이 찾아와도 기윰이 끊임없이 밀어냈으니까. 그러고도 붙어 있는 아투스가 별종이었다.

아투스가 아무리 그렇게 이야기해보았자, 기윰에게 이 세상은 마지못해 사는 것이나 마찬가지였다. 그녀를 잃게 한 세상이 원망스러웠고, 혼자 그 세상을 향해 나가는 것이 끔찍했다. 아니, 그것은 핑계일지도 모른다. 그저 오랫동안 모든 것에 관심을 끊고 살다 보니 이제는 밖으로 나갈 엄두가 나지 않는 것일 게다. 그렇지만 하나 남은 친구에게조차 그런 속내를 보이기는 싫었다. 기윰은 씹어뱉듯 말했다.

"신경 쓰지 마. 내가 알아서 해."

아투스는 발끈했다.

"너 인마, 옵티맥스 안에 스스로 들어가서 문을 걸어 잠그고 있잖아! 제기랄! 널 걱정하는 사람들은 생각 안 해?”

“남이야. 그리고 울티맥스야.”

“그렇게 이야기할 게 아니라고, 너!”

아투스의 목소리가 커지자, 기욤도 덩달아 목소리를 높였다.

“네 걱정이나 해. 넌 평생 전처한테 기웃대면서 언제 한 번 주나 하고 살래?”

그 말을 내뱉고 나서야 기욤은 아차 싶었지만 미안하다는 말은 하지 않았다. 애초에 그의 지난 상처를 먼저 들쑤신 건 아투스였다.

“너!”

기욤은 아투스의 말을 들은 체 만 체 체스판 위 말들을 움직였다. 그를 쫓아내는 가장 쉬운 방법은 게임을 끝내는 것이다.

“트리플 체크 메이트. 오늘은 이만 돌아가, 아투스.”

“이런 젠장.”

갑작스러운 끝에 황망해하는 아투스를 내버려둔 채 기욤은 등을 돌렸다.

♥

고요한 어둠 속, 핀 라이트가 무대 한가운데를 비추고 있다. 미셸은 천천히 그곳으로 걸어 나갔다. 내딛는 한 걸음 한 걸음마다 머릿속에서 음표들이 지워졌다. 식은땀이 등을 타고 흘러 내렸다. 아무리 붙잡으려고 해도 그것들은 그녀에게서 달아나 기만 할 뿐이었다. 머릿속이 백지처럼 하얬지만 미셸은 그래도 피아노 의자에 앉았다. 피아노를 제외하고는 칠흑 같은 이 상황이 당황스럽기만 했다. 무엇을 해야 할지 알 수 없었다. 그렇게 제 몸처럼 지내온 악기였는데, 손가락을 어떻게 움직여야 할지 그 방법조차 새까맣게 잊었다.

미셸의 얼굴이 절망으로 물들었다. 그녀는 지금까지 피아노 하나만 보고 살아왔는데, 이렇게 아무것도 할 수 없다면 자신은 어떻게 해야 하는 것일까. 무력감 속에서 습관처럼 손을 들어 건반 위에 놓으려는데, 갑자기 예브제니의 호통이 들려왔다.

"멘델스존도 제대로 치지 못하다니, 한심하기 짝이 없구나!"

똑딱똑딱.

갑자기 시야가 밝아지면서 박자기 소리가 귓가를 울렸다. 무채색 계열로 세련되게 꾸며진 넓은 거실의 모습이 드러났다. 그 한쪽의 새까만 그랜드피아노 옆에는 인상을 찌푸린 한 남자가 서 있었다. 희끗희끗한 머리칼을 한 올도 남김없이 넘긴 탓에 그대로 드러난 주름진 이마, 그 아래 슬쩍 치켜 올라간 회색빛 눈썹과 콧등에 주름이 잡혀 있는 높은 매부리코에서는 그의 불쾌감이 고스란히 느껴졌다. 그는 여느 때처럼 고개를 저은 뒤 허점이라고는 보이지 않는 우아하고도 낭비 없는 동작으로 움직이는 쇠막대를 잡았다. 얇은 손가락 사이에 잡힌 메트로놈은 똑딱거리는 소리를 멈추었다.

예브제니는 말아 쥔 악보로 자신의 어깨를 톡톡 쳤다. 그녀에게 들으라는 듯 이어 말하는 그의 목소리에는 실망한 기색이 가득 담겨 있었다.

"이래서야 이번에 콩쿠르에 나가겠니?"

절망적인 기분이 들었다. 그 순간 온 세상에 쩍쩍 금이 갔다. 그리고 새로운 풍경이 펼쳐졌다. 새로 이사한 아파트였다. 그 안에는 예브제니의 모습은 없었다. 그런데

사아아아아아.

끔찍한 소리였다. 미셸은 괴물의 신음 소리 같기도 하고 무언가 땅에 끌리는 것도 같은 그 소리의 정체를 찾아 주위를 두리번거렸다. 그리고 발견했다. 벽에 달린 그림이 기괴한 소리를 내며 좌우로 돌아가고 있었다.

"꺄악!"

미셸은 짧은 비명과 함께 급히 몸을 일으켰다. 거친 호흡으로 주위를 둘러본 그녀는 숨을 길게 내쉬었다. 다행스럽게도 그 무시무시한 것들은 모두 꿈이었던 모양이다. 그녀는 지금 예브제니의 집 소파에 누워 있었다. 그제야 미셸은 자신이 어제 기겁해서는 예브제니의 집에 되돌아온 것을 기억해냈다.

"미셸? 무슨 일이니!"

그녀의 비명을 들었는지, 주방에서 마리아가 뛰쳐나왔다. 손에 묻은 물을 대충 앞치마에 닦아내고 다가온 그녀는 땀에 젖은 미셸의 얼굴을 천천히 쓸어주었다.

"어휴, 이 땀 좀 봐. 왜, 악몽이라도 꾼 거니?"

풍만한 몸집의 마리아가 잔뜩 걱정한 얼굴로 물었다. 그렇지만 어떻게 이야기할 수 있을까. 기껏 독립한다고 나간 지 하루 만에 귀신이 나오는 것 같아 무서워 되돌아왔다고. 잠시 고민하던 미셸은 아무렇게나 둘러댔다.

"아, 그냥. 꿈속에서 예브제니 선생님께 혼나서요."

"그래? 다행이구나, 나쁜 꿈이 아니어서."

마리아는 고개를 갸우뚱했지만 다행히 더 묻지 않고 넘어가 주었다.

"무슨 호들갑이야."

두 사람이 이야기하는 사이, 잠옷 위에 가운을 걸친 예브제니 선생이 거실로 나왔다. 소파 위에 담요를 덮고 앉아 있는 미셸을 보더니 그의 눈빛이 샐쭉해졌다.

"하루도 못 버티는 게냐. 한심하긴."

"그런 거 아니에요. 언니랑 축하 파티 하다가 문이 잠겼는데, 열쇠공이 내일 온다고 해서요. 언니네 집은 음, 그러니까 다른 손님이 와서."

이사 간 집은 귀신이 나오는 것 같고, 축하 파티를 같이하던

언니는 남자와 함께 있느라 언니 집에도 갈 수 없다고 말할 수
는 없었다. 종종걸음으로 마리아가 가져다준 에스프레소를 단
숨에 마신 예브제니는 차가운 목소리로 말했다.

"얼토당토않은 변명은 됐다. 더 묻지 않으마. 원래 세상은 만
만치 않은 거다."

"명심할게요."

하지만 그의 얼굴에는 곧 만족스러운 미소가 떠올랐다.

"그래, 돌아오니 좋구나. 내일부터 다시 시작하자꾸나. 오늘
은 방에 올라가서 좀 더 쉬고."

예브제니의 말에 미셸의 얼굴이 하얗게 질렸다. 아무래도 그
는 미셸이 아예 그의 집으로 돌아왔다고 생각하는 모양이었다.
단 며칠뿐인 자유였음에도 다시 예전으로 돌아간다고 생각하
자 숨이 턱턱 막혔다.

"말씀드렸지만…."

미셸이 입을 열자 창가에 서 있던 예브제니가 그녀를 돌아보
았다. 그의 잿빛 눈을 피하지 않고 맞선 미셸은 침을 꿀꺽 삼키
고 말을 이었다.

"콩쿠르는 혼자 준비할 수 있어요."

그녀는 얼마 전 예브제니의 허락 없이 한 콩쿠르에 지원서를
냈다. 비록 예브제니 선생이 마음에 들어 할 법한 규모는 아니
었지만 지금껏 그를 거스른 적이 없던 미셸에게는 그마저도 대

단한 모험이었다. 예브제니에게서 직접 추천을 받을 수 있었다면 굳이 그럴 필요가 없었겠지만 어릴 때 런던 국제 콩쿠르에서 아무것도 하지 못하고 무대를 내려온 뒤로 그는 미셸을 믿어주지 않았다. 계속 그의 인가를 기다렸지만 예브제니는 미셸을 아이 취급하기만 했다. 결국 미셸은 제 스스로 예브제니의 집을 나오기로 결심했다.

되돌아오지 않겠다는 말에 화를 낼 줄 알았던 예브제니는 오히려 피식 웃더니 대수롭지 않게 물었다.

"그래, 우리 아가. 독립해보니 어떻든?"

"좋아요, 아주."

미셸은 자신의 다짐을 가볍게 넘기는 그의 태도에 화가 나서 괜히 되지도 않는 허세를 부렸다.

"레슨도 구했어요."

"레슨? 내가 아닌 다른 누군가에게 레슨을 받는단 말이냐? 아가, 너는…."

"아뇨, 제가 가르친다고요."

사실 그것은 생각뿐이었다. 아무래도 20여 년간 피아노 하나만 보고 살아온 그녀가 돈을 벌 수 있는 방법은 이것뿐이었다. 식당 일이나 캐셔 같은 것도 할 수 있겠지만, 피아니스트 지망생인 그녀로서는 그런 일들을 하다가 손가락이라도 다칠까 염려됐다.

그녀의 대답에 예브제니는 고개를 절레절레 저었다.

"피아노 겨우 20년 치고 레슨을 한다는 거냐?"

"원하는 사람이 있으니까요, 그래도."

예브제니는 더는 캐묻지 않았다. 그것은 그녀를 믿기 때문은 아닐 것이다. 그저, 오늘의 태도처럼 그녀가 변덕을 부리고 있으며 이 반항도 언젠가는 사그라질 것이라는 믿음을 가지고 있기 때문이라면 모를까.

그녀 역시 예브제니의 말에 따라 그렇게 살아왔으니 그 판단이 틀렸다고는 이야기할 수 없었다. 그러나 이제부터는 아니었다.

"너 지금 사는 집, 그곳 주소 좀 적어두고 가려무나. 조만간 한번 들러 그동안 실력이 얼마나 늘었는지 봐야지. 그나마도 하지 않겠다는 건 아니겠지?"

"알겠어요. 문자로 넣어둘게요."

다정한 말투였지만 느낌 탓일까, 예브제니의 말은 어디 두고 보자는 것으로 들렸다. 오기가 생긴 미셸은 담요를 접어 옆에 두고는 말했다.

"그럼, 전 이만 가볼게요."

"그래, 열심히 하려무나. 실망하지 않도록 말이야."

비아냥거림같이 느껴지는 예브제니의 말에 미셸이 몸을 일으키며 소파 옆에 둔 가방을 챙기자, 마리아가 급히 거실로 나왔다.

"미셸, 이미 차려뒀는데 아침은 먹고 나가지 그러니. 네가 좋아하는 양녀 소시지도 준비해뒀단다. 예브제니 선생님, 그래도 아침은 먹이고 보내는 게…."

상냥한 그녀의 말에도 미셸은 고개를 저었다. 지금 상황에서 태연하게 두 사람과 마주 앉아 식사를 할 자신이 없었다. 무엇보다 이것저것 이야기를 하다 거짓말이 들통날까 두려웠다.

"아니에요. 가볼게요."

그렇게 예브제니의 집을 나서면서 미셸은 미처 하지 못한 말을 입속으로 우물거렸다.

'마리아, 양녀 소시지는 제가 좋아하는 게 아니에요. 그건 예브제니 선생님만 좋아하는 거라고요!'

고집을 피워 식사도 마다하고 나오긴 했지만 미셸은 딱히 어디로 가야 할지 알 수가 없었다.

'일단 아침을 좀 먹어야 할 것 같은데.'

집에서야 마리아가 해주는 대로 식사를 하면 됐으니 그런 고민을 할 필요가 없었지만 막상 메뉴를 정해야 한다는 데 생각이 미치자 고민이 되었다. 대충 근처 빵집에서 빵을 사서 들어갈까 하다가 그러면 금방 귀신이 있을지도 모를 집에 돌아가야 한다는 걸 깨달은 그녀는 근처 패스트푸드점으로 들어가 주문한 것을 후회할 정도로 맛없고 딱딱한 핫케이크와 싸구려 향이 나는

벌꿀 소스로 배를 채우며 시간을 보냈다. 워낙 맛이 없어 사람 구경을 하면서 먹는 둥 마는 둥 했는데도 시간은 너무나 많이 남아 있었다. 시계를 보자 어쩐지 박자기 소리를 들어야 할 것 같은 기분이 들었다. 평소의 그녀라면 지금이 똑딱거리는 박자기 소리에 맞추어 방을 정리하고 있을 시간이었으니까.

예브제니는 피아노를 칠 때 외에도 평소 생활 태도도 중시했다. 집중력, 정확성 그리고 자세. 이 세 가지는 예브제니가 언제나 강조하던 것들이었다. 덕분에 어릴 땐 아침부터 자기 전까지 그녀의 곁에 박자기를 틀어두기도 했다. 박자를 몸에 익혀 자연스럽게 나올 수 있어야 한다는 것이 그 이유였다.

피아노에 앉을 때는 언제나 허리와 어깨를 펴고, 머리는 흐트러짐 없이 단정히 틀어 올린 뒤 잔머리까지 실핀으로 뜨지 않게 했다. 피아노를 칠 때에 악보 외에 다른 것을 생각하는 것도 죄악시했다. 그뿐이었다면 미셸이 그렇게 힘들어하지는 않았을 텐데, 예브제니는 피아노 외의 모든 것에 대해서도 언제나 자신의 틀에 그녀를 맞추려고 했다. 그녀가 자신의 생각과 엇나가려 할 때마다 그는 '우리 아가'라고 부르며 미셸을 다시 자신의 기준에 끌어다 놓았다. 어릴 때엔 그것이 당연한 줄 알았지만, 나이를 먹어가며 그것이 어딘지 이상하다고 느끼게 되었다. 그런데도 그것에 맞서 대응할 수가 없었다. 그렇게 자라 왔으니까.

예브제니는 유명한 피아니스트였고, 그런 사람에게 레슨을 받을 수 있다는 것이 대단한 영광이라며 사람들은 부러워했지만 정작 미셸에게는 그 시간들이 고통이었다. 그녀는 더 이상 그 자리를 원하지 않았다. 그렇게 미셸은 예브제니의 집에서 도망쳤다. 콩쿠르 준비라는 아주 포괄적인 계획 하나만 가지고.

차가워진 핫케이크를 반이나 남겨둔 채 세트 메뉴에 함께 나온 퍽퍽한 커피를 입에 머금고 있던 미셸은 한참 뒤에야 자신이 할 만한 일을 생각해냈다. 그녀의 집에는 아직 접시도, 포크도, 나이프도 없었던 것이다.

그녀의 첫 쇼핑은 생각보다 즐거웠다. 지금까지 전혀 그런 것에 관심이 없었는데도 주방용품들을 지날 때엔 그 고운 색깔과 매끄러운 라인에 저도 모르게 한참을 서성였다. 가격표를 본 그녀는 어깨를 축 늘어뜨릴 수밖에 없었다.

가벼운 통장 잔고를 생각하며 그녀는 플라스틱으로 된 접시와 샴페인 잔, 포크와 나이프 그리고 플라스틱과 종이로 된 접시 몇 개를 골랐다. 그나마 포크와 나이프를 투명이 아니라 붉은색이 들어간 것으로 고른 것이 사치라면 사치였다. 비록 피크닉용이라고 쓰여 있고, 금방 흠집이 날 것 같고 약해 보였지

만 가장 싼 냄비와 조리 기구들을 사고 남는 돈으로 대충 구색
을 맞추자니 그렇게밖에 할 수 없었다.

아직 그 집의 괴이한 현상에 대한 무서움은 남아 있었지만
어쨌든 그녀는 피크닉용이라고 쓰인 포장지들을 바라보며 희
망을 품었다. 그렇게 무서운 예브제니 선생 밑에서도 오랜 세
월을 버티지 않았던가. 그런데 귀신 따위야, 소풍 나온 것처럼
즐겁게 넘겨주겠다고 다짐하고 또 다짐했다. 몇 주밖에 남지
않은 콩쿠르를 위해서는 사실 버티는 것 외에 다른 해결책이
없었다.

"피크닉 가시나 봐요. 피앙세랑? 그런데 순 냉동 음식들이네
요. 크로크마담(크로크무슈 위에 달걀을 얹은 것. 크로크무슈는
베샤멜 소스가 들어간 햄 샌드위치 위에 모차렐라 치즈를 덮은 것
이다), 라사냐? 소풍 가는 곳에 전자레인지가 있나 봐요?"

마른 말 머리처럼 생긴 점원이 농담 섞인 말을 살갑게 붙이
자, 미셸은 흠칫하고는 민망한 얼굴로 웃어 보였다. 모르는 사
람이 자신에게 말을 거는 것에 그녀는 영 익숙하지 않았다. 대
답 없는 그녀의 모습에 점원은 어깨를 으쓱하더니 마지막 바코
드를 찍었다.

"81유로 25상팀입니다, 손님."

생각보다 지출이 과했지만 그녀는 가슴 가득 쇼핑 꾸러미를
안고 걸음을 옮겼다. 하지만 집이 가까워질수록 발걸음이 무거

워지는 것은 어쩔 수 없었다.

그 집은 주머니가 가벼운 미셸이 계약을 할 수 있었을 정도로 저렴한 데다, 피아노 연주까지 가능했다. 그 이전에 본 집들에 비하면 가격에 대비해 너무나도 훌륭했다. 그런데 그런 조건임에도 당장 입주 가능하도록 비어 있었던 게 이쯤 되니 의심스러워졌다.

처음에는 그저 가진 돈에 맞는 저렴하고 좋은 방을 얻었다고 좋아했지만, 한번 그렇게 생각하기 시작하자 불쾌한 상상이 꼬리에 꼬리를 물어 미셸은 두근대는 가슴을 애써 가라앉혔다. 경찰서에라도 찾아가 그 집에서 어떤 사건이 있었는지 물어보면 어떨까 생각하던 그녀는 고개를 저었다. 찾아가서 제대로 물어볼 자신이 없었다. 집에 귀신이 있다고 이야기하면 이상한 여자 취급을 받을 게 뻔했다.

그녀는 이제 물러설 곳이 없었다. 예브제니의 집에 다시 들어가는 것은 죽기보다 싫었고, 그렇다고 샬롯의 집으로 들어갈 수도 없었다. 언니에게 클래식은 소음과 같은 것도 문제였지만 무엇보다 다른 가족들이 있었다. 그렇다고 다른 곳을 구할 만큼 미셸에게 돈이 넉넉하지도 않았다. 지금 와서 계약을 해지하겠다고 하면 석 달치 월세에 해당하는 보증금이 통째로 날아가기 때문에 어떻게든 그녀는 이곳에서 콩쿠르 때까지 버텨내야 했다.

생각하고 생각한 결과 경찰서 대신 바로 아랫집을 찾아가 물어보기로 한 미셸은 아랫집 현관 앞에서 호흡을 가다듬은 뒤 노크를 했다.

똑똑, 똑똑.

노크를 한 뒤 한참을 기다렸지만 안쪽에서 텔레비전 소리가 들려오는데도 사람이 나오지 않았다. 텔레비전 소리에 노크 소리가 들리지 않은 것인가 하고 조금 더 세게 문을 두드렸지만 역시나 아무도 나오지 않았다. 샬롯을 통해 부동산업자에게 물어볼까 생각하던 그녀는 고개를 저었다. 언니에게 괜한 걱정을 끼치고 싶지도 않았고, 만일 그런 문제가 있다 치더라도 업자 입장에서는 말해주지 않는 것이 당연하리라 생각해서였다. 잠시 고민하던 그녀는 결국, 주먹을 말아 쥐고 문을 세게 두드렸다. 다행히 이번에는 노크 소리가 들렸는지 텔레비전 소리가 잦아들고 이내 문이 열렸다.

"누구슈?"

"저, 안녕하세요."

문 사이로 고개를 내민 사람은 눈꺼풀이 처져 눈을 덮고 있는 머리가 허연 노인이었다. 미셸은 작은 목소리로 입을 열었다.

"저, 그러니까, 위층 사람인데요."

"뭐라고?"

아무래도 노인은 가는귀가 먹은 듯했다. 그제야 그렇게 문을 두드려도 나오지 않은 것이 이해가 되었다. 미셸은 조금 더 목소리에 힘을 주어 물었다.

"위층 사람인데요, 혹시 어젯밤에 무슨 소리 못 들으셨어요?"

"뭐라고?"

귀신 이야기를 할까 말까 고민한 것부터가 우스웠다. 노인의 인상이 찌푸려지는 걸 본 미셸은 어깨에 힘이 쭉 빠졌다.

"어젯밤에, 하아, 아니에요. 됐어요."

고개를 저으며 말하는 미셸의 모습을 위아래로 훑던 노인은, 주머니에서 동전 몇 개를 꺼내 그녀의 손바닥 위에 놓았다.

"물건 안 사요. 그럼."

그렇게 노인은 문을 닫았다.

미셸은 잡상인으로 오해받은 불쾌감도 잠시, 불안한 기분으로 계단을 올랐다. 그리고 조심조심 문을 열었다. 어제 정신없이 빠져나가느라 문도 잠그지 않은 채였다.

한 걸음 안으로 들어서자 햇살이 들어 밝은 방 안은 스탠드까지 켜진 채 어제 그대로였다. 달칵 소리를 내는 것도 부담스러워 살짝 스위치를 눌러 불을 끈 미셸은 혹시나 해 몸을 낮추고 목을 빼어 기웃댔다. 다행히 다른 누군가가 들어왔다거나, 물건이 없어졌거나 하지는 않은 것 같았다. 어제는 밤이라 그렇게 무서웠던 것일까, 햇살이 들어오는 방은 그리 기분이 나쁘지도 무섭지도 않았다. 그러고 보면, 어제 일은 낯선 곳에서 보낸 첫날 밤이 만들어낸 착각일지도 몰랐다.

아무 일도 일어나지 않는 방 안에서 조금 안정을 찾은 미셸은 양팔 가득 안고 온 꾸러미를 풀어 하나하나 꺼내 싱크대 위나 혹은 안으로 던져 넣기 시작했다.

'그래, 귀신 같은 게 있을 리가 있겠어.'

그런데 미셸이 안심하고 있던 그때였다.

사아아아아아.

어젯밤 들려온 문제의 그 소리가 다시 들리기 시작했다. 그림도 다시 삐걱삐걱 돌아갔다.

'그래, 어디 한번 네가 이기나 내가 이기나 해보자!'

환한 햇살 덕분인지 더 이상 물러설 곳이 없어서인지, 미셸은 어제와는 다른 사람이 되어 있었다. '이번 콩쿠르에 모든 걸 걸어야 해. 예브제니 선생님의 그늘로 다시 들어갈 순 없어.' 그녀는 이번만큼은 반드시 자신만의 무언가를 만들어보리라 다짐했다. 이번에도 실패한다면 안타깝지만 깨끗하게 피아니스트의 꿈을 접으리라 생각하고 있었다. 그녀의 20년이 물거품으로 사라지느냐 혹은 무언가를 남기느냐의 기로에 섰다.

단단히 마음먹은 미셸은 숨을 크게 들이마시고는 그림으로 성큼성큼 다가가 돌아가는 프레임을 쥐고 원래의 각도로 되돌려 놓았다. 그리고 그림을 있는 힘껏 잡아당겼다. 쑥 하고 그림이 떨어져 나오나 했더니, 다시 그림이 벽 쪽으로 달라붙었다.

미셸은 이를 악물고 부들거리는 팔로 그림을 당겼다.

밀고 당기기가 되는 것으로 보아 아주 힘이 강한 귀신은 아닌 것 같았다. 용기를 얻은 미셸이 좀 더 힘을 주어 잡아당기자, 그림은 공중에서 팽팽한 줄다리기처럼 떠버렸다. 양쪽에서 당기는 힘이 비슷한 모양이었다. 그것도 잠시, 강한 힘과 함께 정체불명의 소리가 멈추며 그림이 다시 벽으로 가 붙었다. 이를 악 문 미셸은 다시 한 번 있는 힘을 다해 그림을 당겼다.

갑자기 반대편에서 당기는 힘이 사라진 것 같았지만 미셸은 멈추지 않았다. 무언가 걸려 빠지지 않는 듯해 다시 한 번 세게!

그때 벽 너머에서 한 남자의 비명이 울려 퍼졌다.

"으아아아악! 내 손, 내 손가락!"

미셸은 흠칫했다. 갑작스러운 비명에 놀란 건 사실이었지만, 아무리 생각해도 귀신의 목소리는 아닌 것 같았다. 벽 안에서 들리는 목소리는 너무나 생생했고, 무엇보다 아파하는 듯했으니까. 귀신이 신체적으로 아파한다는 이야기는 들어본 적이 없었다.

미셸은 숨을 죽이며 물었다.

"거기, 누구 있어요?"

벽 너머에는 대답 대신 의미를 알 수 없는 신음 소리가 울려 퍼졌다.

"맙소사, 말도 안 돼."

미셸은 다시 조심스럽게 물었다.

"내 말 들려요? 당신이 그림을 움직인 건가요? 대체 왜죠?"

그제야 벽 너머에서 남자의 답이 돌아왔다.

"그, 그, 일단 그림부터 좀 놔줘요."

그의 말대로, 미셸은 그때까지 잡아당기고 있던 그림에서 힘을 뺐다. 그림이 쑥 벽으로 가 달라붙는 것과 동시에 벽 너머에서 숨죽인 신음 소리가 들려왔다.

"아으으."

그녀는 그제야 안도의 한숨을 쉬었다. 벽 속에 남자가 있다는 것도 물론 무섭지만, 귀신보단 인간과 한판 제대로 붙어볼 수 있지 않은가. 도둑이라면 경찰에다 신고라도 할 수 있으니 말이다.

휴대폰을 들고 17번을(프랑스의 112) 눌러야 하나 고민하던 미셸의 귓가로 한참 동안 신음하던 남자의 중얼거림이 들려왔다.

"무식하게 힘만 세가지고."

"뭐라고요?"

이상한 소동을 벌여놓고선 되레 화를 내는 남자의 목소리에 미셸은 목소리를 높이려다 겨우 참았다. 그래도 어떻게 된 일인지는 알아두어야 할 것 같았다.

"아니, 대체 왜 이러는 건데요?"

미셸의 연이은 질문에 한동안 침묵하던 남자는 낮은 목소리로 이야기했다.

"벽이 텅 비었어요. 그 탓에 방음이 엉망이라 양쪽 집 소리가 다 들리고."

"네? 그런 소리는 못 들었는데…."

작은 목소리로 이야기했는데도 바로 옆에서 이야기하는 것처럼 잘 들리는 걸 보면 그의 말이 거짓말은 아닌 것 같았다. 당황하는 미셸에게 남자는 이어 말했다.

"집주인한테 말해도 소용없어요. 같은 건물도 아니고, 주소도 다르니까. 이야기해봤지만 어깨만 으쓱할 뿐, 마음에 들지 않으면 나가라고 하더군요. 그쪽 집주인은 어떨지 모르겠지만."

"어떻게 이렇게…."

"뭐, 짜증 나지만 여기 구조가 그래요. 그래서 참다 참다 이런 방법을 고안해낸 거고."

물론 남자가 짜증스러운 것은 그녀도 이해했다. 실제로 그녀도 지금 이 상황에 매우 당황스럽고 갑갑한 기분이었으니까. 그녀는 매일같이 피아노를 쳐야 하는 상황이니만큼 더더욱 그랬다. 하지만 남자의 방법이 옳다고는 생각하지 않았다. 미셸은 작게 중얼거렸다.

"하, 어이가 없네."

남자는 지지 않고 대꾸했다.

“아아, 이거 원. 당신 오기 전까진 잘 먹혔는데 말이지.”

제가 잘못한 주제에 남자는 오히려 그녀를 탓하는 듯한 태도였다. 미셸도 화가 났다. 그의 장난만 아니었다면 예브제니의 집에 다시 찾아가 그 비아냥거림을 듣지 않아도 됐을 텐데. 어차피 얼굴도 보이지 않는 것, 무서울 것도 없었다. 미셸은 있는 대로 쏘아붙였다.

“제정신이에요? 아무리 그렇다고 해도, 그런 짓을 하다니 말도 안 돼!”

“그럼, 이대로 살겠단 말이야? 난 당신 잠꼬대 같은 건 관심 없다니까.”

말이 통하질 않았다. 얼굴도 모르는 남자와 잠꼬대를 공유하다니, 그따위 것은 미셸로서도 사절이었다. 그녀의 언성이 점점 높아졌다.

“이 집이 그렇게 마음에 안 들면 당신이 나가라고요!”

“여긴 집세도 싸고 전망도 좋아요. 게다가 난 집중이 중요해서 여기 살아야 해요. 내가 7년이나 살았는데, 여기서. 늦게 온 사람이 나가야지.”

한숨밖에 나오지 않는 상황이었다. 그녀의 긴 한숨 소리를 들은 것인지, 남자는 음정 하나하나를 꼭꼭 눌러가며 으름장을 놓았다.

“눌러살 생각 마요. 내가 책임지고 나가게 할 거니까.”

사실 그녀도 나갈 수 있다면야 나가고 싶은 게 솔직한 심정이었다. 벽이고 뭐고 다 차치하고서라도, 그런 사람이 이웃이라는 것이 참을 수 없었다.

하지만 그녀도 지금은 절박한 상황이었다. 콩쿠르가 얼마 남지 않은 지금, 조금의 시간도 낭비할 수는 없었다. 그렇다면 어떻게든 이 남자와의 일을 해결해야 했다. 서로 싸우는 것은 문제 해결에 도움이 되지 않았다. 그렇다면 달래보는 것도 한 방법. 잠깐 고민하던 미셸은 목소리를 가다듬고 최대한 상냥하게 들릴 수 있도록 신경 썼다.

"저기 그쪽 입장도 이해는 하지만 방법이 있을 거예요. 합의해서 지내면 되잖아요. 서로 방해하지 말고, 시간을 나눈다든지요. 음, 그래요. 작업은 밤과 낮, 언제가 좋아요? 교대로 해봐요. 그러면….."

그때 벽 너머에서 쪼로록하는 소리가 들렸다. 무슨 소리인가 고민하는데 남자가 말했다.

"화장실 가는 시간도 교대로 정하자고요?"

♥

기욤은 만족스러운 표정으로 와인 잔을 기울였다. 조금 전 그가 낸 쪼로록 소리는 유리잔에 와인을 따르는 소리였다. 벽 너머의 여자가 알 리는 없겠지만 사실, 그의 집 화장실은 구석에 있고 또 다른 벽이 한 겹 둘러져 있어 볼일 보는 소리까지 전해질 일은 없었다. 그 안에서 고래고래 소리를 지른다면 모를까.

상대방이 여자인 만큼 이런 극약 처방이 도움이 되리라 생각했는데, 정말 특효였다. 벽 반대가 조용해진 것이 굉장히 만족스러웠다. 기윰은 이런 기특한 생각을 해낸 자신의 천재성에 건배하며 잔을 기울였다. 그런데 갑자기 온 집 안에 굉음 같은 피아노 소리가 울려 퍼졌다. 감정도 기술도 신경 쓰지 않은, 그야말로 소음. 마시던 와인을 반쯤 뿜은 기윰의 얼굴이 일그러졌다.

"아, 안 돼. 피아노는!"

음악을 싫어하는 편은 아니었지만, 작정하고 소음을 만들어 낼 생각이라면 피아노는 흉기와도 같았다. 설마 상대가 피아노를 치는 사람일 줄이야. 지금까지의 입주자들 중 악기를 다루는 사람은 없었기에 경우의 수로 두지 않았는데, 집이 잘 나가지 않자 집주인과 부동산 측에서 악기 연주를 허용한 모양이었다.

머리를 쥐어뜯는 기윰의 귓가로 비아냥대는 여자의 목소리가 들려왔다.

"나도 피곤하게 굴 수 있어요. 그러니까 그냥 합의하죠?"

합의를 할 리가 없었다. 더군다나 이렇게 집까지 피아노를 지고 온 걸 보면 꽤나 자주 친다는 것일 텐데, 그걸 어떻게 받아들일 수 있을까. 기욤은 소리쳤다.

"절대 안 해!"

그러자 벽 너머의 여자는 조용히 답했다.

"그래요, 그럼. 어디 한번 해봐요."

그렇게 두 사람의 전쟁 아닌 전쟁이 시작되었다.

처음으로 포문을 연 것은 기욤이었다. 그는 출력을 최대로 올린 청소기를 쿵쿵, 빈 벽에 부딪혔다. 9년 전쯤 옛 연인이 사다 준 이래로 바꾸지 않고 쭉 쓰고 있던 것이기에 소리가 만만치 않았다. 평소에는 고물이라 생각하며 인상을 찌푸렸던 그 소음도 지금은 든든한 무기처럼 느껴졌다. 기욤은 버리지 않고 계속 그 물건을 써온 제 자신이 어쩐지 뿌듯했다.

반응을 기다리고 얼마 지나지 않아, 벽 너머에서 목소리가 들렸다.

"시끄러워요!"

소리를 지르는 여자에게 기욤도 목소리를 높였다.

"미안하지만 내가 워낙에 깔끔해서 말이죠!"

기욤이 깔끔한 건 사실이었다. 워낙 정리 정돈에 신경을 쓰는 성격 탓에 7년이나 칩거를 했어도 그의 집은 언제나 깨끗했다. 그 자신도 바깥을 훨씬 많이 나다니는 아투스보다 몇 배는 더 단정히 하고 산다고 자부했다.

참고 참던 여자는 피아노로 맞받았다. 그녀는 손가락에 힘을 모아선 있는 힘껏 쾅쾅쾅쾅 피아노를 내리쳤다. 기윰은 살면서 맹세코 그런 쇼팽을 들어본 적이 없었다. 물론 최악의 의미로. 지치지도 않는지 분노를 표출하는 듯한 그녀의 피아노 연주는 밤새 이어졌다. 침대 위에서 뒤척거리던 기윰은 참지 못하고 벌떡 일어나며 외쳤다.

"야이, 피아노 괴물아! 그만 좀 하라고!"

화가 나 베개를 들어 벽에다 집어 던졌지만, 푹신한 베개는 그저 퉁 하고 벽에서 튕겨 나올 뿐이었다. 벽 너머에서는 지지 않고 답이 돌아왔다.

"합의하면 그만할게, 그림 괴물아!"

약 올리는 것 같은 여자의 목소리에 훅 하고 숨을 날린 기윰은 여자가 있을 법한 벽 너머를 뚫어져라 노려보았지만 눈만 아팠다. 그는 성질을 내며 침대 위에 드러누웠다.

'합의라니, 말도 안 돼!'

그것만큼은 양보할 수 없는 문제였다. 쫓아내면 앞으로 계속 편할 텐데 뭐하러 불편을 참을까. 기윰은 대답 대신 베개를 들어 양 귀를 틀어막았다. 피아노 소리 역시 답을 기다리지 않고 다시 울려 퍼졌다.

건넛방에서 들려오는 소음은 침대 위의 기윰을 봄철 개구리처럼 펄쩍펄쩍 뛰게 만들었다. 그렇게 자다 깨다를 반복해 잠을 설친 기윰은 아침에 일어나자마자 이를 갈며 용접 마스크를 썼다.

그가 만드는 구조물 퍼즐, 울티맥스는 쇠봉이며 막대 하나하나를 직접 자르고 갈아 만드는 것인 만큼 소음을 내기로는 피아노만큼이나 최고의 도구였다. 이렇게 허비하기엔 소량으로 구매하는 것이기에 살 때마다 귀찮고 가격도 비싼 편이었지만 지금은 그런 걸 따질 때가 아니었다. 기욤은 그렇게 울티맥스에 쓰려고 둔 쇠막대를 얇게 썰어나가기 시작했다.

키이이잉 하는 소리가 온 집에 울려 퍼졌다. 기욤 자신의 귀도 멍멍할 정도였지만, 분명 그녀도 데미지를 입을 것이라 생각하니 끊이지 않고 웃음이 나왔다. 미친 사람처럼 웃으면서 쇠막대를 수십 번 썰고 머리가 멍멍해지고 나서야 기욤은 하던 것을 멈추었다. 그러자 밤새 피아노에 시달렸던 게 꿈인가 싶을 정도로 세상이 조용해졌다. 입가에 진한 미소가 떠올랐다. 그렇지만 오랜만의 평화도 건넛방 여자의 목소리에 다시금 무너졌다.

"다 한 거예요, 그럼 괴물 씨?"

"아침 먹고 하려고 그런다, 이 피아노 괴물아!"

대꾸를 안 하려고 했지만 기욤은 저도 모르게 버럭 소리를 쳤다. 그 집 어딘가에 보물이라도 숨겨져 있는 걸까. 실없는 생각이지만 그는 진심으로 궁금해졌다. 아무리 벽 너머에 귀신이 아니라 사람이 산다는 것을 알게 되었어도 이 정도 진상을 떨었으면 보통은 나가떨어질 텐데.

여자는 밤새 피아노를 친 사람이라고는 믿기 어려울 만큼 평온한 목소리로 말했다.

"그래요, 그럼. 난 오늘 내내 나갔다가 들어올 테니까."

한동안 물소리가 난다 싶더니, 이어서 헤어드라이어 소리가 들렸다. 그래도 곧 나간다니 낮 동안은 조용하겠지 싶어 기욤은 안심이 되었다. 빨리 끝나길 바라며 맛없는 메밀 크래커와 사과를 우적우적 목구멍으로 넘기는데 벽 너머에서 문이 열렸다.

그때 문득 어떤 가능성에 생각이 미친 기욤은 당황해서 외쳤다.

"저기, 피아노 괴물… 씨? 드라이어는 *끄고*…?"

하지만 대답 대신 들려온 것은 문이 닫히는 소리였다.

"어이, 이봐요! 저기요!"

기욤이 목소리를 높여봤지만 대답은 없었다. 설마 했는데 그녀는 작정하고 그것을 틀고 나간 모양이었다. 덕분에 기욤은 벽 너머에서 울리는 헤어드라이어 소리에 하루 종일 시달려야 했다. 기욤은 벽을 부수고 넘어가 헤어드라이어의 코드를 뽑아 던지는 상상을 몇 번이나 했는지 모른다. 버즐이 망했다는 이야기를 듣지 않았으면 정말로 그렇게 해버렸을지도 모른다. 돈이야 물어주면 그만이니까.

귀마개를 해도, 헤드셋으로 음악을 들어도 콰아아아아 하는 잔음이 귓가를 맴돌았다. 울티맥스 작업은 무엇 하나를 움직이더라도 고도의 집중을 요했다. 숨까지 참아야 할 작업에 소음이 끼어들자 나사 하나 제대로 조이기가 힘들었다. 결국 기욤은 그날 울티맥스에 손끝 하나 댈 수 없었다.

악에 받쳐 그녀에게 반격할 것들을 준비하던 기욤은 정작 그녀가 돌아오지 않자 퀭한 얼굴로 의자에 앉았다. 며칠간 그녀가 돌아오지 않는다면 정말 미쳐버릴지도 모르겠단 생각을 하며 창밖으로 지는 노을을 바라보았다. 그간 아투스가 그렇게 집 밖으로 나가보라고 독촉했는데도 나갈 생각이 들지 않았었는데, 헤어드라이어와 함께한 오늘 하루는 정말 마음 같아선 집 밖으로 뛰쳐나가고 싶을 정도였다. 기욤은 저렇게 소음을 틀어놓고 더군다나 해가 질 무렵까지도 돌아오지 않는 여자를 향해 욕을 퍼부었다.

"빌어먹을 여자 같으니, 전기세 폭탄이나 맞아라!"

소리를 쳐보았지만 그의 외침은 울려대는 헤어드라이어 소리에 묻혀 허무하기만 했다.

평소라면 비둘기들이 찾아와 마음을 달래줄 텐데, 소음 때문인지 아이들도 찾아오지 않았다. 분노를 담아 비둘기들이 몇 달 동안 먹을 양의 메밀 크래커를 가루로 만들면서, 기욤은 생각했다.

'일단은 적에 대해 알아봐야 할 것 같아.'

적을 알아야 이길 수 있다는 유명한 격언도 있지 않은가. 계획을 세운 기욤은 일단 최대한 소리를 내지 않을 수 있도록 이런저런 것들을 준비했다.

기욤은 아투스에게 부탁해 두꺼운 스펀지를 사서 벨트를 달아 소음 방지용 스펀지 덧신을 만들었다.

"뭐야, 이런 건 뭐에 쓰게? 그런데 옆방 청소기 진짜 시끄럽네."

방에 들어서자마자 귀를 울리는 소리에 아투스는 인상을 찌푸렸다. 기욤은 힘없이 말했다.

"저거, 헤어드라이어야."

"뭐? 안 들려!"

"헤어드라이어라고!"

그의 말에 아투스는 두 눈을 껌뻑거렸다.

"뭐? 아니, 그걸 왜 틀고 나가? 전기 아깝게. 여자야?"

"…"

염색체야 여자가 맞겠지만, 그에게는 여자보다 괴물에 가까운 사람이었다. 소리를 치기도 피곤해, 기욤은 종이에 대충 사정을 써서는 법적 조치를 취할 수 있나 좀 알아봐달라고 부탁했다.

아투스를 보낸 뒤, 기욤은 물도 욕조에 가득 담아두었다. 그 외에도 소리를 내지 않고 먹을 수 있는 간단한 것들을 준비해

두고, 집에 없는 척 숨을 죽였다. 해가 다 떨어지고서야 돌아온 여자는 들어오자마자 헤어드라이어를 _끄고는_ 훅 하고 한숨을 쉬었다.

"저기, 그럼 괴물 씨?"

'시끄러워서 나갔나?'

"저기요?"

여자는 노래를 흥얼거리며 욕실로 들어섰다. 기욤이 없다고 생각해서일까, 그녀의 목소리가 평소보다 좀 더 편안하게 들렸다.


네가 원하는 건 내게 있지.
그게, 나한테 있는 걸 알아?
내가 원하는 건 집에 돌아왔을 때
날 존중해주는 당신이야.


아레사 프랭클린의 '리스펙트(Respect)'였다. 옛날 노래를 워낙 좋아하는 기욤으로선 당연히 알고 있는 노래였다. 그녀의 목소리를 숨죽여 듣는 지금 입장에서는 이만 갈릴 뿐이었지만.

귀를 기울이고 있다 그녀가 흥얼거리는 노래를 따라 부르려던 기욤은 급히 제 입을 막았다. 자신이 벽 뒤에 있다는 것을 그녀가 알게 되면 다시금 골치 아파질지도 몰랐다.

흥에 겨운 그녀가 부르는 노래는 뭐, 그렇게 못 들어줄 정도
는 아니었다. 소리 높여 외치는 후렴구, 'R-E-S-P-E-T-C'의
철자 순서가 연거푸 틀리는 게 거슬리는 것만 빼면.

기욤이 없다고 생각했는지 흥겨워하던 그녀는 밤부터 새벽
까지 내내 피아노를 쳐댔다. 어차피 다른 할 일이 없었던 기욤
도 멍하니 그것들을 들었다. 악에 받쳐 쾅쾅 쳐대던 때와 달리,
그녀의 피아노는 유려하게 두 집을 울렸다. 소리가 날까 와인
을 병째 마시며 강제 감상을 하고 있던 기욤은 턱을 쓸었다.

'음, 나쁘지는 않은데.'

하지만 무언가 허전했다. 아버지가 오페라 극장의 수위였던
덕분에 거장들의 피아노 연주를 매일같이 들은 기욤은 그녀의
연주에 무언가가 빠져 있다는 것을 곧 깨달았다. 전문가는 아
니라서 정확하게 이야기할 수는 없었지만.

'음, 일단은 너무 밋밋하고.'

기욤은 고개를 흔들었다. 그녀에게는 예술가에게 반드시 있
어야 할 그 무언가가 결여된 것 같았다. 아니, 결여라는 말은 맞
지 않을지도 모른다. 무언가의 빗장이 그녀 자신을 나오지 못
하도록 몇 겹이고 둘러싸고 있는 것 같다고나 할까. 기욤도 스
스로 자신의 주위에 빗장을 건 경험이 있어서인지, 어쩐지 그
런 것들을 느낄 수 있었다.

'누군가가 조금만 도와준다면 더 그럴듯한 연주가 나올지도

모르겠는데.'

벽에 넓게 놓인 칠판 위의 수식을 눈으로 따라가며 암산해나가던 그는 문득 창밖으로 고개를 돌렸다. 비둘기 몇 마리가 찾아와 기웃거리고 있었다. 아까 부셔둔 비스킷 가루를 조심히 집어 뿌려주었다. 날개를 푸드덕거리는 그것들은 비록 깨끗하지도 않을 터이고 완벽해 보이지도 않았지만 생동감이 있었다.

칠판에 쓰인 수식들은 완벽했다. 그 자체로 빼고 더할 것도 없었다. 하지만…. 그의 시선이 울티맥스로 향했다. 울티맥스 역시 그러한 수식들로 이루어진 것들이었다. 깔끔하고 완벽하지만, 적막하고 고요했다. 기욤은 그것이 마음에 들었다. 이 피아노 연주도 그런 것일까. 그래도 그녀의 피아노에는 그 빠진 것이 채워지는 게 더 어울릴 것 같다는 생각이 들었다.

그러나 기욤은 이내 세차게 고개를 흔들었다.

'무슨! 아, 쓸데없는 생각하느라 암산하던 걸 까먹었잖아.'

제 배를 채우고 미련 없이 날아가는 비둘기를 보면서 기욤은 머리를 비우고 침대에 몸을 뉘었다. 울티맥스에 집중하지 않고 깨어 있으니 온갖 잡생각이 머리를 어지럽히는 것 같았다.

그렇게 근 하루 동안 그녀의 소리를 관찰한 기욤에게는 그녀와 함께하지 못할 이유가 하나 더 늘었다. 그는 밤 10시에 침대에 누워 새벽 5시면 일어나는 규칙적인 생활을 하고 있었는데, 여자는 새벽 늦게야 잠들고 알람은 오전 11시에 울렸다. 두 사람이 소음을 공유해야 한다고 하면, 서로 겹치지 않는 시간들은 상대방에게 큰 불편이 될 게 뻔했다. 기욤은 눈을 부릅뜨며 잠이 들려는 자신을 추슬렀다. 조금이라도 더 그녀의 약점을 제대로 알아야 공략할 수 있다고 생각해서였다.

또 한 가지 알게 된 것은, 그녀가 생각보다 혼잣말을 많이 한다는 것이었다. 기욤이 없다고 생각하자 그녀의 중얼거림은 계속 이어졌다. 콩쿠르가 한 달도 안 남았는데, 큰일이네. 피아노 레슨 일을 빨리 구해야 할 텐데. 피아노를 능숙하게 치는 것에서 예상했지만 아무래도 그녀는 피아니스트인 것 같았다. 하지만 아무래도 잘나가지는 못해서 콩쿠르와 레슨을 전전해야 하는 그런 상황이었다.

어떻게 살아왔는지는 잘 모르겠지만 그녀 역시 다른 사람과 연락이 잦은 것 같지는 않았다. 겨우 전화가 걸려왔다 했더니만 그것은 자신이 잘못 걸려온 전화를 받을 때만큼이나 짧게 끊어졌다. 비록 그녀는 아는 사람과의 통화 같았지만.

"응, 언니. 우리 집? 그럼, 열쇠 있잖아. 지금? 집인데? 그래? 알았어."

기욤은 설마 이 상황에서 친구까지 데려올 모양이냐고 얼굴을 구기며 소리 없이 그녀를 욕했지만 다행히 그냥 전화만 온 것이지 손님은 찾아오지 않았다.

그 대신 무언가 한참을 부스럭거린다 했더니, 그녀가 축 처진 목소리로 말했다. 어떡해, 벌써 이번 달로 책정된 생활비를 다 썼어. 부스럭거리던 것들은 영수증들인지 그녀는 품목과 가격을 줄줄이 읽어나갔다. 점점 작아지는 목소리로. 크로크무슈, 리소토, 샌드위치, 접시. 하아, 아무리 봐도 쓸데없는 데 돈 쓴 건 없는데. 그 내역을 쭉 듣던 기욤은 속으로 대답했다.

'아이고야. 레토르트에 외식에… 그렇게 사 먹으니 당연하지.'

신선한 채소와 치즈, 곡물 등을 시장에서 사 음식을 만들어 먹는 것과 전자레인지에 돌리기만 하면 되는 식품들은 가격 차이가 상당했다. 게다가 인스턴트식품이 최악인 것은 맛이나 영양 면에서도 형편없다는 점이었다. 그런데 피아노 괴물이 장본 내역에는 그런 것들로만 가득했다. 아무래도 그녀는 요리를 할 줄 모르는 것 같았다. 아무리 그래도 양파, 감자, 당근 같은 기본 채소는 사둘 법한데.

'안 봐도 뻔해, 저런 여자는.'

기욤은 머릿속으로 피아노 괴물을 상상했다. 생활력 제로인 건 당연하겠고, 아마도 엄청나게 심술궂게 생겼으리라. 삐쩍 말랐든, 혹은 엄청나게 뚱뚱하든 둘 중 하나일 거라고도 생각했다. 아, 신경질적인 걸 보면 아마 바짝 말랐을지도 몰랐다.

'조금, 궁금하긴 하네.'

아투스 빼고 이렇게 오래 대화를 주고받은 사람이 몇 년 만인지. 아마 세탁기가 고장 났을 때 고객센터에 연락해서 몇 번이고 그 늦은 일 처리를 탓했을 때 외에는 처음인 듯했다. 기욤은 어깨를 으쓱하며 쓸데없는 생각을 털어냈다. 그래 봐야 곧 쫓아낼 사람이었다.

♥

미셸은 즐거운 표정으로 걸음을 옮겼다.

'어디 한번, 당해보라고!'

그녀는 어떻게 그림 괴물을 골탕 먹일까 고민하다 헤어드라이어를 틀어놓고 나왔다. 전기세가 조금 걱정되긴 했지만, 지금 당장은 그것보다 남자에게 한 방 먹이고 싶은 게 컸다. 예상한 것보다 남자의 당황한 목소리는 훨씬 더 고소했다. 그 얼굴을 직접 보지 못하는 것이 유감일 정도로.

'벽에다가 녹음기라도 붙여두고 나왔으면 좋았을걸.'

통쾌함도 잠시, 일이 많은 탓에 미셸은 오늘 하루 종일 바깥을 떠돌았다. 피아노 레슨 광고 전단지도 붙여야 하고, 하루 살아보니 이것저것 필요한 것이 생겨나 그것들도 구매해야 했다. 주로 행주라든가 빨래를 모아둘 만한 통 등 자질구레한 것들이었다.

생활 코너에 가자 예쁘게 디스플레이된 그릇들이 다시 한 번 눈을 어지럽혔지만, 역시나 가격이 너무 비싸 엄두가 나질 않았다. 한참을 구경만 하며 이리저리 만져보고 두드려보던 미셸은 떨어지지 않는 발걸음을 겨우 돌려야 했다.

'나중에 과외를 얻으면 그때는 살 수 있겠지. 아, 이런 고민도 하다니, 제법 혼자 사는 태가 나잖아?'

돈이 생길 때마다 자신이 원하는 것을 하나씩 고르는 것도 나쁘지 않은 일일 것 같았다. 아무래도, 새로운 즐거움이 될 것 같은 기분이 들었다. 생각만으로도 뿌듯해 복사된 전단지를 한 가득 안고서 미셸은 빙글빙글 미소를 지었다.

'이걸 언제 다 붙이지? 어유, 전단지 먼저 다 붙이고 장을 볼걸.'

생각 없이 마트가 보인다고 들어가서 필요한 걸 먼저 샀더니 짐이 많아졌다. 그렇다고 집에 돌아가서 놓고 나오기엔 시간이 아까웠다. 그냥 들고 다니기로 결정한 미셸은 역시 독립이란 건 만만치 않은 일이라며 한숨을 쉬었다.

문득 마리아 생각이 났다. 오늘은 호박이나 가지가 싸서 라타투이(호박과 가지, 토마토 등을 주재료로 한 채소 스튜)를 만들어보았다든가 하는 이야기들을 그냥 흘려들었는데 지금의 미셸은 무엇이 싸고 비싼지조차 제대로 가늠할 수가 없었다. 그저 커피 한 잔과 비교해 주관적으로 생각할 뿐. 마리아에게 연락을 해볼까 하던 미셸은 고개를 저었다. 그녀에게 이야기하면 예브제니 역시 알게 될 확률이 높으니까. 예브제니의 집에서 지내면서 미셸은 식비 외에 따로 돈을 내지 않았다. 사실 그것도 명목상이었을 뿐, 마리아가 차려주는 음식들은 미셸이 낸 돈에 비하면 너무나 과분했다. 너무 어릴 때부터 그것이 당연하다는 듯 살아왔고 따로 돈을 쓰는 일도 별로 없었다. 그게 이렇게 크게 느껴질 줄은 몰랐다.

'그러고 보니 마트에서 어제 80유로 가까이나 썼지, 오늘은 22유로고.'

이런 식으로 살다 보면 얼마 지나지 않아 돈이 뚝 떨어질 것 같았다. 예전에 언뜻 한 주에 한 번 정도 장을 보는 마리아의 영수증을 봤을 땐 50유로도 되지 않았는데, 그것으로 세 사람이 일주일을 먹을 수 있었다.

80유로를 쓴 날은 다른 가재도구들도 이것저것 사기는 했지만 그래도 순수하게 냉동 레토르트 식품만으로 50유로를 썼다. 그런데도 하루 세 끼, 사흘치 음식밖에는 사지 못했으니. 통장 잔고를 헤아리던 미셸은 눈앞이 깜깜해지는 것 같았다.

'아냐, 레슨을 구하면 돼. 그러면 돈은 어느 정도 들어올 테니까.'

세차게 고개를 흔든 미셸은 다시 짐을 추스르며 여기저기 바쁘게 돌아다녔다. 100장을 복사한 전단지들이 몇 장 남지 않은 상태에서, 그녀는 길가의 가게에서 햄치즈 크레이프를 사 대충 끼니를 때웠다. 삼시 세끼 꼬박꼬박 마리아가 차려줄 때에 비하면 입에 들어가는 것은 좀 궁상맞았지만, 그래도 기분은 나쁘지 않았다. 독립했다는 사실 자체로도 입맛이 돌았으니까.

그렇게 지나가는 사람들과 비둘기를 눈으로 쫓으며 식사를 하던 중 전화가 왔다. 얼른 입속에 든 것을 씹어 삼킨 그녀는 모르는 번호에 고개를 갸웃거리며 통화 버튼을 눌렀다. 수화기 너머에서는 어딘지 깐깐해 보이는 여자의 목소리가 들려왔다.

"전단지 보고 연락하는 거예요. 피아노 선생 맞아요?"

이렇게 금방 연락이 올 줄이야. 얼굴이 환해진 미셸은 밝은 목소리로 답했다.

"네! 피아노 경력은 20년이고요, 피아노과 수석 졸업에…."

전화를 건 여자는 경력을 읊는 미셸의 말을 싹둑 잘랐다.

"한 번 보고 싶은데 찾아올 수 있겠어요? 오늘, 지금 당장이라도 상관없어요."

"갈게요! 당장 가겠습니다! 네, 주소가 어디라고요? 16구 254, 모차르트 대로 254요?"

미셸은 펜과 종이를 꺼내 몇 개 남지 않은 전단지 뒤에 급히 주소와 연락처를 적었다. 모차르트라니! 길 이름까지 그녀의 마음에 쏙 들었다. 어쩐지 좋은 일이 생길 것 같은 기분이었다. 미셸은 남은 크레이프를 한입에 얼른 털어 넣고는 주섬주섬 짐들을 챙겨 즐거움 가득 담긴 발걸음을 옮겼다.

레슨을 받을 아이는 줄리엣이라는 여섯 살 난 여자아이였다.

"전 '엘리제를 위하여'가 세상에서 가장 좋아요!"

까무잡잡한 피부의 아이는 크고 맑은 검은색 눈동자를 빛내며 그렇게 외쳤다. 미셸은 고개를 끄덕이며 줄리엣에게 말했다.

"그래, 줄리엣. 그러면 좋아하는 곡을 한번 쳐보겠니?"

피아노 앞에는 아이의 엄마가 서서 지켜보고 있었다. 목소리만큼이나 깐깐해 보이는 그녀의 모습에 미셸은 최대한 상냥하고 부드럽게 아이에게 말을 걸었다.

연주를 시작한 아이는 고사리손으로 최선을 다하는 것 같았지만 아직 피아노가 익숙하지는 않은지 리듬도 음도 엉망이었다. 나름대로 곡을 끝까지 쳐보려는 의지는 있는 듯했지만 아이 엄마의 얼굴이 점점 일그러지는 것을 보고 미셸은 줄리엣의 손목을 잡았다.

"잘했어, 줄리엣. 그럼, 잠시만 어머니랑 이야기할 수 있게 자리를 비켜주겠니?"

"줄리엣, 네 방에 들어가 있으렴."

딱딱한 말투의 여자가 이야기하자 아이는 쪼르르 피아노 의자에서 내려와 방 안으로 자취를 감추었다.

"그러니까 어머니, 아이의 지금 상황은…."

"됐어요. 그런 건 선생님이 알아서 해주시면 될 것 같고."

흰 셔츠에 검은 슬랙스를 매끈하게 걸친 아이 엄마는 미셸에게 거침없이 이야기했다.

"아이가 집중력이 좋지 않아요. 그러니 짧게 자주 와주셨으면 해요. 생각해본 게 주 3회, 1회에 30분씩. 1주마다 30유로씩 선금으로 계산해드리죠. 정리하자면 총 주 3회에 1시간 30분, 30유로라는 거죠. 어떠신가요?"

자잘하게 이것저것 사긴 했지만 3일치 식비로 근 50유로를 써버린 미셸은 머릿속이 새하얘졌다. 그렇지만 이번이 자신에게는 첫 레슨이기도 하고, 무엇보다 레슨을 받은 게 학교 아니면 예브제니 선생에게뿐이었던 터라 레슨비가 보통 어느 정도인지 알 수가 없었다.

'그것부터 알아왔어야 했는데….'

후회하는 것도 잠시, 학부모에게 어설프게 보이는 것은 싫었다. 애써 흔들리는 눈동자를 다잡자 앞에 선 여인이 다시 물었다.

"왜요, 마음에 안 들어요?"

"아뇨. 그렇게 할게요."

어쩐지 예브제니 선생님이 생각나는 여자였다. 미셸은 저도 모르게 주눅이 들어선 그러겠노라 이야기할 수밖에 없었다. 그래도 돈은 선금으로 준다고 한 만큼, 그녀는 미리 준비한 듯한 하얀 봉투를 내밀었다. 파란색 10유로짜리 지폐가 세 장. 그리 큰돈은 아니었지만 그래도 첫 레슨비라고 생각하자 마음이 끝도 없이 설렜다.

"엘리제를 위하여는 아이가 워낙 좋아하니 기본적으로 레슨에 넣어주셨으면 하고요. 다른 연습은 선생께 맡기겠어요. 클래식 위주로 부탁드리고요."

"잘 알겠습니다."

미소를 지으며 대답하자, 아이 엄마는 가방을 챙겨 들었다.

"그러면 전 이만 바빠서. 다음부터는 아이 혼자 집에 있을 거예요."

♥

헤어드라이어의 위력 덕분이었을까, 조심스럽게 남자를 불렀지만 벽 너머는 조용했다.

그녀는 예브제니 선생의 집에서 한동안 박자기를 틀어놓고 생활한 적이 있었다. 나중에는 하루에 일부 시간만 그렇게 지내도 됐지만 처음에는 24시간 내내 그랬다. 똑딱거리는 작은 소리에도 익숙해지기 전까지는 정말 괴로웠었는데 헤어드라이어는 그에 비하면 굉음 수준이니 참을 수 없었으리라. 아무래도 심했을까. 미셸은 남자에게 조금 미안해졌다. 하지만 그가 원하는 대로 방을 비워줄 마음은 없었다. 그녀에게도 이번은 자기 자신이 처음으로 마음먹은 도전이자 마지막 기회라고 생각하고 임하고 있는 만큼 양보해줄 수가 없었던 것이다.

‘조금만 서로 양보하면 좋을 텐데.’

벽에 막혀 있기에 자신 역시 하고 싶은 이야기를 마음대로 할 수 있는 장점은 있었지만, 상대 남자는 그녀만큼이나 벽 뒤의 자신을 사람이라고 생각하고 있지 않은 것 같았다.

삐욕삐욕.

휴대폰을 보니 언니에게서 게임 아이템이 도착했다는 메시지가 와 있었다. 미셸은 아무렇게나 휴대폰을 던져놓고는 남자가 없는 이 시간을 마음껏 즐기리라 생각하면서 몸을 일으켰다.

그렇게 약 하루 동안 그녀는 행복한 시간을 보냈다. 피아노도 원하는 만큼 마음껏 쳤고, 욕실에서 씻으면서 흥겹게 노래를 부르기도 했다. 남의 눈치를 보지 않는 것이 얼마 만인지 몰랐다. 덕분에 아침 11시 알람에 맞추어 일어난 지금, 그녀는 정말로 상쾌한 기분이었다.

‘그런데 그 그림 괴물이 돌아오면 뭐라고 해야 하지?’

나갈 수만 있다면 그녀도 나가고 싶지만, 지금 상황에선 불가능하니 최대한 그와 협의해 잘 지내는 수밖에는 없었다. 그녀는 답답한 마음에 다시 인상이 찌푸려졌다. 그러곤 한숨을 폭 내쉬며 냉동고에서 크로크마담을 꺼내 전자레인지에 넣었다. 박스 안에서 꺼낸 종이 포장지째 그대로.

“꺄아악!”

잠깐 잠이 든 모양이었다. 벽 저편에서 울리는 날카로운 비명에 기욤은 몸을 벌떡 일으켰다. 그는 침대 머리맡의 벽을 쿵쿵 치며 외쳤다.

“무슨 일이에요, 응?”

“불, 불이야!”

“진정하고! 어떻게 불이 난 거냐니까!”

바로 옆집에 불이 났다니 기욤도 정신이 번쩍 들었다. 잘못하면 자신의 보금자리까지 함께 타버릴지도 모른다. 꺄아악, 부산스러운 여자의 비명에 기욤은 버럭 소리쳤다.

“어디에 어떻게 난 거냐고 묻잖아!”

“전 전 전자레인지요!”

“일단 코드부터 뽑고! 불에다 물, 물을 부어요!”

우당탕탕 소리가 여기저기서 난다 했더니, 다시 조용해졌다. 기욤이 귀를 기울이는 사이, 다행히 불길이 잡혔는지 여자의 긴 한숨 소리가 들려왔다.

“하아. 불, 잡았어요.”

그제야 기욤도 쿵쾅거리며 뛰는 심장을 간신히 진정시켰다. 그는 짜증 섞인 목소리로 물었다.

“대체 전자레인지에 뭘 넣은 거요?”

“그러니까 크로크마담을…”

우물거리는 여자의 말에 기욤은 인상을 팍 찌푸렸다.

"박스째요? 바보 같긴!"

"아뇨, 박스는 벗겼는데."

"포장지는! 종이라든가, 비닐이라든가."

"그 속에 있는 종이 포장지는 안 벗겼어요. 그거 때문인가? 아, 이거 어떡하지?"

그거나 이거나, 종이를 전자레인지에 넣은 것은 똑같은 거 아닌가. 기욤은 고개를 절레절레 흔들었다. 살림을 못할 것이라고 생각은 했지만 전자레인지 하나 제대로 못 돌리는 여자라니. 정말 상상을 넘어섰다. 그래도 다친 것 같지는 않으니 다행이었다. 괜히 어디라도 크게 다쳐서 불쌍해지면 쫓아낼 때 괜히 마음만 불편할 테고.

"피아노 괴물 씨는 어디 공주님이라도 된답니까? 전자레인지에 종이 넣는 사람이 세상 천지에 어딨어요!"

"모를 수도 있죠!"

발끈하는 여자에게 기욤은 퉁명스럽게 되받았다.

"대단한 민폐인 건 압니까? 잘못하면 내 집도 다 타버릴 뻔했다고요! 이젠 구하지 못하는 것들이 천지인데."

기욤은 주위를 휘 둘러보았다. 온갖 골동품이 곳곳에 놓여 있었다.

자신이 제작한 모바일 게임, 그 허상 때문에 옛 애인이 죽었다고 생각한 기욤은 휴대폰을 비롯한 대부분의 전자식 기기에서 손을 뗐다. 덕분에 그의 집에는 이제는 구하기도 힘든 구형 기기들이 가득했다. 아직도 그는 비디오를 돌려 보고, 꼭 필요한 녹음은 자기 테이프나 카세트테이프를 사용했다. 그런 환경에서 울티맥스와 비둘기 그리고 아투스와만 교류하며 조용히 살고 있었는데 뭐 이런 사고뭉치가 옆집에 굴러들어 왔는지 모를 노릇이었다. 그나마 큰 불이 아니어서 다행이라고 안심하는 기욤의 귓가에 여자의 투덜거림이 들려왔다.

"뭐 그리 중요한 물건이 있다고."

"뭐요?"

"아뇨, 오늘 고마웠다고요."

한 음절도 빼놓지 않고 듣긴 했지만, 기욤은 모른 척했다. 무엇보다 졸음이 밀려와서 그 이상 신경 쓰고 싶지 않았다. 하지만 피아노 괴물은 그를 쉬이 놔줄 생각이 없어 보였다. 여자는 뜬금없는 질문을 던졌다.

"저기, 그런데 1시간 반 일하고 30유로면 괜찮은 거예요? 제가 이런 건 잘 몰라서."

"무슨 일인데요?"

"그게, 그러니까 가르치는."

"학생이 와요? 아니면 직접 찾아가요?"

"제가 가요."

"음, 그러면 지나치게 적은데. 적어도 30분에 30유로 정도는 받아야 하지 않을까 싶고. 나도 요즘은 시간당 일을 안 해서 모르겠지만 물가가 떨어지진 않았으니 그보다 많으면 많았지 적진 않을 거예요."

"그 그래요?"

저도 모르게 답해준 기욤은 하아 하고 긴 한숨을 숨기지 않았다. 벽 뒤의 여자는 어디 중동에서 곱게 자란 공주님이라도 되는 건지 제대로 아는 게 하나도 없었다.

피아노 괴물이 다시 물어왔다.

"그런데 그림 괴물 씨는 거기 언제부터 있었던 거예요?"

막 잠들려던 기욤의 등줄기에 식은땀이 주르륵 흘러내렸다. 그는 대충 말을 돌렸다.

"음, 새벽에 들어왔으니까."

"그런데 소음 공격은 안 하셨네요? 고마워라. 덕분에 푹 잤어요. 친절하게 답변도 해주시고. 이젠 그림 괴물이 아니라 그림 아저씨라고 불러야 하나?"

"그렇게 나이 많은 편 아닌데."

"그럼 뭐라고 부를까요?"

갑자기 여자가 입안의 혀처럼 굴자 그 역시 화를 내기가 힘들었지만 그 속셈이 빤히 보이는 것은 어쩔 수 없었다. 입술을 삐죽이던 기욤은 벽 너머를 향해 말했다.

"그래 봤자 합의는 안 해. 다시 그런 공격 받고 싶지 않으면 당장 짐 싸서 나가요, 피아노 씨."

그녀의 태도에 따라 나름대로 그도 악의에 찼던 별명을 순화했다. 이어지는 여자의 말에 기욤은 그 선택을 후회했다.

"제가 왜요? 저도 이곳에 집을 구한 이유가 있다고요. 절대 포기 못 해요. 어른답게 합의하면 될 텐데, 왜 그렇게 애처럼 고집을 피우는 거예요?"

"뭐라고? 애처럼? 말 다 했어?"

"말 다 못 했어요, 그림 괴물 씨. 왜 당신은 당신 권리만 생각해요? 나에게도 이 집에 머물 권리가 있다고요! 보증금도 제대로 냈고, 월세도 미리 냈고!"

되돌아온 호칭에 잠시 식은 화가 다시 불타올랐다. 그러고 보니 화재 때문에 법석을 피우느라 잠깐 깜빡했지만, 그녀는 그 전날 헤어드라이어로 그에게 고문 아닌 고문을 한 사람이었다. 어제의 괴로움이 되살아나는 것 같았다.

"이봐, 피아노 괴물?"

"네?"

"오늘 하루 종일 집에 있나?"

"네, 그럴 예정이에요. 그건 왜 물어요, 그림 괴물 씨?"

대답 대신 기욤은 씨익 웃었다.

_으흐흐흐_, 이리 와봐, 우리 아기!

"저, 그러니까 어머니, 어머니? 말씀드렸다시피 피아노 친지는 20년 차고요, 콩쿠르 경력은 15년 전부터예요. 장학생이었고요."

뒤로도 한번 해보자고. 아, 훌륭한데.

열심히 자기소개를 하는 여자의 목소리 사이로 AV 배우의 느끼한 목소리가 섞여 들렸다. 피아노 괴물은 당황한 듯 목소리를 높였지만, 분명 전화기 너머로도 AV 배우의 목소리가 들어갈 것이었다. 그 정도로 기욤이 크게 틀어놓고 있으니까.

그것은 헤어드라이어 공격에 정신이 반쯤 빠질 정도가 된 기욤이 이를 갈며 준비한 회심의 역작이었다. 몇 년간 꺼내지도 않았던 에로 비디오테이프에서 소리만 따로 따냈다. 여러 개를 이어 붙인 덕분에 자그마치 9시간에 이르는 장대한 분량이 완성되었다.

"아뇨, 아뇨. 이상한 소리는요. 전화가 혼선됐나 봐요. 그러니까 1회 30분, 회당 30유로고요. 따님 레슨을 맡겨만 주시면… 어머님, 끊지 마세요. 어머님!"

절박한 여자의 목소리를 들으며, 기욤은 소리 없는 웃음과 함께 헤드폰을 둘러 썼다. 비싼 만큼 차음성이 좋은 헤드폰이라 꽝꽝거리는 클래식을 틀어두니 자신이 녹음해 틀어주는 소리도 그리 크게 들리진 않았다.

벽 너머에서 발광하고 있을 피아노 괴물의 목소리도 들리지 않았다. 아투스에게선 법적으로 무언가 조치를 취할 수 있을 거라는 전화도 받았다. 귀가 조금 답답한 것만 빼면, 최근 들어 기분이 가장 최고였다. 기욤은 그렇게 콧노래를 부르며 작업을 시작했다.

♥

미셸은 귀에 꽂은 이어폰에 크게 음악을 틀어놓고 피아노를 치기 시작했다. 싸구려 이어폰인 데다 볼륨을 너무 높인 탓에 귀가 아팠지만 망할 남자가 아직도 AV 소리를 끄지 않았기에 어쩔 수가 없었다.

"망할 놈, 변태, 정신병자, 그림 괴물!"

덕분에 피아노 레슨까지 날아갔다. 너무나 분한 마음에 미셸은 폴에게 전화까지 했지만, 상대방의 주소를 정확히 알아야만 신고나 법적 조치가 가능하다고 했다. 그 말에 미셸은 밖으로 나가 어느 건물의 어느 방인지 동네를 맴돌았지만, 너무 복잡하게 건물들이 얽혀 있는데다 그녀의 방과 붙어 있는 건물에는 들어갈 수가 없었다.

경찰에게 전화를 걸어도 똑같은 이야기였다. 거기다 소음 같은 걸로 신고하는 그녀를 예민한 여자로 취급할 뿐이었다. 집 벽이 너무 얇다는 말에도 그들은 이 동네 집들은 다들 얇아서 어쩔 수가 없다는 말뿐, 아무런 도움이 되지 않았다.

그 외중에도 남자의 소음 공격은 계속되었다. 이쯤 되니 그림 괴물이라는 별명마저 신사적으로 느껴질 정도였다. 해결할 수 있는 방법은 둘 중 어느 한 사람이 집을 빼는 것뿐이라는 남자의 말에 화가 난 미셸은 고래고래 욕을 퍼부으며 피아노를 쾅쾅 내리쳤다. 아무리 생각해도 이런 방법은 서로에게 마이너스일 뿐인데, 저 고집불통 남자는 왜 그렇게 자신을 쫓아내려고만 하는지 이해할 수 없었다. 레슨비에 관한 상담을 들어줄 때는 더없이 고마웠는데. 어쩌면 그림 괴물이 그 이야길 해준 것도 돈이나 얼른 모아 나가라는 뜻인지 몰랐다.

괜히 건반을 누르는 손가락에 힘이 들어갔다. 무의식적으로 부여잡고 있던 몸의 자세가 흐트러졌지만, 그녀는 멈추지 않았다. 계속해 떠오르는 남자의 얄미운 목소리에 이를 부득부득 갈았다. 그녀는 그렇게 지쳐 쓰러지기 직전까지 피아노를 몰아쳤다. 이제 더는 못 치겠다고, 이 이상 손을 움직이면 토할 것 같다는 생각이 들고서야 그녀는 손을 멈췄다. 심호흡과 함께 귀에서 이어폰을 빼내자, 다행히 사위는 조용했다.

"변태 그림 괴물, 어디 갔나?"

비아냥거렸지만 답은 없었다. 다행이다 싶어 한숨 돌리는데, 고막을 찢을 것 같은 날카로운 소리가 들려왔다.

끼이이이이익!

분필 여러 개를 가지고 칠판을 긁는 듯한 소리가 배 속까지 울려오자, 미셸은 온몸에서 돋는 소름에 몸을 비틀었다.

"그만, 그만! 그만 좀 하라고. 제발 좀 그만해!"

다시 헤어드라이어를 틀어보았지만, 남자는 무언가로 귀를 막고 있는 것인지 아니면 미셸을 괴롭히겠다고 이를 악물고 참는 것인지 별 반응이 없었다.

헤어드라이어 소리와 쇠 긁는 소리가 함께 들려오자 오히려 미셸이 괴로워졌다. 헤어드라이어를 급히 끈 그녀는 베개를 집어 들고 벽을 때려가며 분풀이를 했다.

"이 정신병자! 변태! 그림 괴물! 당장 그만하지 못해?"

그러나 남자의 답은 돌아오지 않았다. 미셸은 밖으로 향하려는 발을 억지로 붙들어 맸다. 지금 이 상황에서 그녀가 밖으로 나가버리면 남자에게 편하게 쉴 시간을 주는 것밖에 되지 않았으니까.

얼마나 지났을까, 창밖이 깜깜해진 지 한참이 되자 벽 너머가 조용해졌다. 미셸은 물었다.

"다 한 거예요?"

"오늘은 이만 휴전합시다, 피아노 씨. 분필이 다 떨어졌어."

분필이 떨어졌다고 이야기하곤 있지만 미셸이 듣기에도 바로 알 수 있을 만큼 남자의 목소리에는 졸음이 가득했다. 퀭하게 들어간 미셸의 눈이 반짝반짝 빛났다.

"그렇겐 못 하죠. 누구 마음대로?"

미셸은 라벨의 피아노 협주곡에 즉흥 환상곡, 혁명 등등 자신이 알고 있는 온갖 빠르고 시끄러운 곡들만을 골라 밤새 연주했다. 지금껏 당한 만큼 피아노를 내리치며 남자의 욕지기를 즐겼다.

"아, 젠장! 피아노 괴물아! 잠 좀 자자고. 지긋지긋하다 정말!"

"그럼 괴물 씨가 나한테 한 짓은 생각 안 해요?"

미셸의 대꾸에 벽 너머에서 무엇인가 쾅 하고 내던지는 소리가 났다. 그녀는 쌤통이라며 웃었다.

그 이후로 두 사람의 전술은 서로가 잠드는 시간을 집중적으로 공략하는 것으로 바뀌었다. 덕분에 두 사람은 한동안 잠을 제대로 이루지 못했다. 미셸도 죽을 맛으로 눈 밑에 다크서클이 내려앉았지만, 상대방도 이렇게 괴로울 것이라고 생각하면 크흐흐, 하고 정신 나간 웃음이 입술 사이를 비집고 나왔다.

"제발 그만 좀, 그만! 그만!"

"합의하면 그만한다니까요."

그림 괴물은 가끔 죽겠단 투로 화를 내면서도 끝내 제의를 받아들이지 않았다. 미셸 역시 마찬가지였다. 피아노 건반에서 손이 미끄러질 정도로 졸렸지만 물러서지 않았다.

그렇게 이틀이 지나고, 미셸의 예민함은 곤두설 대로 곤두섰다. 밤새 피아노를 치다 지쳐 잠들었는데 벽 건너편 소음으로 잠을 깨는 것은 정말 살인이라도 낼 수 있을 것 같은 스트레스였다.

아침 내내 옆방에서 들리던 폭죽 소리 비슷한 소음이 겨우 잠잠해지자, 미셸은 부스스 몸을 일으켰다. 잠을 제대로 이루지 못하니 신경이 걷잡을 수 없이 날카로워졌다. 한번 들르라는 언니의 문자에도 짧게 '나중에'라고만 적을 정도로. 무거운 머리를 애써 가누며 미셸은 다시 피아노 의자에 앉았다. 이렇게라도 피아노를 칠 수 있는 건 어쩌면 다행일지도 몰랐다. 무거운 머리 탓에 집중도 영 되지 않고, 셈여림 따위 신경 쓰이지 않는 상태였지만 기계적인 손놀림이라도 아예 연습을 안 하는 것보다는 기분상으로나마 나으니까.

미셸이 한숨과 함께 피아노 뚜껑에 손을 올리는데, 잠시 휴식 시간이었는지 벽 너머에서 믹서 돌아가는 소리가 시작됐다. 금속 같은 것을 넣고 가는 건지, 소리는 굉장한 크기로 울려 퍼졌다. 그런데 갑자기 무언가가 폭발하는 소리가 들렸다.

"젠장!"

욕설을 내뱉는 그림 괴물의 목소리와 함께 미셸은 비죽거리며 벽 너머로 말을 걸었다.

"꼴값도 정성이야. 안 그래, 그림 괴물?"

대답조차 없는 걸 보면 아무래도 무언가 잘못된 것 같았다. 그래도 무슨 상관일까. 괴로워하는 그의 모습에 상상만 해도 즐거웠다.

미셸은 얼른 피아노 뚜껑을 열어 조롱의 노래를 연주하기 시작했다. 음도, 리듬도 아무것도 없이 피아노를 내려치는 것이 전부였지만 꼴좋다는 뜻의 광소를 함께 곁들였다. 하지만 그녀는 그 외중에 한 가지를 잊어버리고 있었다. 피아노 뚜껑을 고정하는 것을.

"으아아악!"

고정되지 않은 피아노 뚜껑이 갑작스레 그녀의 손등 위로 내려앉았다. 제대로 끼인 손에 그녀는 울지도 웃지도 못하고 신음하며 바닥을 뒹굴었다. 그사이 이번엔 건너편 남자가 미셸을 비웃은 것은 두말할 것도 없고. 아무래도 그 상황으로는 아무것도 해결될 것 같지 않았다. 웃는 것인지 우는 것인지 흐느끼던 그녀의 머릿속에 무언가 좋은 생각이 번쩍 스쳐 지나갔다.

미셸은 피아노 위에 있던 박자기를 집어 들고 태엽을 여러

번 감았다. 오랫동안 끊이지 않고 움직여야 하는 만큼 가능한
한 많이. 그리고 고정하는 틀에서 막대를 빼어내자 종이만큼이
나 얇은 박자기 막대가 천천히 움직이기 시작했다. 미셸은 그
아래쪽에 달려 있던 추를 조금 위로 올렸다. 알레그로 정도의
빠르기로.

똑딱똑딱.

규칙적으로 울리는 박자기 소리에 벽 너머에서 남자의 비아
냥거림이 되돌아왔다.

"겨우 그거냐, 피아노 괴물? 이젠 할 만한 게 없나 봐?"

미셸은 그 목소리에 그저 미소만 지을 뿐이었다. 그런 반응
은 이미 예상했으니까. 지금 당장은 가벼워 보일지 몰라도, 그
작은 똑딱 소리가 미칠 여파는 대단했다. 그걸 이제야 기억해
낸 것이 아쉬울 따름이지만. 그럼 괴물은 아직 그 심각성을 모
르는지 계속 떠들어댔다.

"이걸로 되겠냐고. 날 너무 쉽게 보는데, 응?"

미셸이 답이 없자 남자는 비아냥거리기에도 지쳤는지 곧 일
상생활을 시작했다. 아무래도 박자기 소리에는 딱히 관심을 주
지 않아도 될 거라 생각하는 것 같았다. 덕분에 미셸은 피아노
에 찧은 손을 쉬게 할 수 있었다. 어차피 그녀에게 그 소리는 숨
소리와 비슷한 것이니만큼 아무런 타격을 주지 못했으니 상관
없었다. 그렇게 두 사람은 박자기를 틀어놓은 것만 빼면 조용

한 하루를 보냈다.

처음에는 이제 하다 하다 별 이상한 걸 들이민다고 생각했다. 사실 아투스에게서 정확한 주소를 모르면 상대를 특정할 수 없어 법적 조치가 불가능하다는 답을 들은 상태였는데, 상대의 기세가 꺾인 것은 고무적이었다. 반쯤 자포자기인가도 생각했고. 덕분에 기욤은 이제 곧 피아노 괴물을 쫓아낼 수 있을 것이란 기대감에 부풀었다.

그렇게 하루가 지났다.

처음에는 기욤도 박자기 소리에 맞춰 고개를 까딱거릴 정도로 여유가 있었다. 보이지도 않는 벽 너머의 그녀에게 비웃음을 보내기도 했다. 하지만 가볍게 생각한 것이 실수였다. 시간이 지날수록 기욤은 괴로웠다. 그 작은 박자기 소리가 아무리 해도 귓가에서 떨어지질 않았다. 잠을 잘 때도 마찬가지였다. 오히려 조용하다 보니 자꾸만 그 소리에 집중하게 되었다. 음악을 틀어도 이미 머릿속에 그 박자가 새겨진 것인지 엇박이 되어 오히려 괴롭게 느껴졌다. 종국엔 세뇌당하는 기분까지 들어 미칠 것 같았다. 피아노 괴물은 박자기를 틀어두고 어떻게 저렇게 태연하게 있을 수 있는지, 정말 벽 너머의 여자가 괴물처럼 느껴졌다. 어찌 된 노릇인지 바로 옆에 있을 여자는 편안하게 잠을 자는 것 같은데, 오히려 벽 너머의 자신이 힘들었다.

'빌어먹을!'

고지가 멀지 않았다고 좋아했는데, 오히려 그 작은 소리가 최종 보스였던 모양이다. 일부러 그러는 건지, 여자는 그동안 뺀질나게 쳐대던 피아노조차 치지 않았다. 기욤도 처음에는 이를 악물고 참아보려 했지만, 하룻밤을 꼬박 새운 뒤에는 말을 걸 것이냐 말 것이냐 갈팡질팡했다. 고민하던 그는 결국 벽에 대고 소리쳤다.

"이봐요, 피아노 괴! 아니, 피아노 씨!"

기다리고 있던 것처럼 냉큼 답이 돌아왔다.

"왜요? 이야기할 생각이 들어요?"

"그것 좀 끄고 이야기하면 안 될까요?"

"합의한다면 끌게요."

무슨 앵무새도 아니고, 피아노 괴물은 다른 말이라곤 머릿속에서 지워버린 것처럼 합의하라고 종알댔다. 머리를 쥐어뜯던 기욤은 대답 대신 이불을 머리끝까지 뒤집어썼다.

이틀째.

퀭한 얼굴로 이를 악 문 기욤은 집중력을 찾기 위해 노력하면서 분필을 쥔 손을 움직였다.

"2 마이너스 루트…."

집중력을 되찾기엔 계산이 최고라며 시작한 것이었지만, 손에 힘을 너무 준 듯했다. 픽 하고 분필이 부러져 나가자 기욤은 백기를 들듯 남은 분필을 집어 던졌다.

기욤은 쾅쾅 벽을 치려다 말고 손가락을 사용해 노크를 했다. 예전과 달리 최대한 가식적인 목소리를 내려고 노력하면서.

"피아노 씨, 피아노 씨?"

벽 건너편에서는 기척이 나지 않았다. 기욤의 얼굴이 순간 핼쑥해졌다. 나가는 소리는 듣지 못했는데 설마 헤어드라이어 때처럼 박자기를 틀어두고 나간 걸까. 설마가 사람 잡는다고, 그날 내내 그녀는 돌아오지 않았다. 기욤은 이가 갈리도록 여자를 저주하며 몇 번이고 문밖으로 나가려고 했지만 허사였다. 옷까지 다 걸쳐 입고 문까지 열고 나가려다 문턱을 넘지 못하고 몸을 돌려야 했다. 그렇게 꺼리던 경찰에게라도 매달리고 싶은 심정이었지만, 막상 전화를 걸었다가도 무슨 일이냐고 묻는 경찰의 말에 그냥 수화기를 내려놓았다. 도저히 박자기의 폭력성을 설명할 도리가 없었기 때문이다.

그 밉살스러운 여자는 하루 종일 밖에서 지내다 들어올 모양이었다. 큰 소리로 음악을 틀어 다시금 박자기 소리가 묻히도록 했지만, 이따금 악기들이 일제히 소리를 멈춘다든가, 피아니시시모(ppp)같이 소리가 잦아드는 부분에서는 어김없이 그를 괴롭혔다. 기욤은 오히려 악기가 빠질 공간을 기다렸다. 그

순간에 왁! 하고 소리라도 지르면 좀 나은 것 같아서. 그런데 기욤은 실수를 저지르고 말았다. 집에 막 들어오는 그녀에게 내 의도와는 다르게 욕을 퍼붓고 만 것이었다.

"망할 피아노 괴물! 사람 죽이고 싶어? 그렇게 해두고 대체 어딜 쏘다니다 온 거냐고!"

하루 내내 참았던 화를 그렇게 풀어내자 잠깐 동안은 후련했지만 기욤은 이내 아차 하는 기분에 휩싸였다. 지옥 같은 똑딱 소리를 배경으로, 그녀는 작게 웃었다.

"그렇게 힘들었어요?"

"그 그래요, 피아노 씨. 그러니까 제발 그것 좀."

"그런데 방금 전 그 욕은 뭐죠, 그림 괴물 씨? 아무래도 한 며칠 더 틀어놔야 할까 봐요."

이를 갈면서도 기욤은 그녀에게 사정했다. 지금 자신은 정말로 중요한 작업을 하는 중이며 집중력이 필요하다는 것을 노트 열 장에 가득 채울 수 있을 정도로 어필했다. 하지만 그녀는 받아들이지 않았다. 그저 짧은 말을 남겼을 뿐이다.

"박자기 소리로는 사람 안 죽어요."

기욤도 이쯤 되니 오기가 생겼다.

'그래! 어떻게든 한번 참아보자 이거야.'

이제는 박자기 소리를 아무렇지도 않게 참아내는 것 자체가 그녀를 이기는 것이 아닐까 생각될 정도였다. 그것을 참아내고 나서야 그녀에게 새로운 공격을 퍼부을 수 있을 테니까. 그녀라고 참아내는 것을 자신이라고 못 할 리 없다며 다시금 이를 악 물었지만, 그것은 고난의 연속이었다.

"저기 식사할 때만이라도 좀 꺼주면 안 될까요, 피아노 씨?"

그 작은 소리가 대체 뭐라고, 식사마저 제대로 할 수가 없었다. 똑딱거리는 소리는 숨 쉬는 것도 방해했고 무언가를 제대로 씹어 삼키는 것조차 힘들었다. 아무리 거부하려 해도 음식을 입에 넣고 씹다 보면, 어느새 그 박자에 맞추고 있었다.

한번은 파스타 면을 삶다가 화딱지가 나 전부 개수대에 쏟아버린 뒤 쫄쫄 굶기도 했다. 그러고는 새벽에 배가 너무 고파 거들떠보지도 않던 메밀 크래커 부스러기를 대충 손가락으로 찍어먹었다. 그러곤 이게 뭐하는 짓인가 싶어 눈시울이 뜨거워질 지경이었다.

벌게진 눈은 거울로 보면 실핏줄이 다 터진 것처럼 보일 정도로 엉망이었다. 잠을 제대로 자지 못해 몰골도 영 말이 아니었다. 물론 그것보다 더 화나는 것은 여자는 박자기 소리에도 푹 자고 일어나 제 할 일을 아무렇지도 않게 하고 다닌단 점이었다. 아투스가 오면 어떻게든 좀 해보려 했는데, 하필 이때 썩을 놈은 바빠서 이틀 동안 오지 못할 것 같다는 이야기만 전화로 전해왔다.

사흘째.

아직도 그 작은 전쟁은 진행 중이었다. 똑딱 소리에도 수학적 공식이 깃들어 있을 것이라며, 억지로 울티맥스에 다시 손을 대보았지만 역시나 무리였다. 차라리 쉰 것만 못하게 그는 축 하나를 완전히 삐뚤게 만들어버렸다. 다시 조정해야 할 작업량이 한 달 정도는 걸릴 것 같았다. 수년이 걸린 작업물을 벽에다 갖다 박아버리고 싶은 충동이 일었다. 그것을 겨우 참아내며 기욤이 벽을 쾅쾅 두드렸지만 건너편에서는 인기척이 나는데도 대답이 없었다.

"제발, 사람 좀 살자고!"

악다구니를 질러보아도 상대방은 냉정했다.

"아직 악을 쓸 정도로 힘이 남았나 봐요, 그럼 괴물 씨?"

기욤은 이러다 정말 죽겠다는 생각에 유서까지 작성했다. 그 안에는 이렇게 짧은 문장만이 적혀 있었다.

'제가 변사체로 발견된다면 옆방 여자가 박자기를 끄지 않아 발생한 정신쇠약이 그 원인입니다.'

아투스에게도 편지를 남겼다.

'내가 죽으면 옆방 여자에게 복수해다오.'

이제는 정말 대화로 해결하고 싶은 심정이었다. 하지만 기욤이 한 번을 제대로 참지 못한 탓에 그 기회는 물 건너간 상태였다. 아무리 벽을 두드려도, 그녀는 빈정대기만 할 뿐 대화에 응해주려 하지 않았다. 덕분에 박자기 소리는 계속 울렸고, 그동

안 그는 생전 처음 스테인리스 팬을 태웠으며, 빨래를 해놓고
도 하루 넘게 그걸 잊어버리기도 했다.

분노를 참지 못해 벽을 쾅쾅 치던 것도 이제는 옛일. 일반 사
람이라면 어떨지 모르겠지만, 강박증에 가까울 정도로 자신의
라이프스타일을 지키며 생활하던 기욤에게 그 공격은 무엇보
다 치명적이었다.

다시금 집을 뛰쳐나갈까 하는 생각을 해보지 않은 것도 아니
었다. 사람들을 기피하는 자신이 오죽하면 그랬을까. 이전 시
도에서처럼, 기욤은 문을 반쯤 열고 부들부들 떨다가 결국 괴
성과 함께 문을 닫았다.

"으아아아아아악!"

언제나 단정하던 머리는 하도 헤집어 까치집이나 다름없었
고, 눈과 뺨이 퀭한 것이 한눈에 보일 만큼 삶이 피폐해졌다.

"아으으으! 듣고 있으면 대꾸라도 좀 하라고!"

불지옥에 간 부자가 그저 혀끝에 물 한 방울만 찍어도 족하
리라 생각했다는 성경 속 일화가 머릿속을 스치고 지나갔다.
반쯤 포기한 상태로 아투스가 내일 오기 전까지 살아 있다면
방을 구하도록 해야겠다고 다짐하던 기욤은, 갑자기 똑딱 소리
가 멈춘 것 같다고 생각했다. 목말라 죽을 것 같은 자의 물 한
방울처럼 그것은 순간 너무나 달콤하게 다가왔다. 그리고 여자
가 물었다.

“이제, 합의하실래요?”

기욤은 이번에도 벽을 치며 대거리를 하고 싶은 것을 죽을힘을 다해 참았다. 그 침묵을 무어라 생각해서일까, 다시금 박자기 소리가 들렸다.

똑, 딱.

기욤은 목소리를 높였다. 얼른 귓가에서 저 똑딱거리는 정신 나간 소리를 떼어버리고 싶었다.

“내가 졌어요, 피아노 씨. 그러니까 제발 그 박자기 좀 멈춰요!”

순간 또 참지 못하고 버럭 소리를 지른 것에 움찔했지만 다행히 작은 웃음소리와 함께 박자기 소리가 멈췄다. 그제야 기욤은 마음 편하게 숨을 쉬었다. 빠르게 똑딱이는 소리에는 숨마저 그 박자에 맞춰 쉬어야 할 것 같아 붕어같이 뻐끔대던 통이었으니까.

벽 너머에서 만족스러운 듯한 여자의 목소리가 들려왔다.

“자, 이제 어른답게 처리해요. 합의해서 시간을 나누는 거죠. 당신하고 내가 각자 쓸 시간. 언제가 좋겠어요?”

어차피 이렇게 될 거였다면 차라리 그녀에게 처음 들통났을 때 합의하는 것이 낫지 않았을까 생각하면서 기욤은 긴 한숨을 내쉬었다. 물론 이미 지나간 일이지만.

# 제3장
# étude Op. 10, No. 12 "Revolutionary"

쇼팽의 에튀드 작품 10, 12번 '혁명'

미셸의 손이 건반 위를 날았다. 악다구니를 쓰는 것처럼 쾅쾅거리던 때와 달리 이제는 제대로 악상 기호를 제대로 지켜가며 연주하고 있었다.

두 사람의 동거 아닌 동거가 처음부터 순탄하기만 한 것은 아니었다. 남자가 무언가에 집중하면 잘 빠져나오질 못하는 것도 문제였고, 가끔은 욕심이 나는지 "조금만 더" 하고 떼 아닌 떼를 쓰기도 했으니까. 그때마다 미셸이 박자기를 꺼내 들면 언제 그랬냐는 듯 남자의 목소리는 순한 양처럼 변했다. 단단히 혼쭐이 난 모양이었다.

'어떤 표정으로 사정사정했을지 궁금한데.'

극적인 합의로 찾아온 평화는 그녀의 마음에 쏙 들었다. 물론 연습의 전부를 집에서 소화할 수는 없었지만 학교나 근처 기숙사의 피아노 연습실을 빌리는 것을 더하니 전쟁을 치를 때에 비해서는 확실히 연습을 훨씬 많이 하고, 마음속으로도 충족감을 느꼈다. 문제점도 있었다. 혼자서 어떤 피아노를 쳐야 할지 알 수가 없었다. 이전에는 모든 것을 예브제니의 뜻대로 하면 되었기에 생각할 필요조차 없었던 탓이다.

답답한 가운데 시간은 자꾸만 흘러갔다. 아무것도 하지 않는 건 시간을 버리는 것 같아 기계적으로 건반을 눌러대는 시간만 늘었다. 오늘도 그렇게 멍하니 피아노를 치고 있다가 시계를 바라보니 어느새 그녀에게 남은 시간은 1분뿐이었다. 미셸의 마음이 급해졌다.

'이번 곡이라도 다 치고 싶은데.'

악보를 무시한 채 템포를 빠르게 올렸지만, 그 속도로라도 1분 내로 곡을 끝마치는 건 무리였다. 당황하며 시계를 보는 사이 어느새 시간은 다 됐고, 어김없이 벽 너머에서 알람 소리가 울렸다.

"자, 잠시만요!"

형세 역전이라고나 할까. 이전에는 그렇게 외치는 것이 벽 너머의 남자였는데. 미셸은 입술을 꼭 깨물고는 손가락을 좀 더 빠르게 놀렸다. 건반 위의 손이 보이지 않을 정도로 움직이던 그녀는 다시 한 번 부탁했다.

"잠깐이면 돼요! 3분만!"

하지만 벽 너머에서의 답은 그저 삐빅거리는 알람 소리뿐. 그녀가 그랬던 것처럼 그림 귀신 역시 봐줄 마음이 없는 것 같았다.

합의 이후, 그녀는 상대방에게 말을 붙여보려 했다. 기왕 이렇게 된 거, 룸 셰어 같은 거라 생각하고 좀 더 친하게 지내보면 어떨까 하는 기분에서였다. 남자는 그런 미셸을 거부했다. 도저히 참지 못해 합의를 하긴 했지만 자존심이 무척 상한 듯했다. 어쨌든 이제 그의 시간이 끝날 때까지는 조용하게 기다려야 했다. 작은 한숨과 함께 그녀는 조용히 피아노 뚜껑을 덮고 테이블로 갔다. 그러고는 테이블 위에 돌돌 말린 아이들용 피아노 건반을 펼쳤다. 오늘은 불행히도 연습실 예약을 하지 못해 집에서 그것으로 대신해야 했다.

이렇게 몇 분씩 왔다 갔다 했지만, 기본적으로 두 사람 사이의 합의는 잘 지켜졌다. 서로 나누던 이야기도 사라졌기에 두 사람은 오히려 매일같이 소리를 높이던 날들보다 더 조용하고 쾌적한 하루하루를 보냈다.

미셸은 귀에 이어폰을 꽂고, 작은 소리로 음악을 들으면서 탁자 위의 종이 건반을 살살 내리눌렀다. 그러다 이어폰을 꽂은 귀가 아파 잠깐 이어폰을 빼자, 남자의 흥얼거리는 목소리가 들렸다. 아주 오래전에 어딘가에서 들어본 기억이 있는 노래였다.

　　모험에서 모험으로
　　기차에서 기차로
　　항구에서 항구로
　　내 다시 맹세하오
　　그댈 잊지 않으리다


　휴대폰을 꺼내 가사를 검색하자, 세르주 라마의 '모험에서 모험으로(D'aventure en aventure)'라는 곡이었다. 20세기 중반에나 나온 노래를 흥얼거리는 걸 보면 남자는 꽤나 올드한 취향인 것 같다고 생각하면서, 그녀는 등을 쭉 펴 기지개를 켰다. 처음에는 그냥 이어폰에 시달리던 귀를 잠시 쉬게 하려고 한 것뿐이었는데, 은근히 벽 너머의 소리를 들으며 노래를 부르는 남자를 상상하는 것은 간지러운 무언가가 있었다. 미셸은 종이 건반 위에서 움직이던 손을 멈추고는 호기심 어린 표정으로 벽 너머의 소리에 귀를 기울였다.
　노래를 흥얼거리며 비둘기들에게 비싼 퀴노아 크래커를 나눠주던 남자는 청소기를 돌린 뒤, 세탁기에 빨래를 집어넣어 돌렸다. 한동안 조용하다 싶던 그는 칠판에 무언가를 한참 쓰더니, 일이 잘 풀리지 않는지 한숨을 길게 쉬고는 라디오를 틀었다. 그런 채널이 있었나 싶을 정도로 어렵기만 한 방송이었지만 미셸은 이어폰을 끼는 대신 차를 한잔 마시고는 라디오 소리와 함께 다시 연습을 시작했다. 소리 없는 피아노 연주가 계속되는 사이, 알 수 없는 공식을 논하던 라디오가 클로징 멘트를 내보냈다.

"유체역학과 양자역학, 여기서 인사드립니다. 다음 시간에 다시 만나요."

시간은 역시나 오후 4시.

미셸은 얼른 종이 건반을 말아 한쪽으로 치웠다. 지금부터는 그녀의 시간이었다.

♥

그녀와 소리를 나누기로 한 지 며칠째. 이제는 기음도 나름대로 적응이 되어 쾌적함을 느꼈다. 생각보다 남과 일정 정도 소음을 공유하는 것도 나쁘지는 않았다. 아무리 거부해도 이따금 느껴지는 외로움이 점차 희석되어가는 게 느껴질 정도였으니까. 물론 처음에는 불편한 것도 사실이었다. 얼마 전엔 깜빡하고 세탁기를 계속 돌리다 시간을 놓친 적도 있었고.

사정을 봐주면 안 되겠느냐고 이야기하려 했지만, 벽 너머에서는 경고음 같은 높은 시 음만이 반복해서 들려왔다. 결국 그는 물기 가득한 빨래를 꺼내어 숨죽이며 손세탁을 해야 했다. 물이 주룩주룩 흘러내리는 옷들을 손으로 짜면서 왜 이러고 살아야 하는지 분통이 터지긴 했지만, 그도 얼마 전 몇 분만 더 달라고 애원하는 그녀의 청을 단칼에 거절한 적이 있으니 어쩔 수가 없었다. 기욤은 끓어오르는 분기에 세면대 가득 담긴 물에 머리를 담가 식혀야 했다.

한두 번은 그도 제 성을 이기지 못해 약속을 어긴 적이 있었다. 그때마다 여자가 박자기로 공격했다. 정말 치사하고 쪼잔하다고 생각했지만, 어쨌든 아쉬운 것은 자신이니 어쩔 수가 없었다. 그래도 받아들이기로 마음을 바꿔먹자, 일정한 소음은 생각보다 기욤에게 편안한 기분을 안겨주었다. 정해진 시간에 수준 높은 피아노 연주를 계속해 들을 수 있다는 것도 나쁘지 않은 경험이었다. 옛날 아버지의 일터에 가서 반강제적으로 음악을 듣던 때도 생각나고.

오늘도 양자역학 라디오 소리와 함께 그의 시간이 끝나자, 기욤은 두꺼운 스펀지로 만든 덧신을 발에 묶었다. 일전에 염탐을 위해 마련해둔 것인데, 이제는 훌륭하게 제 쓰임을 찾았다. 평소 쓰던 분필 칠판 위에도 화이트보드를 갖다 기대두었다. 그걸 갖다주기 위해 아투스가 찾아온 때가 하필 그녀의 시간이라, 이번에는 기욤이 문 앞까지 나가선 물건만 받고 내쫓았다. 웬일이냐고 놀라워하던 아투스는 결국 욕을 하며 돌아갔고.

기욤은 소리가 나지 않게 받침을 댄 잔에 와인을 조용히 따라 푹신한 의자에 앉았다. 발밑에 스펀지 덧신을 신었어도 여전히 그의 발걸음은 조심스러웠다. 까만 칠판 위에서 하얗게 자기주장을 하고 있는 화이트보드를 바라보던 기욤은 속으로 한숨을 쉬었다. 예전보단 못해도 어쨌든 만족할 만한 상태의 삶으로 되돌아왔는데도 울티맥스가 영 진전이 없었다. 도움이 될까 하고 아투스에게 논문을 부탁하기도 했고 최근 소홀했던 관련 라디오까지 챙겨들었지만 제자리걸음이었다.

'아아, 오늘은 그냥 쉬자.'

와인을 한 모금 머금어 입안에 굴리며 그는 푹신한 목 받침대에 머리를 기대고 편히 앉았다. 귓가로 옆방 여자의 피아노 소리가 들려왔다. 피식 웃음이 새어나왔다. 걱정했던 것이 우습게 느껴질 만큼 두 사람은 잘 지냈다. 적어도 아투스가 파리의 까탈리스트라고 별명 지어준 자신이 만족할 만큼은.

피아노 소리가 기분 좋게 들리게 된 것도 그 때문이리라 생각했다. 그렇게 와인을 즐기며 휴식을 취하던 기욤은, 곧 무언가 이상하다는 생각이 들었다. 그것은 얼마 전 하루 정도 숨을 죽여 그녀를 감시할 때 느낀 것과 비슷했다.

피아노를 치는 것이 기술이라고 한다면 피아노 씨는 나무랄 데가 없을 정도의 기술자였다. 박자기를 켜두고도 사흘 이상 아무렇지도 않게 지내던 것을 기억하면서 기욤은 조금 납득했다. 그런 습관을 가지고 있었으니 박자가 무슨 음반처럼 정확한 것일 거라고. 그녀는 지금 거의 1시간이 되도록 한 곡만 연달아 쳤는데, 덕분에 거듭해 들을 때마다 기욤은 그렇게 확신할 수 있었다. 심심풀이 삼아 시계로 각 곡들을 재어보아도 오차가 몇 초씩밖에는 나지 않았으니까.

하지만 그뿐이었다. 지금까지 비록 담 하나를 두고서라도 여러 거장들의 연주를 들어온 기욤은, 기교와 정확성이 전부가 아님을 잘 알고 있었다. 말할까, 말까. 몇 번이고 망설이던 기욤은 결국 피아노 소리가 멈추자 정중하게 벽에 노크를 했다. 어김없이 높은 시 음이 들려왔다. 시 시 시 시 시 시! 그는 불만을 표시하는 벽 너머 여자에게 정중하게 말을 걸었다.

"저기, 피아노 아니, 시시만 치지 말고요, 시시 씨."

시 소리는 어김없이 또 울렸다. 방해하지 말라는 경고나 다름없었지만, 기왕 말을 꺼낸 김에 기욤은 해결을 보리라 다짐했다. 그녀가 자신의 말을 들어준다면 앞으로 그의 휴식 시간이 좀 더 즐거워질 수도 있을 테니까. 기욤은 지지 않고 말했다.

"이러지 않기로 했지만 좀 들어봐요!"

대화를 거부하는 듯 점점 크레셴도(crescendo)로 더 세게 울리는 시 음에 그는 자신도 모르게 소리를 빽 질렀다.

"쇼팽은 그렇게 치는 게 아니라고요!"

기욤의 외침에 갑자기 피아노 소리가 뚝 멎었다. 그리고 조심스러운 질문이 돌아왔다.

"전문가예요?"

"그건 아니지만."

실망했는지, 작은 시 음이 다시 울렸다. 꼭 전문가만 평을 해야 한다는 법도 없지 않은가. 기욤은 멈추지 않고 말을 이었다.

"아버지가 오페라 극장 수위였어요. 무대 뒤에서 매일같이 연주곡을 들었죠."

그의 말을 들어주겠다는 것인지 다시금 피아노 소리가 멎었다. 단어가 강하게 나가지 않도록 조심하면서 그는 말했다.

"당신의 피아노는 기술적으로 완벽해요. 하지만 그게 다예요."

♥

"당신은 쇼팽을 몰라요."

남자의 말에 미셸은 귀를 틀어막고 싶은 손을 겨우 잡아 내렸다. 그녀가 지금까지 겪어온 바로 그림 괴물 씨는 쓸데없는 소리를 할 사람은 아니었다. 실제로도 어떻게 방향을 잡아야 할지 고민하던 중이기도 했으니까. 잠시 방심하자 그녀의 안에 있던 온갖 감정들이 휘달려 곡을 엉망으로 만들었다. 집중을 하지 못해서일지도 모르겠지만, 어쨌든.

덕분에 미셸은 이 시점에 다가온 그의 말을 한번쯤은 들어봐야 할 것 같다는 생각이 들었다. 전문가도 아니라면서 피아노니, 마음이니 이야기를 하는 것이 조금 당황스러운 것은 사실이었지만 말이다.

물론 화도 났다. 누구라도 자신이 10년 넘게 걸어온 길이 틀렸다고 이야기한다면 화가 나지 않을까. 지금의 미셸은 그런 이야기에라도 희망을 걸고 싶을 만큼 필사적이었다. 입술을 깨물며 귀를 기울이자, 벽 너머의 남자는 이어 말했다.

"시시 씨, 며칠 전에 친 녹턴을 예로 들어볼까요. 그 곡 별명이 뭔지 알아요?"

지금까지 그런 건 생각해본 적도 없었다. 예브제니 선생님은 그런 것을 알려주지 않았으니까. 그 침묵을 무엇으로 받아들였는지 몰라도, 남자는 작게 한숨을 쉬고는 다시 말했다.

"센 강의 중얼거림이에요. 쇼팽은 피아노의 시인이란 별칭도 있을 정도인데 당신은 속삭이고만 있더군요. 그리고 방금 전의 에튀드 12번 혁명은…"

가슴까지 찔러 들어오는 남자의 말에 미셸은 다시금 그의 이야기를 외면하고 싶은 충동이 일었다. 그녀는 충분히 그럴 수 있었다. 그는 그녀의 선생도 아니었고, 그저 벽 하나를 사이에 둔 목소리일 뿐이니까. 그래도 미셸은 참을성 있게 그의 다음 말을 기다렸다.

"감정도 경험도 온기도 없죠. 아, 영혼도 없고! 쇼팽은 영혼을 다해 연주해야 해요. 그건 아무나 할 수 있는 게 아니고요."

다시 두 벽 사이에는 침묵이 흘렀다. 말이 조금 심했다고 생각한 것일까. 남자가 급히 한마디를 더했다. 물론 이미 미셸의 마음은 진창 속에 처박혔지만.

"그러나 재능은 있다고 생각해요. 그렇게 정확하게 쳐내는 것도 보통의 사람이라면 하기 힘들거든요. 그런데 뭐라고 표현해야 하지? 음, 마음의 빗장을 좀 풀어봐요. 들을 때마다 답답해서. 음, 미안한 말이지만 참고 참다가 이야기한 거예요."

조심스럽게 남자가 덧붙인 말을 들으니 진창에서 한쪽 발 정도는 빠져나온 것 같은 기분이었지만 여전히 고민은 사라지지 않았다.

예브제니 선생님 집에서는 언제나 그가 모든 것을 세밀하게 조정했다. 박자니, 템포니, 하다못해 중요한 부분에서 숨을 쉬는 타이밍까지. 하지만 그는 남자가 이야기하는 것처럼 영혼이라든가 하는 말은 단 한 번도 해주지 않았다.

콩쿠르는 물론 본인의 색도 중요하긴 했지만 그보다는 악보대로 연주할 수 있는 정확성과 기교에 더 신경을 써야 했다. 객관식과 주관식 중 어떤 것이 점수를 매기는 데 더 공정할까 생각하면 쉽게 답이 나오는 문제였다. 덕분에 예브제니는 미셸에게 언제나 정확히 악보에 따라 연주할 것을 요구했다. 콩쿠르에서 원하는 건 그런 것이라면서. 그것을 완벽하게 했을 때 다른 무언가를 할 수 있다고 언제나 이야기했다. 그럼 그 단계를 넘어섰더라면 예브제니도 남자와 같은 이야기를 해주었을까? 미셸은 입술을 잘근잘근 깨물다 겨우 말했다.

"참을 거 없어요. 사실이니까."

예브제니는 언제부턴가 그녀에게 항상 말했다. 그녀에게 재능이 있다고 믿었는데, 그것이 정말로 존재하는 것인지 의심이 간다고. 그런데 얼굴도 모르고 목소리도 안 지 일주일 정도밖에 안 된 사람에게 받는 칭찬이 이 정도로 기쁠 것이라고는 상상도 하지 못했다. 물론 부족하다는 말도 함께 듣긴 했지만, 그보다는 칭찬이 그녀의 귀에 더 가깝게 다가왔다.

무엇보다 미셸은 그가 자신의 피아노 소리를 그렇게 주의 깊게 듣고 있었다는 것에 놀랐다. 분명 그간 사이가 안 좋았던 만큼 귀를 틀어막고 있을 줄 알았는데.

"그렇게 매번 듣고 있었던 거예요?"

"음, 나쁘지 않았으니까요. 콘서트홀을 집으로 옮겨온 기분이라고 해야 하나? 어쨌든 다시 칠 거죠?"

"네?"

"아까 그거, 혁명이요. 1시간 내내 치고 있었잖아요."

벽 너머에서 남자의 목소리가 다시 들려왔다.

"그럼, 어디 한 번 다시 쳐봐요. 여기서 듣고 있을 테니까."

그렇게 다정하게 느껴지는 목소리는 처음이었다. 어떤 심경의 변화일지는 몰라도, 응원해주는 사람이 있다는 건 기분 좋은 일이었다. 용기를 얻은 미셸은 심호흡을 크게 한 뒤 손을 피아노 건반 위에 올렸다.

내려치는 음. 수백 번, 수천 번이고 쳐 익숙한 곡인데도 그녀는 손가락 끝에 신경을 더더욱 집중했다. 그것은 정확함을 위해서라기보다는 그저 벽 너머에서 들어주는 한 사람의 청중을 위해 제 마음을 건반 하나하나에 담으려는 노력이었다. 그가 일깨워준 마음의 빗장, 그것을 풀어낼 수 있는 것은 자기 자신뿐. 그녀는 손가락을 움직일 때마다 제 숨을 실었다.

남자는 벽 너머에서 그녀에게 응원하듯 말을 걸었다.

"더 강하게, 그래요. 좀 더 물 흐르듯이!"

우스운 일이었다. 10년 넘게 피아노를 치면서 한 번도 하지 않은 시도를 얼굴도 모르는 벽 너머 남자에게 의지해 해보고 있었으니까. 지금의 그녀는 자세도, 정확한 악보도 아무것도 신경 쓰지 않았다. 그저 벽 너머 남자의 목소리에 집중하면서, 미셸은 지금까지 익혀온 예브제니의 가르침을 머릿속에서 하나하나 지워나갔다.

어릴 때 생각이 났다. 처음 학교에서 방과 후 활동으로 피아노를 접했을 때, 그때는 원하는 것을 생각하며 칠 수 있었는데. 피아노를 치는 것이 왜 좋아졌더라? 부모님의 칭찬 때문에? 연주를 듣고 같은 반 아이가 준 사탕 때문에? 아니, 아니었다. 아무래도 그녀는 작은 고사리손으로 징검다리 밟듯 건반들을 오가며 선율을 만드는 것이 좋았던 것 같다. 그런데 어쩌다 이런 기분을 잊고 있었던 걸까.

빠르게 달려나가는 왼손과 격정적인 선율을 들려주는 오른손이 어우러지며 조화를 이루는 지금 이 순간, 미셸은 쇼팽이 피아노로 쓴 시를 남자에게 들려준다고 생각하며 악보를 바라보던 눈을 감았다. 하나의 감각이 사라져서일까, 어딘지 모르게 예전의 것과는 다른 느낌의 선율이 귓가를 채웠다. 마음을 담아보라는 그의 말이 머릿속으로는 이해하기 힘들었지만 미셸은 집중했다. 어쩐지 지금은 할 수 있을 것만 같은 기분이 들었다.

답답함을 느끼면서도 말 한마디도 제대로 할 수 없었던 그 나날들, 외로움, 그 모든 것이 그녀의 원래 성격을 가려놓았다. 원래 밝고 엉뚱한 성격이라는 이야기를 많이 들었는데, 부모님이 돌아가시고 나서는 아무래도 위축된 것일지도 몰랐다.

덜걱거리며 풀리기 직전의 빗장처럼 그녀의 손은 바삐 흑백의 초원 위를 날았다. 이미 지나온 길에 후회는 없지만, 그저 예브제니의 교수법이 자신과 맞지 않았을지도 모르지만, 어쨌든 확실한 건 지금까지 피아노를 치면서 이렇게 가슴 벅찬 순간이 언제였는지 기억조차 나지 않을 만큼 오랜만이라는 것이었다.

온몸의 피가 두근거리며 내달렸다.

그러나 아직도 노래에 완전히 자신을 맡기는 것은 망설여졌다. 그녀는 지금까지 예브제니 아래에서 곡과 자신을 다른 별개의 무언가로 인식해야 했다. 그것은 그녀가 실수하지 않고 풀어내야 하는 수학 문제와도 같았다. 틀리지 않을까 염려해 언제나 조심할 수밖에 없었다. 이제 날아보아도 되는 걸까. 절벽 아래로 뛰어내려 날아가도 되는 걸까. 미셸은 안절부절못하는 기분으로 곡을 이어나갔다. 마치 발은 땅에 붙인 채 힘없이 날갯짓만 하는 듯한 기분. 날 수 있을지, 아닐지 확인하려면 먼저 절벽 아래로 뛰어내려야 했다. 그런 망설임을 알아챈 것일까, 점점 높아지는 음계에 남자가 소리쳤다.

"지금! 지금! 곡에 몸을 맡겨요!"

그 외침과 함께 그녀는 자신도 모르게 제 자신을 노래 위로 던졌다. 아찔한 기분에 처음에는 '실수였을까' 하는 생각이 스쳐 지나갔지만 그것은 오산이었다. 지금까지 자신을 옭아매던 통제를 완전히 떨쳐버린 그녀는 순간 찌르르르하게 온몸이 울리는 것을 느꼈다. 그 잠깐 사이 손끝까지 열기가 돌았다. 지금까지 한 번도 느껴보지 못한 뜨거움이었다.

"그거예요, 완전히 맡겨요!"

남자의 신난 목소리에 그녀는 어쩐지 숨이 가빠지기 시작했다. 이 곡을 끝까지 쳐낸다면, 엄청난 것이 자신을 기다리고 있을 것 같다는 기대감. 끊이지 않는 선율은 클라이맥스로 향했다. 점점 더 고조되는 감정선을 넘어 남자의 목소리가 계속 들려왔다.

"자, 이제, 이제! 놔버려요!"

그의 목소리와 함께 오른손이 높은 파의 옥타브를 찍었을 때, 미셸은 확신할 수 있었다. 에튀드의 날개 위에 그녀가 온전히 올라섰다는 것을. 남자가 이야기한 영혼을 담은 연주를 해냈다는 충족감이 온몸을 휘감았다.

"느낌이 오죠? 그렇지, 그렇지!"

벽 너머의 목소리 역시 흥분을 담은 외침으로 계속 그녀를 독려했다.

"느껴져요? 이 선율의 아름다움이?"

대답 대신 미셸은 남은 연주를 계속했다. 행복한 고양감 속에서 마지막 한 음까지 남김없이 쳐낸 그녀는 숨을 몰아쉬었다. 엄청난 해방감이었다. 그저 목소리를 들으며 피아노를 친 것뿐인데!

쿵쾅거리는 심장 소리와 함께 숨을 몰아쉬던 미셸은 비틀거리며 피아노 의자에서 일어났다. 3분도 채 되지 않는 곡 하나를 친 것뿐인데 전력 질주를 한 것처럼 숨이 가쁘고 다리가 후들거렸다.

정신없이 피아노를 치는 사이 어느 샌지 모르게 안경이 날아갔고 머리가 풀어 헤쳐진 모양이었다. 흐트러진 머리를 쓸어 올리며, 미셸은 더듬거려 바닥 어딘가에 떨어진 안경을 주워 들었다. 그 가운데 그녀의 시간이 끝났다는 알람이 들려왔다.

삐빅, 삐빅.

알람은 금방 꺼졌다. 기다시피 안경을 주워 벽에 등을 기댄 미셸은 그대로 주르륵 미끄러졌다. 그 너머의 남자에게 고마움을 전하고 싶고, 자신이 느낀 고양감을 나누고 싶은데, 차마 설명할 수가 없어 입이 떨어지지 않았다. 물론 그걸 빼고라도 그냥 아무 이야기나 꺼내고 싶었지만 미셸은 꾹 참았다. 지금은 그녀의 시간이 아니었으니까.

그러는 사이 벽 너머에서 흘러간 옛 노래가 들려왔다. 누가 부른 곡인지도 모르는 노래는 평화스럽기까지 했다. 역시나 늙은이 취향이라고 생각하면서 미셸은 키득거리며 웃었다. 평소라면 아무리 우스워도 속으로만 웃었을 텐데 어쩐지 지금의 분위기는 그래도 될 것 같았다. 벽 너머의 남자도, 이전처럼 까칠하게 그녀를 대하지는 않았다. 자신의 시간을 기꺼이 열어주었으니까.

그는 미셸에게 물었다.

"왜 웃어요?"

역시 탓하는 것 같지는 않았다. 미셸은 조금 전보다 한층 편해진 마음으로 그에게 답했다.

"나이가 한 칠십 살 돼요? 대체 그게 언제 적 노래예요."

"세르주 노래는 세월을 안 타요."

어쩐지 이야기를 하고 있는 남자의 얼굴이 궁금해졌다. 머쓱해하는 듯한 목소리이긴 하지만. 미셸은 문득 그에게 물어보고 싶은 것이 아주 많다는 걸 깨달았다. 그리고 지금이 아주 좋은 기회라는 것도.

"저기, 계속 궁금하던 게 있는데요. 맨날 뭘 그렇게 만들어요?"

개인적인 이야기는 거의 나눈 적이 없었기에 답이 제대로 돌아올까 걱정했는데, 남자는 순순히 답을 해주었다.

"난 개발자예요. 전에는 모바일 게임을 개발했고, 지금은 브레인 티저란 걸 만들고 있죠. 시시 씨, 브레인 티저가 뭔지 알아요?"

이야기가 끊어지게 하고 싶지 않았던 미셸은 필사적으로 브레인 티저라는 단어를 머릿속에서 기억해내려 애썼다. 그러다 몇 년 전 언니에게 아이들 선물로 뭐가 좋겠느냐고 물어봤을 때 언니가 이야기한 것이 생각났다.

"음, 음. 혹시 루빅스 큐브 같은 장난감요?"

아주 틀리지는 않았는지, 웃음까지 머금은 남자가 말했다.

"뭐, 루빅스 큐브는 애들 장난감이지만요. 난 훨씬 복잡한 퍼즐을 만들어요. 예전에는 주로 가상공간에 만들었지만 지금은…. 어쨌든 요즘 땜질하는 것도 그 작품 때문이에요. 울티맥스라고."

"울티, 뭐요?"

"울티맥스요. 엄청나게 복잡하지만, 풀 가치가 있는 그런 퍼즐이에요. 구체의 공시성으로 시차 효과를 내서인지 혼란을 유발하는 거죠. 인체공학적으로 설명하자면 아, 이런 이야긴 좀 복잡한가. 뭐, 아무튼 그래요. 큰 프로젝트라 7년, 7년째 하고 있죠."

단어들부터 이해할 수 없는 이야기뿐이었지만 미셸은 맞장구를 쳐주며 그의 말을 경청했다. 어째서일까, 하나도 알아듣지 못하겠는데 이렇게 즐거운 대화는 처음인 것 같았다.

"시시 씨."

"시시요?"

미셸은 그제야 그가 조금 전부터 자신을 피아노 괴물이라든가, 피아노가 아닌 다른 별명으로 부르고 있다는 걸 깨달았다. 아마도 경고의 의미로 친 시 음 때문이겠지만 적어도 새로운 별명에는 비아냥거림이나 분노는 섞여 있지 않았다.

"네. 이제 와서 피아노 괴물이라고 부르긴 좀 그래서. 어쨌든 그쪽은 프로 피아니스트예요?"

미셸은 잠시 머뭇거리다 대답했다.

"노력 중이에요. 그런데 콩쿠르는 오래전에 그만뒀어요. 이번에 도전하는 게 15년 만에 처음 하는 거니까."

"왜요?"

"그때 런던에서 국제 콩쿠르에 나갔는데, 즉흥 환상곡을 완전 망쳤거든요."

그리고 그 일은 계속 미셸의 발목을 잡았다. 그 이후 예브제니는 언제나 아직은 때가 아니라며 그녀에게 콩쿠르 추천서를 써주지 않았다.

"저런."

남자의 맞장구에 미셸은 힘없이 미소 지었다. 그 일의 여파는 그것만이 아니었다.

"그 후론 심사위원 공포증이 생겨서 공황발작이 와요. 규모가 그 정도로 큰 무대는 아마 서기 힘들 거예요."

"뭐, 대단한 사람들도 그러는 일은 많으니까요."

남자의 맞장구에 미셸은 어딘지 모를 따스함을 느꼈다. 지금까지 그녀에게 그렇게 이야기해준 사람은 없었다. 예브제니는 두말할 것도 없고, 언제나 미셸을 챙겨주던 마리아 역시 위로는 해주었지만 그녀 역시 예전에는 피아니스트 지망생이었던 만큼 조금 엄하게 다시는 그런 실수를 하지 말라고 이야기했다. 다른 사람들도 그렇다는 이야기가 그녀에게는 정말로 위안이 되었다. 미소를 머금은 미셸은 물었다.

"당신도 그런 일 자주 겪어요?"

"아뇨. 아뇨, 난… 사람들과 있는 것 자체가 싫어요. 무슨 말인지 알죠?"

"아뇨, 죄송하지만 잘 모르겠어요."

"밖에만 나가면 괜히 사람들 뺨을 갈기고 싶지 않아요?"

갑작스러운 말에 미셸은 고개를 갸웃하며 대답했다.

"음, 전 그렇진 않은데요. 말을 걸기 좀 힘든 건 있지만."

"그래요? 희한하군."

미셸은 미안함을 느꼈다. 자신의 말에 공감해준 남자에게 위로조차 할 수가 없어서. 그렇다고 사람을 패고 다니고 싶지 않은데 그렇다고 말할 수도 없고. 남자는 별로 신경 쓰지 않는 듯 대화를 돌렸다.

"어쨌든 당신은 재능이 있어요. 이번 연주는 아주아주 좋았고."

"좀 딱딱하긴 하죠, 당신 말대로. 그런데 아깐 달랐어요. 그런 연주는 정말 처음이었어요."

피아노를 제대로 배우기 시작한 뒤로 정말 처음이었다. 미셸은 보이지 않는 남자에게 미소 지었다.

기욤은 비록 벽 너머지만 시시 씨와 함께 술을 마시기로 했

다. 그는 조금 전부터 와인을 마시고 있었고, 그녀는 냉장고에 단 하나 사둔 맥주를 꺼냈다고 했다.

맥주 덕분일까, 미셸의 목소리가 유독 밝았다.

"전 술을 못 마셔서 맥주 한 잔에도 완전 취해버려요. 그래서 와인도 잘 못 마시고요. 와인도 한 잔만 마시면 머리가 깨질 것 같아요. 그쪽은요?"

기윰은 와인 잔을 둥글게 돌리며 답했다.

"와인이 좀 그렇긴 하죠. 그런데 전 맥주의 탄산이 영 싫어서요."

"음? 그러면 탄산을 빼고 마시는 건 어때요? 일부러 뚜껑을 열어서."

"그걸 무슨 맛으로 먹어요."

"그럼 맥주는 안 마셔요?"

술이 들어가서일까, 혹은 얼굴을 보지 않고 목소리만으로 대화하기 때문에 편해서일까. 이야기는 자연스럽게 이어졌다.

"음, 마시는 종류가 있긴 한데 아투스 녀석이 꼭 엉뚱한 걸 사와서 말이죠."

"아투스?"

"아, 친구예요."

이야기가 물꼬를 트자 두 사람은 어떻게 참았나 싶을 정도로 말이 많아졌다. 그간 서로 소리만으로 끼워 맞춰야 했던 이야기들을 물어보고, 답해주느라 시간 가는 줄 몰랐다.

"그래서 매주 아투스가 장을 봐줘요?"

"일주일에 두 번요. 매번 사오란 걸 제대로 안 사와서 애를 먹지만. 저번엔 글쎄 퀴노아 크래커를 사오랬더니 메밀 크래커를 사왔다니까요. 맛이 없어 부숴서 비둘기들한테 주고 있어요."

사실 여자들이 좋아할 만한 대화 주제라는 건 기욤의 머릿속에서 사라진 지 한참이었다. 그는 시시콜콜한 이야기까지 하고 나서야 문득 실수한 게 아닐까 싶어 걱정했지만, 다행히 건너편의 여자는 흥미를 느낀 듯 다시 물었다.

"음, 그 둘이 다른가요?"

"다르죠, 엄청!"

"비둘기들이 메밀 크래커 좋아해요?"

"뭐, 모르죠. 그래도 잘 먹는 걸 보면 못 먹을 정도는 아닌 것 같아요."

그리 우습지도 않은데, 벽 너머의 여자는 웃음이 터진 것 같았다. 한참을 깔깔대던 그녀는 웃음기가 남은 목소리로 다시 물었다.

"그런데 아투스는 왜 그렇게 그쪽 장을 봐주는데요?"

"음, 친구니까."

"좋은 친구네요."

그러고 보면 늘 투덜대도 어쨌든 기욤을 챙겨주는 것은 아투스뿐이었다. 얼마 전 쫓아낸 그를 생각하자 마음이 불편해져 기욤은 얼른 말을 돌렸다. 그녀가 그에게 질문한 것만큼 그도 미셸에게 궁금한 것이 많았다.

"그런데 시시 씨는 어떤 스타일이에요?"

"어떤 스타일?"

"외모 말이에요."

갑작스럽다고 느꼈는지 여자는 입을 다물었다. 기욤은 술기운에 덜컥 물어본 제 입을 소리 나지 않게 찰싹 때렸다.

"음, 미안해요. 내가 괜한 걸 물었네요."

"아뇨, 괜찮아요. 음, 전 키 큰 금발이에요. 그쪽은요?"

되돌아온 질문에 기욤은 급히 주변에 있는 은색 쟁반을 꺼내 들었다. 거울이 아니라서 이상하게 왜곡돼 보이는 자신의 얼굴을 바라보며, 그는 그럴듯한 거짓말을 지어냈다.

"나요? 난, 음, 사람들이 잘생겼다고 해요. 키 크고, 늘씬하고. 옷은 좀 비싸더라도 우아한 걸 입어요. 지중해 쪽 출신이라 검은 눈에 갈색 곱슬머리고, 신발을 정말 좋아해요. 요즘은 카우보이 부츠! 카우보이 부츠를 자주 신고요."

다행히도 그녀는 의심 없이 믿는 것 같았다. 가슴 한편 양심이 조금 찔렸지만 뭐, 이렇게 사이가 좋아졌다고 해도 어디 만날 일이나 있을까. 설사 그녀가 자신의 상상에서처럼 금발에 키가 큰 미녀가 아니더라도 어차피 보지 못할 것, 아무래도 상관없었다. 그냥 지금의 이 즐거운 기분이 조금이라도 더 오래 가길 바랄 뿐.

그녀는 어, 하더니 다시 물었다.

"잠시만요, 카우보이 부츠?"

"네. 서부 사람들처럼요."

여자는 깔깔대며 웃었다.

"아, 너무 웃어서 미안해요. 그런데 진짜 칠십 살이에요? 요즘엔 길에서도 못 본 것 같은데. 그럼 이제부터 카우보이, 아니다. 카우 올드 맨이라고 불러드릴까요?"

"아니 이거, 올드 맨이라니. 말이 심하시네."

두 사람의 이야기에는 언제부턴가 웃음이 끊이지 않았다. 그렇다고 그리 재미난 이야기를 하는 것도 아니었다. 아무래도 이건 얼굴을 마주 보지 않아서 아닐까. 서로의 눈치를 살필 필요도 없고, 굳이 자신의 표정이 남에게 보기 좋도록 관리할 필요도 없으니까.

웃음이 잦아들자, 기욤은 말했다.

"이런 대화도 괜찮네요. 얼굴 보지 않고 말하는 것도 좋은 것 같아요."

"그러게요."

벽 너머에서 여자가 말했다.

"서로를 보지 않아야 귀를 더 기울인다니, 재밌지 않아요? 맹

인 피아노 조율사 같아요. 감각을 하나 잃고서 다른 감각이 예
민해졌잖아요.”

기욤은 맹인 피아노 조율사가 있다는 것을 지금에야 알았지
만 어쨌든 맞장구를 쳤다.

“그러네요. 대화 없는 만남도 괜찮겠는데요. 상상해봐요. 그
러면 무슨 이야길 해야 할까, 어떻게 상대방의 옷이나 머리 등
을 칭찬해야 할까 고민할 필요도 없이 마음 편히 저녁을 먹겠
죠. 서로 눈빛만 교환할 테니까. 헛소리도 덜 듣고 이상적인 저
녁 식사네.”

“그럴지도 모르죠.”

만족스러운 대화 중 여자가 말했다.

“그래도 카우보이 씨, 이웃이 있는 것도 그리 나쁘지 않죠?”

그녀의 말에 기욤은 피식 웃었다. 적어도 지금은 그런 생각
이 드는 것도 사실이었다. 그렇다고 곧이곧대로 인정해줄 마음
은 없었다. 그는 투덜대듯 말했다.

“나쁘지 않긴, 아직도 죽겠구먼. 그래도 샤워실에서 노래하
는 건 양반이지 별의별 인간들이 다 있었어요.”

“그런 것도 들려요?”

소스라치게 놀라는 여자의 목소리에 기욤은 키득거리며 웃
었다.

“당연히 들리죠. 하나 가르쳐주자면 아레사의 노래에서 R-E-

S-P-E-T-C가 아니라 R-E-S-P-E-C-T로 불러야 맞아요.”

“음, 알았어요. R-E-S-P-E-T-C.”

푸 하고 기욤은 윗입술을 불었다.

“아니, 아니. TC가 아니라 CT라니까요, 시시 씨. 그쪽이 부른 대로면 ‘리스펱스’가 된다고요. 원래는 ‘리스펙트’인데.”

“R-E-S-P-E-T-C! 어때요?”

기욤은 여전한 그녀의 스펠링에 허탈하게 웃으며 이마를 감싸 쥐었다.

“도시 할 때 ‘시티’! 티씨가 아니라고요.”

“아, 알았어요. 다시 해볼게요. R-E-S….”

어두웠던 하늘이 어느새 밝아오고 있었다. 그렇게 두 사람에게는 새로운 날들이 시작되었다.

# 제4장
## Respect
배려

삐빅 삐빅.

11시를 알리는 알람 소리에 미셸은 무거운 몸을 일으켰다.

"으음."

몸은 조금 피곤해도 개운한 기분으로 기지개를 펴자, 벽 너머에서 인사를 전했다.

"일어났어요, 시시 씨? 좋은 아침."

"카우보이 씨, 좋은 아침이에요. 아, 아침은 먹었어요?"

"아니, 아직요. 와인 때문에 숙취가 장난 아니라. 어제 좀 많이 마신 것 같아요."

그의 말대로 숙취 때문일까, 그의 목소리는 어딘지 조금 피곤한 듯했다. 아침 해가 뜬 뒤 미셸은 잠자리에 들었는데, 카우보이 씨는 그냥 하루를 꼬박 보내고 저녁에 잘 거라고 했다. 밤을 새웠는데 숙취까지 있다니. 미셸은 걱정스러운 마음으로 물었다.

"저런, 숙취엔 뭐가 좋지?"

"뭐, 토마토 대충 으깨 먹으면 괜찮아질 거예요."

"토마토가 숙취에 좋아요?"

"네. 토마토에는 라이코펜이, 아, 이런 이야기는 좀 지루한가. 어쨌든 그래요."

두 사람은 마치 오래전부터 그랬던 양 다정하게 대화를 나누며 아침을 시작했다. 습관적으로 시계를 보며 시간을 재던 미셸은 고개를 저었다. 어젯밤 내내 이야기하면서 두 사람은 앞으로 필요할 땐 서로 이야기를 나누어 해결하자면서, 시간 나누기를 없애자고 합의했으니까. 이제는 더 이상 그렇게 1분 1초를 따지며 살지 않아도 되었다. 기음이 물었다.

"시시 씨, 오늘은 어떻게 할 예정이에요? 콩쿠르가 얼마 안 남았다면서요. 그때까지는 신경 쓰지 말고 마음대로 연습해도 좋아요. 난 괜찮으니까."

미셸은 그 말이 너무나 고마웠지만 그래도 넙죽 받아들이기에는 너무 이기적인 것 같아 조금 돌려 말했다.

"고맙지만, 그래도 그건 너무 민폐라. 울티맥스 작업도 해야 하잖아요, 카우보이 씨도. 적당히 알아서 할게요. 학교 연습실도 있고.”

“그래도 연습실보다는 집이 편하죠.”

“사실 학교 피아노가 더 좋긴 하거든요. 그래서 가는 것도 있고.”

자신에게 미안해서라고 생각했을까, 그는 조금 더 강권했지만 미셸의 태도에 한발 물러섰다.

“그렇게 이야기한다면야 뭐. 그래도 필요할 땐 언제고 편하게 이야기해요. 콩쿠르, 잘 돼야 하잖아요.”

“고마워요. 그럼 나중에 필요할 때 사양하지 않고 이야기할게요.”

“그래요, 그럼.”

시간을 보니 어느새 연습실 예약 시간이 다 되었다. 세수를 하는 둥 마는 둥, 그녀는 옷을 챙겨 밖으로 뛰쳐나갔다. 평소라면 그대로 집을 비웠을 텐데, 오늘은 달랐다. 그녀는 멈칫하더니 뒤로 몇 걸음 걸어와선 벽에 대고 말했다.

“오늘은 일찍 나가봐야 해서. 나중에 봐요.”

“잘 다녀와요, 시시 씨.”

며칠 전만 해도 악다구니가 오갔던 두 사람 사이는, 어느새 그렇게 즐겁고 보드랍게 바뀌어 있었다. 문제가 되었던 소음도 겨우 하룻밤 새에 그저 재미있는 해프닝 정도의 느낌으로 남았다. 호칭 역시 예전의 것과는 다르게 웃음이 깃든 것으로 바뀌었고.

피아노 레슨실로 가기 위해 밖으로 나온 미셸은 고개를 들었다. 오늘은 하늘이 너무나도 아름다워 보였다. 평소와 같은 하늘인데, 아니 평소에는 신경도 쓰지 않던 하늘이 오늘따라 왜 저리도 새파란지. 잘 지내냐는 마리아의 문자에 짧게 답한 미셸은 기분 좋은 콧노래와 함께 걸음을 옮겼다.

♥

기껏 레슨을 하나 구하긴 했지만, 카우보이 씨의 말에 따르면 1시간 반에 30유로는 염가라고 했다. 한 달 정도 뒤에는 줄리엣의 레슨료를 조금 올려 받아야겠다고 생각하며 미셸은 또다시 전단지를 복사했다. 아무래도 한두 개는 더 구해놓아야 안심이 될 것 같아서였다.

다리품을 팔며 조금씩 전단지를 붙여나가던 그녀는, 벽보다는 가게에 붙이는 것이 어떤가 생각했다. 다행히 최근 자주 간 마트 직원에게 조심히 물어보자 붙여도 된다고 허락을 해 주었다. 예전 같으면 물어볼까 말까 고민만 하다가 발걸음을 돌렸겠지만, 오늘은 어쩐지 물어볼 수 있을 것 같았다. 카우보이 씨 덕분에 자신에게도 용기란 것이 생겨난 것 같았다. 그렇게 신나는 기분으로 테이프를 떼어 하나씩 붙이던 미셸의 눈에, 무언가 획 들어온 것이 있었다.

카우보이 신발!

급히 고개를 들어 신발을 신고 있는 사람을 바라보니 그는 반백의 중후한 신사였다. 미셸의 시선을 느낀 남자는 미소를 지었다.

'에이, 아무리 그래도 목소리가 이 정도까지 나이 들어 보이진 않았어.'

그녀는 고개를 저었다. 무슨 뜻으로 받아들인 것인지, 얼굴에서 미소를 지운 남자는 인상을 쓰며 뒤돌아 가버렸다.

한번 그렇게 카우보이 신발이 눈에 들어오자, 자꾸만 지나가는 사람들의 신발만 눈에 보였다. 카우보이 신발을 신은 사람을 보면 얼굴 한 번 보고, 신발 한 번 보고. 그렇게 땅만 쳐다보며 걷느라 지나가던 사람과 부딪히기도 하고 이상한 사람 취급을 받기도 했지만 미셸은 마냥 가슴이 두근거렸다. 평소와 같은 길인데도 어쩌면 이렇게 기분이 다를까.

오늘이 첫 레슨 날이었지만, 줄리엣 옆에 앉아 있어도 영 집중이 되지 않았다. 한 아이를 가르쳐야 한다는 생각보다는 머릿속으로 어젯밤 그 사람과의 이야기가 자꾸 맴돌았다. 쓸데없던 것들마저도 생생하게 말이다. 낮게 웃던 목소리라든가, 민망해할 때의 삐친 것 같은 목소리. 미셸은 배시시 웃었다. 줄리엣이 연주하는 어설픈 피아노 연주마저도 천상의 아리아처럼 들렸다.

"잘했어, 줄리엣."

미셸은 하농 한 곡을 더듬거리며 끝낸 줄리엣에게 진심으로 말했다. 아이 역시 환한 웃음을 지으며 답했다.

"고마워요, 선생님."

그렇게 어떻게 지난지도 모를 레슨이 끝나고 막 일어서려는데 샬롯에게서 전화가 걸려왔다.

"나야, 미셸. 잘 지내지? 지금 뭐해?"

"응, 레슨하고 이제 집에 돌아가려던 중이야."

레슨이라는 소리에 샬롯의 목소리가 높아졌다.

"레슨? 너, 아직도 그 예브제니 씨 집에 드나드니? 이 언닌 허락 못 한다."

"아냐, 아냐. 내가 가르치는 거야."

예브제니 선생에 대한 한탄을 한동안 듣고 난 뒤, 샬롯은 그를 적이라고 생각하는 듯했다. 미셸의 대답에 샬롯의 목소리는 밝아졌다.

"오, 그것 참 환영할 일이로구나. 그 인간, 어디서 마주치면 제대로 무릎을 까줄 거야. 그럼 이제 제대로 홀로서기 하는 거야, 우리 아가?"

"아가라고 부르지 좀 마. 뭐, 아직은 노력 중이지. 어쨌든, 무슨 일이야?"

"그냥, 딱히 저녁 약속 없으면 밥이나 먹으러 오라고. 통닭 바비큐 할 건데."

"응? 갑자기 왜?"

"아니, 이유가 필요해? 자유의 몸이 된 동생 얼굴 한 번이라도 더 보고 냉동 인스턴트로 배 채울 동생 밥이나 한 끼 먹이려고 그런다, 왜. 혹시 저녁 약속이라도 있어?"

"아냐, 그런 거 없어. 알았어, 그럼 바로 갈게."

저녁때쯤에는 돌아가겠다고 했는데. 머릿속으로 카우보이 씨가 생각났지만 미셸은 작은 한숨과 함께 전화를 끊었다. 기껏 생각해준다고 마련한 자리를 거절하기엔 딱히 명분이 없었던 것이다. 최대한 빨리 먹고 일어나겠다고 생각하면서 그녀는 그리 멀지 않은 거리에 있는 언니 집을 찾았다.

전화로 큰소리친 것만큼, 샬롯은 바쁘게 요리를 준비하고 있었다. 닭고기 속을 채워 오븐에 넣고 샐러드용 채소들을 잘라 볼에 담아 넣으며 그녀는 미셸에게 속삭였다.

"난 몰랐는데, 요새 영계들은 야동을 많이들 봐서 그런가. 테크닉이 장난 아냐."

별일 없이 부른다 했더니 독립한 동생을 위한 식탁을 차리려 부른 것은 아닌 듯했다. 이런 유의 수다를 떨 사람이 없어 불렀다면 모를까. 준비되는 요리들은 맛있을 것 같았지만 어쩐지 내내 카우보이 씨가 마음에 걸린 미셸은 곧 돌아가야겠다고 생각했다. 언니 집은 언제고 올 수 있지만, 혹시나 그가 자신을 기다리고 있을지도 모르니까.

"저기, 언니."

"믿어져? 오르가슴이 세 번이었다고. 세 번이나!"

미셸이 말을 꺼내려 했지만, 샬롯이 먼저 빠르게 속삭였다. 부르르, 몸까지 떠는 그녀에게 미셸은 어색한 미소를 지어 보일 수밖에 없었다.

"하긴 너야 아직 모르겠지만, 나 진짜 감전사할 뻔했다니까. 있지…."

그때 불쑥 미셸의 형부인 폴이 들어왔다. 샬롯은 당연히 입을 다물었다. 양복 넥타이를 풀며 형부는 말했다.

"여보, 저번에 이야기한 그 전시회 괜찮대. 애들이랑 같이 가려고. 애들도 좋다고 하더라."

샬롯은 시큰둥한 표정으로 샐러드를 휘젓다가 뒤따라 들어오는 아이들에게 웃으며 말했다.

"어서들 와, 저녁 먹어야지."

아이들은 별 표정 없이 엄마를 휙 지나쳤다.

"이따가 먹을게."

아이들은 부엌을 지나쳐 방으로 올라갔고, 형부는 냉장고에서 물을 꺼내더니 그제야 미셸을 발견한 듯 말을 붙였다.

"오, 처제도 있었네. 오랜만이야. 잘 지내지? 새집은 어때?"

환하게 웃는 폴의 얼굴을 어쩐지 제대로 볼 수가 없었다. 괜히 손에 잡힌 머그잔으로 시선을 돌리며 미셸은 말했다.

"크진 않지만 아늑해요."

"다행이네. 집 가깝다고 하던데, 자주 놀러 와."

글쎄, 놀러 올 때마다 언니의 남성 편력을 들어야 한다면 그건 나름대로 고역일 것 같았다. 그리고 그런 이야기 도중 이렇게 형부와 조카들의 얼굴을 봐야 한다면 더더욱. 괜히 대답을 꺼리다간 의심할지도 모른다는 생각에 미셸은 억지웃음을 지으며 대답했다.

"네, 그럴게요."

워낙 바쁘고 건강하게 사는 남자다 보니, 형부는 언제나 말이 빠른 편이었다. 그는 오븐을 열어보는 샬롯의 목을 안으며 뺨에 뽀뽀를 했다.

"오늘따라 예쁘네."

"고마워, 여보. 그런데 나 지금, 요리하니까."

미셸은 형부의 팔을 슬쩍 피하며 웃음기 없이 답하는 샬롯을 보고 속으로 한숨을 쉬었다. 언니는 남성 편력만 빼면 참 괜찮은 사람인데 어쩌다가 저렇게 됐을까, 형부는 저렇게 레드 사인이 확연한 언니의 모습이 보이지 않는 걸까 하고 생각했다. 이상한 낌새를 전혀 알아차리지 못한 것인지, 형부는 태연한 얼굴로 물통을 들고는 두 사람에게 손을 흔든 뒤 부엌을 빠져

나갔다.

"그럼 여자들끼리 얘기들 나눠, 난 조정 하러 갈게."

여자들끼리라는 말에 미셸은 흠칫 놀랐지만 샬롯은 입술을 삐죽였다.

"봤지? 네 형부가 저런다니까. 아는 건지 모르는 건지."

"그래도…."

말을 고르는 사이, 소스를 섞은 드레싱을 만들어 맛을 본 샬롯은 자리를 옮겨 후식용 크림을 만들기 시작했다.

"음, 맛있네. 미셸, 뭐 할 말 있어?"

하고 싶은 이야기는 많았지만, 왠지 주제 넘는 것 같단 생각에 그만두기로 했다. 샬롯이 움직이는 대로 따라붙은 그녀는 조금 머뭇거리다가 그냥 자신의 이야기나 하기로 했다.

"저기, 언니. 나 남자 만났어."

조심스러운 고백에 샬롯의 눈이 휘둥그레지면서 미셸을 바라보았다. 그녀는 작은 목소리로 호들갑을 떨었다.

"정말? 맙소사, 언제? 왜 말 안 했어! 빨리 말해봐! 어때, 잘생겼어? 키 커? 나이는? 스타일은?"

속사포처럼 쏟아지는 그녀의 질문에 미셸은 왠지 모르게 행복했다. 비록 그에 대해 아는 건 목소리라든가 그날 밤새워 나눈 이야기뿐이었지만. 미셸은 일단 대충 얼버무렸다.

"정확히는 몰라, 아직. 목소리만 들었거든."

"으음, 그래. 그거 요새 유행이라더라. 말없이 만나는 거."

그런 게 요새 유행이라는 건 또 처음 알았다. 이런 관계가 정상은 아닐 거란 생각에 머뭇거렸는데, 그렇지만도 않은 듯했다. 언니는 대체 어디서 그런 이야기들을 듣는 건지. 미셸은 고개를 흔들었다.

"그런 거 아냐."

"아냐, 아냐. 나도 한 번 해봤다니까. 조용히 그 사람 차로 따라갔는데 혀 놀림이 진짜 장난 아니게 죽여줘…."

"뭐가 죽여줘? 아, 목말라."

옷을 갈아입고 나온 둘째 조카가 부엌으로 들어오며 묻자, 샬롯은 얼른 이야기를 바꿨다. 그사이 미셸은 괜히 목이 타 손에 들고 있던 주스를 들이켰다.

"맛이 죽여준다고. 저 소시지 말이야. 빵가루 묻혀 튀기면 맛이 예술이야."

조카는 미셸에게 다가오더니 얼굴을 빤히 올려다보았다.

"이모, 괜찮아?"

"그럼, 그럼."

"아냐. 표정이 이상한데?"

"아냐, 그런 거. 그래, 학교는 잘 다니니?"

조카의 추궁 아닌 추궁에 순간 등골이 서늘해졌지만, 다행히 아이는 별 뜻 없었는지 말을 돌리려는 미셸의 노력에 답해주었다.

"죽지 못해 다녀. 천재도 피곤하다니까. 아, 나 숙제해야 해. 안녕, 이모."

"가방 챙겨 가야지."

"어유, 잔소리."

인상을 찌푸리며 사라지는 아이의 뒷모습에 샬롯은 어깨를 으쓱해 보였다.

"요새 애들이 저렇다니까. 엄마가 아니라 무슨 하녀야, 하녀."

"그래도 착하잖아. 알아서 숙제도 하러 가고."

대답을 아낀 샬롯은 문득 무언가 생각났는지 손을 닦고 휴대폰을 집어 들었다. 그녀는 사진 하나를 꺼내 보여주었다.

"미셸, 너 저번에 바에서 본 개 기억해? 그 영계! 얘 깜찍한 거 봐봐. 어젠 말이지…."

"어제? 뭐가? 무슨 일 있어?"

이번에는 첫째 조카가 불쑥 들어왔다. 맙소사 하고 미셸이 두근대는 가슴을 부여잡는 사이 샬롯이 얼른 대답했다.

"아니."

"이모랑 무슨 얘기 중이야?"

샬롯과 미셸은 동그래진 눈동자로 서로를 마주 보다가 답했다.

"케이크 이야기."

"응, 케이크 이야기."

미셸은 목구멍으로 튀어나올 것 같은 심장을 겨우 삼켰다. 역시나 첫째 조카도 별생각 없었던 듯 아직 빵가루에 굴리지 않은 소시지 조각을 집어 우물거리며 말했다.

"아, 남친한테 전화해야겠다."

"남치인?"

남친이란 단어에 샬롯의 눈매가 날카로워졌다.

"얘, 공부해야지! 남친 같은 소리 하네."

엄마의 잔소리에 조카는 이를 드러내며 말했다.

"어유, 사람이 어떻게 공부만 하고 살아. 하여튼 꽉 막혔어. 숨 막혀 죽겠네, 죽겠어. 엄마, 내 남자친구가 어떻게 생긴 애인 줄은 알아? 어떤 걸 잘하는지는? 그런 거 물어보기나 해봤어?"

조카가 매몰찬 말을 남기고 떠나자 미셸은 언니와 멀어지는 아이의 등을 번갈아 쳐다보았다. 하루 이틀 일이 아닌 듯, 감정의 골은 꽤나 깊어 보였다. 머쓱해진 표정으로 샬롯은 미셸에게 변명했다.

"내 꼴 날까 그러지. 고등학교 졸업하고 독립한 지 얼마 안 돼 결혼해, 스무 살에 애 낳고. 쟤네들은 공부도 잘하니까, 나처럼 일찍 남자한테 코 꿰지 않았으면 좋겠단 말이야. 아니, 정확히 말하면 내가 문 거긴 하지만."

언니가 자신의 삶을 그렇게 생각하고 있을 줄은 몰랐다. 언제나 모든 걸 아무렇지 않게 헤쳐나간다고 생각했는데. 미셸은 처음으로 언니를 위로했다.

"일찍 결혼한 게 뭐 어때서. 난 늘 언니가 부러웠는데. 자기 길을 일찍 찾은 것 같아서."

"에이, 무슨 소리야. 가정주부가 뭐라고. 난 네가 부러웠어. 나 사는 거 봐. 가족 셋에게 이리저리 치여 살잖아. 너야 재능이 있으니까 예브제니 선생이 데리고 간 거였잖아. 난 어쩔 수 없으니 남자를 잡은 거고. 그래도 그때 불꽃 좀 튀는 사람을 골랐어야 하는 건데. 아, 그런데 아까 뭐랬지? 너, 남자 생겼다고 했었잖아."

부모님이 돌아가신 뒤 고아가 된 자매는 고아원으로 보내졌다. 소식을 들은 예브제니가 얼마 뒤 찾아와 미셸을 데려갔지만 아무도 찾지 않은 샬롯은 고아원에 혼자 남았다. 이따금 연락을 주고받긴 했지만 상황이 상황이라 자매는 서로에 대한 이야기를 많이 알고 있지는 못했다. 고아원에서 쭉 지내다 일찍 독립한 뒤 얼마 지나지 않아 폴과 결혼한 것 외에는. 미셸의 기억에 남은 언니는 언제나 당당하고 무엇이든 척척 해내는 모습이었는데, 사실은 어쩔 수 없는 선택이었다니, 그건 어쩐지 가슴 아픈 일이었다.

이제 와서 다시 카우보이 씨의 이야기를 꺼낼 마음은 들지 않았다. 저렇게 이야기하는데 자기 이야기를 하면 자랑처럼 들릴 것 같았다. 애초에 아직 두 사람은 아무 관계도 아니었고. 미셸은 식탁 의자에 놓인 가방을 집어 들었다.

"아니야. 그만 가볼게."

"어, 저녁 안 먹고? 이렇게 많이 차렸는데."

"갑자기 들러야 할 곳이 생각나서. 사랑해, 언니."

양 뺨으로 비주(뺨을 맞대며 친밀함을 드러내는 인사)를 하는 그녀를 문득 샬롯이 밀어냈다.

"잠깐, 미셸! 이 문자 좀 봐줘. 이해가 안 돼서. '눈만 감으면 누나 슴가가 떠올라요'라는데, 슴가가 뭐야?"

"슴가가 아니라 승마겠지, 사람 실없긴."

언니의 등 너머에서 불쑥 튀어나온 형부 때문에 자매는 다시금 기겁해 입을 다물었다. 일순간 느낀 언니에 대한 측은함도 저 멀리 달아났다. 심장이 입으로 튀어나올 것처럼 거세게 뛰었다.

"그, 그러게."

아빠를 따라 나왔는지, 조카들도 일순간에 몰려들었다.

"엄마, 서명해줘."

"나도. 견학 신청서야. 아빠랑 같이 가려고."

샬롯은 가족들에게 둘러싸여선 미셸에게 어색한 웃음을 지어 보였다. 화목해 보이는 그 가족을 뒤로하고 미셸은 집을 나섰다.

해가 지는 거리를 천천히 걸어 집으로 돌아오는 길, 미셸은 생각이 많아졌다. 미셸을 부러워했다는 언니의 말은 진심으로 들렸다. 자신의 삶에 그런 가치가 있었을까. 미셸은 잘 몰랐다. 그렇게 생각에 잠긴 채 집 안으로 들어서자, 벽 너머 기욤의 목소리가 그녀를 맞았다.

"시시 씨, 왔어요?"

"아, 네. 오늘 하루 잘 보냈어요?"

"음, 네. 산책도 다녀왔어요."

"산책요? 오늘 밖에 나갔었어요?"

장보기도 친구가 해주는 데다 밖에 나가면 지나가는 사람들을 한 대 치고 싶다고 해서 밖을 영 나다니지 않는 줄 알았는데, 그건 또 아니었던 모양이다. 그렇다면 오늘 그녀가 본 카우보이 신발을 신은 남자 중 정말 카우보이 씨가 있었을지도 모를 일이었다.

"네, 집 근처를 잠깐. 시시 씨는 첫 레슨, 잘하고 왔어요?"

이제는 정말로 어딘가에서 그를 만날 수 있을지도 모른단 생각이 들었다. 그가 좋아한다는 치즈 가게에서, 카페에서, 하다못해 정류장 앞에서까지. 그와 직접 만났을 때 그가 자신에게 실망할까 걱정되긴 했지만, 그래도 어쨌든 궁금한 것도 사실이다.

"뭐 그럭저럭요. 줄리엣이라는 여자아이인데, 아주 귀여워요. 까무잡잡하고."

"피아노는 잘 쳐요?"

"뭐, 이제 시작인데요."

사실 첫 레슨 시간 내내 카우보이 씨를 생각했다고는 이야기할 수 없어, 미셸은 어물쩍 이야기를 넘겨버렸다. 무언가 다른 공통 화제가 없을까 생각하던 미셸은 문득 물었다.

"오늘 하늘, 정말 예쁘지 않았어요?"

"그러게요. 구름이 아주 멋지게 떠 있던걸요. 한참을 서서 봤다니까요."

카우보이 씨의 맞장구에 오늘 아침 본 근사한 그 광경이 떠오르면서, 그때의 들뜬 마음이 되살아났다. 그도 그렇게 생각하고 있었다니.

"시시 씨는, 오늘 무슨 옷을 입고 나갔다 왔어요?"

"에, 음, 그러니까."

미셸은 얼른 옷장으로 가서는 가장 예쁜 옷을 하나 꺼냈다. 언니가 막 고아원에서 독립했을 무렵 미셸에게 생일 선물이라고 사준 하얀색 원피스였다. 비록 유행은 조금 지났지만.

"허리에 도톰한 벨트가 달린 하얀색 원피스요. 허리에는 선을 박아서 더 잘록해 보이는 게 좋아요. 무릎길이고, 또…."

한참을 열 올라 설명하는 그녀에게 기윰이 맞장구를 쳤다.

"듣기만 해도 아름다울 것 같은데요. 제가 아는 사람도 그런 원피스를 즐겨 입었었죠."

목소리만 들어도 배시시 입꼬리가 올라가, 미셸은 양손으로 입가를 매만졌다. 조금 더 일찍, 이렇게 이야기를 했더라면 더 좋았을 텐데. 벽 너머의 남자가 물었다.

"식사는 했어요, 시시 씨?"

옷은 치워두고 냉장고 문을 열어 무슨 냉동식품을 먹을까 고민하던 그녀는 라사냐를 꺼내며 말했다.

"이제 먹으려고요."

"뭐요, 냉동식품?"

"네. 오늘은 라사냐예요."

잠깐 침묵하던 기욤이 조심스럽게 물었다.

"음, 시시 씨. 괜찮다면 내가 간단한 레시피라도 알려줄까요? 그게 훨씬 싸게 먹히고 건강에도 좋을 텐데. 냉동식품만 먹으면 속이 상한대요. 콩쿠르 준비하려면 더 잘 먹어야죠."

사실 그녀도 가능하다면 그렇게 하고 싶었다. 생활비를 한 푼이라도 아껴야 하는 상황에 식비라도 조금씩 절약할 수 있다면 하고 여러 번 생각했었으니까. 그렇지만 아무것도 모르다 보니 도전하기가 꺼려졌다. 사과 한 번 잘라보지 않고 지냈었다. 머뭇거리던 미셸은 조그맣게 말했다.

"요, 요리, 잘 못하는데."

"괜찮아요, 정말 간단한 것부터 알려줄 테니까. 사실 요리가 그리 어렵지가 않거든요. 냉동식품 몇 개 남았어요? 얼른 치워 버리고, 앞으로는 직접 해 먹어봐요. 다음에 장 볼 땐 내가 알려 주는 거 사오고."

그래볼까 하는 생각이 들었다. 어제 일 이후로 그녀는 기욤 에게 이유 없는 믿음을 가지게 된 것 같았다. 어쨌든 그의 말대 로 그녀는 해냈으니까. 요리도 그럴 수 있을 거라는 생각이 들 었다. 미셸은 쑥스럽게 웃으며 말했다.

"그럼, 그렇게 해볼까요?"

팅 하는 소리와 함께 전자레인지가 멈췄다. 그 소리가 왠지 부끄러워 미셸은 얼굴을 붉혔다. 기욤이 말했다.

"라사냐 다 됐나 보네요. 그럼, 시시 씨 식사할 때 나도 간단 하게 좀 먹어볼까."

"아직 저녁 안 드셨으면 같이 먹어요. 오늘은 뭘 드실 거예 요?"

잠시 이것저것 뒤적거리는 소리가 나더니 남자가 말했다.

"귀찮고 아직 속도 좀 안 좋아서, 바게트 잘라서 하몽 얹고 꿀 찍어 먹을까 하고요. 토마토 마리네이드랑."

"토마토 레모네이드요?"

"아뇨. 음, 토마토 샐러드라고 해야 하나."

미셸은 그제야 알아듣고 고개를 끄덕였다.

"맛있을 것 같아요."

"다음에 알려줄게요. 정말 쉽고 간단하거든요. 아, 라사냐는 어때요?"

"냉동식품이 다 그렇죠, 뭐. 별로예요. 정말 이럴 줄 알았으면 언니네서 먹고 오는 게 나았을지도 모르겠어요."

미셸은 괜히 그에게 투정을 부렸다. 보송보송한 바게트 위에 놓인 하몽, 그 위에 흩뿌릴 황금색 꿀까지. 카우보이 씨의 식탁을 상상하자 플라스틱 용기에 덜렁 담긴 라사냐가 더더욱 맛없어 보였다. 기욤은 작은 웃음소리를 내더니 다시 물었다.

"언니요? 언니가 있어요?"

"네. 금발에 키도 크고, 미인이에요. 이름은 샬롯인데, 아, 결혼은 했어요."

"자매가 많이 닮았나 봐요."

사실 그가 자신의 스타일에 대해 물었을 때 언니의 이미지를 생각하며 답한 것이었기에 마음 한구석이 콕콕 찔렸다. 미셸은 태연한 척 라사냐를 좀 더 잘라 입에 넣었다. 어차피 그가 이 벽 반대편의 자신을 볼 수 있는 것도 아니고.

"음, 그런데 조금 그렇더라고요. 형부가 운동에 빠져서 언니를 외롭게 하는 모양이에요. 아이들하고 사이도 좀 안 좋아 보였고."

"무슨 운동이요?"

"조정이라고, 알아요?"

"아아, 노 젓는 거. 알아요. 나도 즐겨 봤었는데."

그의 말에 미셸은 기겁했다.

"설마 카우보이 씨도 그런 운동 하는 건 아니죠?"

언니의 영향으로 미셸에게 조정 운동은 휴일이든 평일이든 할 것 없이 방 한구석에서 땀만 빼고 가족들을 외면하는 운동으로 각인되어 있었다.

"그런 건 아니고 예전엔 중계방송을 찾아서 보곤 했죠. 어쨌든요?"

물론 언니네 부부 문제가 조정 운동 때문은 아닐지도 모르지만, 미셸은 한숨을 쉬며 말을 이었다.

"사이가 영 소원해져서, 아까 보니 뽀뽀 받는 것도 싫은 모양이던데. 지금까지 잘 살고 있을 거라고만 생각했는데 이제는 잘 모르겠어요. 조카도 둘 있는데 헤어지라고 할 수도 없고. 걱정이에요."

집에 돌아오는 내내 언니에 대한 생각을 했기 때문일까, 이야기는 술술 흘러나왔다. 얼굴도 보지 못하는 상대에게 이런 이야기를 한다는 게 과연 괜찮은 걸까 하는 생각이 잠시 스쳤지만 그녀는 이내 고개를 저었다. 반대로 생각해야 했다. 얼굴이 보이지 않기에 이런 이야기까지 할 수 있는 거라고. 기욤은 상냥해 보이는 목소리로 답했다.

"착한 동생이네요. 걱정도 해주고. 그렇지만 그건 두 사람의 문제니까요. 아무리 동생이라도 두 사람의 일을 모두 아는 건 아니잖아요."

"그건 그래요. 그래서 저도 아무 말 안 하고 돌아왔어요."

그의 말에 미셸은 동감했다. 사실 두 사람 사이가 틀어질까 두려워 입을 다문 것이 더 크긴 했지만.

식사를 마친 두 사람은 후식을 챙겨 먹었다. 미셸은 각 초콜릿을 한 조각 떼어 먹었고, 기욤은 크래커에 얼그레이 잼을 발라 먹었다. 정말로 취향이 올드한 것 같았다. 게다가 그는 꽤나 오래전에 종영된 퀴즈 프로그램을 즐겨 보았다고 했다. 지금은 그 프로그램이 없다고 하자 낙심하기도 했다. 문득 기욤이 물었다.

"시시 씨, 오늘은 피아노 연습 안 해요? 시간이 많이 늦었는데."

그의 말에 시계를 본 미셸은 인상을 찌푸렸다. 창밖은 깜깜했고 이미 밤 10시가 넘어 있었다. 기욤과의 이야기가 너무 즐거워 그만 시간 가는 줄 모르고 수다만 떨고 있었던 것이다. 하지만 곧이곧대로 이야기하기엔 부끄러웠다. 미셸은 열이 오른 뺨에 손을 갖다 대며 대답했다.

"아뇨, 오늘은 그냥 일찍 자려고요. 잠을 많이 못 자서 하루 종일 피곤했거든요."

그녀의 말에 벽 너머에서 미안해하는 목소리가 들려왔다.

"이런, 미안해요. 어젯밤에 그렇게 오랫동안 붙잡는 게 아니었는데."

"카우보이 씨야말로 밤을 꼬박 새웠잖아요. 안 피곤해요?"

"피곤하죠. 안 그래도 슬슬 자려고 하던 참이었어요. 그래요. 우리 그럼 오늘은 일찍 침대에 들어가고 내일 만나는 걸로."

내일이라는 단어가 자연스럽게 들려왔다. 아직 이틀도 채 지나지 않았는데 기분상으로는 1년도 더 된 듯한 익숙함이었다. 아아, 이런 것이 연애 감정일까. 얼굴조차 보지 못한 상태인데도 이상하게 설레었다. 들뜬 자신을 주체할 수가 없을 만큼. 미셸은 발갛게 달아오른 뺨을 양손으로 식히며 작은 목소리로 답했다.

"그래요, 그럼 내일 만나요."

"잘 자요, 시시 씨."

"네, 잘 자요."

미셸이 불을 끄고 침대에 눕자 잠시 뒤, 벽 너머에서도 달칵하고 전등을 끄는 소리가 났다. 미셸은 다시 한 번 속으로 그에게 인사했다.

'잘 자요, 카우보이 씨.'

다음 날 아침. 기분 좋게 일어난 두 사람은 이제는 몇 년이고 그렇게 살아온 사람들처럼 익숙하게 서로에게 인사를 건넸다. 벽을 사이에 두고 함께 식사를 하는 것도 확실히 혼자보다는 목소리뿐인 사람이라도 함께 이야기를 나누며 먹는 것이 더 기분 좋았다. 기욤은 말했다.

"나중에 친구들 모아서 함께 파티해도 재밌겠어요."

"친구들이 많아요?"

잠깐 망설이던 기욤은 괜한 허세를 부렸다.

"적진 않죠."

친구는 무슨. 그에게 남은 친구는 아투스 한 명뿐인데. 너무나 천연덕스럽게 거짓말을 한 기욤은 오히려 자신이 더 당황했다. 난처해하는 미셸의 목소리가 들려왔다.

"이런, 어쩌지. 전 부를 사람이 언니뿐인데요."

"뭐, 그러면 저도 아투스만 부르죠. 어차피 자주 오는 녀석이니까."

"미안해요. 사람이 많으면 더 재미있을 텐데."

"그런 걸 왜 사과를 해요. 괜찮아요."

그녀를 대하면서 기욤은 어쩐지 계속 거짓말을 했다. 어제부터 그랬다. 괜히 집에만 틀어박혀 있다고 하면 한심한 남자처럼 보일까봐 밖에 나가 산책했다고 이야기한다든가 방금 전의 친구 이야기라든가. 순간 그녀가 이전에 한 이야기를 떠올리며

이상하다고 느낄지 모른다는 데 생각이 미쳤지만 이미 엎질러
진 물이었다. 다행히도 그녀는 별생각 없이 그의 말을 받아들
인 모양이었다.

"오늘은 안 나가요?"

"나갈 거예요, 아마."

"역시나 카우보이 신발을 신고요?"

"그렇겠죠. 그런데 그건 왜요?"

"아뇨, 그냥."

시시 씨는 즐거운 목소리로 말했다.

"오늘은 일찍부터 나가려고요. 학교도 갔다가 연습실도 갔다
가 그리고 돌아올 거예요."

"그럼 나도 오후엔 카페에라도 가서 잡지나 좀 봐야겠네요."

그녀가 부산히 준비를 마친 뒤 집을 나서자, 기욤은 할 수 있
는 한 다정한 목소리로 그녀를 배웅했다. 그리고 그녀가 나간
뒤, 기욤은 칠판 위에 분필로 숫자를 써나가다 말고 머리를 쿵
쿵 박았다.

"미쳤지, 미쳤어."

처음에는 아무 생각 없이 한 거짓말이었다. 시시 씨는 금발
에 키가 크다고 이야기했고, 그것은 처음 상상과는 다르게 단
번에 미녀 이미지가 머릿속을 떠다녔다. 시시 씨에게 근사하게
보이고 싶었던 그는 자신을 그럴듯하게 포장했다. 현실의 자신

과는 전혀 다른 모습으로. 사실 카우보이 부츠는 하나도 없고, 최근 몇 년간은 바깥나들이를 한 적도 없다.

생각에 빠져 있다 칠판을 보니, 수식 위에 꽃이 그려져 있었다. 무의식중에 꽃을 그리고 있었던 모양이다. 기겁해 지우개로 그것을 벅벅 지워내며 그는 다시금 중얼거렸다.

"이런, 내가 정말로 미쳤나."

벽 너머로도 애정을 느끼는 것이 가능할까. 실제로 만날 사람도 아닌데 이렇게 제멋대로 설레는 자신이 한심했다. 그래, 정말로 미친 건지도 모른다. 보통 사람이라면 7년씩 방 안에 처박혀 지내진 않을 테니까.

기욤은 최근 며칠간 시시 씨에 대한 생각에 옛 연인을 까마득하게 잊고 있었다는 것을 떠올렸다. 지금까지 아무도 그에게 그녀를 잊지 말라고 이야기하지 않았다. 오히려 주위 사람들은 그녀의 사고는 그의 탓이 아니며, 죽은 사람은 잊고 새로운 사랑을 만나라고 이야기했다. 하지만 기욤은 자기 자신을 용서할 수가 없었다. 다시 누군가를 만나 사랑을 한다는 게 가능할 것 같지 않았다.

기욤은 정신을 깨우려 찬물에 세수를 했다. 고개를 들고 거울 속에 비친 한 남자의 모습을 바라보았다. 어느새인가 남에게 보일 이유도 없어 신경조차 쓰지 않은 제 모습이었다.

'이렇게 보면 그리 나쁘지는 않은데.'

어차피 만날 수도 없는 것을. 기욤은 긴 한숨을 내쉬었다. 이렇게 될 줄 알았다면, 처음부터 거짓말 같은 건 하지 말걸. 그렇다면 직접 시시 씨를 만나볼 용기를 낼 수 있었을 텐데. 그리고 자신을 두른 가시덤불을 태워버릴 수도 있을 텐데. 그제야 기욤은 깨달았다. 자신이 얼마나 외로운 사람인지, 그리고 새로운 사랑을 얼마나 갈구하는지. 하지만 그와 함께 깊은 한숨만 나왔다. 기껏 찾은 그 상대에게 지금은 거짓말만 한가득 해둔 상태니까.

"그렇지, 역시 그랬어. K, X 마이너스 12. 거울의 시차 V12에서 반대로….."

긴장을 놓으면 자꾸만 벽 너머의 시시 씨로 생각이 귀결되는 바람에 기욤은 더더욱 울티맥스의 수식에 집중했다. 반대로 이야기하자면, 시시 씨에 대한 기욤의 고민이 그만큼 더 깊어졌다는 것이다.

기욤은 지금 시시 씨가 집에 없는 것이 다행이라고 생각했다. 그렇지 않았다면, 당장 그녀에게 자신이 한 거짓말과 지금 느끼는 감정을 이야기해 버릴지도 몰랐다.

그렇게 일부러 수식에 정신을 집중하던 그는, 문득 전화벨

소리가 울리는 것을 깨달았다.

"누구?"

"나야, 인마. 나 지금 좀 난처하게 됐어. 술 마시다 지갑을 털렸거든. 와서 좀 도와주라."

수화기 너머로 아투스의 목소리가 들려왔다. 후 하고 한숨을 내쉰 기욤은 고개를 흔들었다.

"무슨 수작이야. 나 밖에 안 나가는 거 알잖아. 끊어."

수화기를 내려놓으려는데, 아투스가 급히 말했다.

"야야, 너네 집 근처야. 잠깐만 나와달라니까."

"알아서 해. 전처나 부르든가."

안 그래도 심기가 불편한데 아투스까지 그의 신경을 거스르자 좋은 소리가 나가지 않았다.

"아, 진짜. 오늘 보자고 하는 걸, 너랑 체스 두고 있다고 뻥쳤단 말이야. 그러니까 나 지금 여자랑 있다고."

한심한 놈. 전처와 다시 잘 해보고 싶다는 것도 다 입 발린 거짓말이었나.

"시끄러워. 여자고 뭐고 알아서 처리해. 그 여자한테 내라고 하든가."

그렇게 이야기하고 전화를 확 끊어버리려는데, 아투스의 여유로운 목소리가 기욤의 귓가를 두드렸다.

"아, 그래? 그럼 다음부터 직접 장 보시든가."

매번 이런 식이었다. 그놈의 장보기 가지고 참 여러 번 써먹는다 생각하면서 기욤은 이를 앙다물고 답했다.

"지금 협박하냐?"

"그럼 어쩌냐. 내가 죽게 생겼는데."

하여간 이 자식은 장보기 말고는 인생에 도움이 되질 않는다. 기욤은 물었다.

"그래서 거기가 어딘데?"

♥

미셸은 오늘도 땅을 쳐다보며 걸었다. 아침에 나눈 대화에서 카우보이 씨가 오후에 카페에서 시간을 보낼 것이라 이야기한 만큼, 미셸은 혹시라도 지나가는 그를 놓칠까 싶어 열심히 사람들을 살폈다. 실례일지도 모르지만, 카우보이 신발을 신은 사람이 있으면 조심히 따라가기도 했다. 하지만 어지간한 사람들은 카우보이 씨가 이야기한 외모 조건에 맞지 않았다. 그는 분명 검은 곱슬머리에, 그리스 쪽의 외모에, 키가 크고 늘씬하다고 했으니까.

그 노력이 헛되지 않아서일까, 학교에서 나오던 그녀는 그 조건에 완벽히 부합하는 사람과 마주쳤다. 그리스계에 미남형 얼굴, 거기다 키 크고, 카우보이 부츠를 신고 있었다. 옷차림이 우아한지는 잘 모르겠지만 어쨌든 그녀의 눈에는 꽤나 근사하게 보였다. 미셸은 그의 뒤를 살금살금 밟았다. 그는 집 근처 카페테라스에 자리를 잡고 앉았다. 넓은 테라스에는 무지개색으로 채색된 철제 의자와 철제 테이블이 놓여 있었는데, 오래되어 낡아 칠이 어느 정도 벗겨졌는데도 오히려 빈티지한 멋이 있었다. 남자는 그림 같은 모습으로 두꺼운 책을 읽어 내려갔다. 미셸은 즐거운 비명이 터져 나오려는 입을 손으로 틀어막았다.

'맙소사, 정말 그 사람 아니야?'

오늘 아침, 각자의 일정을 이야기하면서 그는 카페에서 차를 마시며 잡지를 볼 예정이라고 이야기했다. 잡지인지 책인지는 모르겠지만, 그 남자는 카우보이 씨의 말대로 두꺼운 책을 팔락거리며 넘기고 있었다.

말을 걸까 말까 고민하던 중 그녀의 시선을 느꼈는지 남자가 고개를 들었다. 자신을 뚫어져라 바라보는 미셸의 모습에 주위를 잠깐 둘러보던 그는 그녀의 시선이 자신에게 있다는 걸 확인하고는 그제야 빙긋 미소를 지었다. 그렇게나 이야기를 많이 나눴는데, 막상 그 사람이라고 생각하자 가슴이 두근거려 목소리가 나오지 않았다. 남자는 자신의 앞으로 오라는 듯 살짝 눈짓했지만, 미셸은 나오지 않는 목소리 대신 손으로 마임을 하기 시작했다.

손바닥을 편 채 아래위로 움직여 벽을 표현한 다음, 양손을 재잘거리듯 움직이며 즐겁게 이야기하는 두 사람을 나타내려 했다. 그 모습을 본 남자는 어깨를 으쓱했다. 답답해진 미셸은 급기야 피아노 치는 모습을 흉내 냈다. 그제야 남자도 알았다는 표정으로 피아노 치는 모습을 흉내 냈다. 미셸과 남자는 그렇게 주거니 받거니 소리 없는 피아노를 치며 마주 보고 웃었다. 그러다 피아노 동작을 멈춘 남자는 손으로 잔을 잡고 마시는 시늉을 했다. 그것은 아마도, 어제 새벽까지 함께 술 마신 걸 이야기하는 것이리라. 그 모습에 미셸은 들떠서 속으로 외쳤다.

'카우보이 씨 맞나봐!'

열심히 고개를 끄덕인 미셸도 그의 동작을 똑같이 따라 했다. 그러자 남자는 '잠깐만'이라고 하는 듯 검지를 세워 보이고는 몸을 일으켰다. 그의 모습을 한 번이라도 더 눈에 담고 싶었던 미셸은 안쪽으로 들어서는 남자를 눈으로 쫓았다. 그는 한동안 밖으로 나오지 않았다.

자신이 마음에 들지 않아서일지도 몰랐다. 정작 마주치니 실망한 것일지도. 그렇게 조금 시무룩하게 앉아 있던 그녀에게, 갸르송(웨이터)이 다가와 샴페인 한 잔과 주전부리할 만한 크래커를 내려놓으며 말했다.

"저쪽 자리 손님께서 보내셨습니다."

"아, 고마워요!"

미셸은 환한 얼굴로 그에게 답했다. 그도 자신이 마음에 든 모양이었다. 돌아서려는 갸르송을, 그녀가 불러 세웠다.

"저기, 혹시 종이랑 펜 좀 빌릴 수 있을까요?"

직접 이야기를 하기엔 쑥스러웠지만 편지라면 그가 아직 돌아오지 않은 지금 전해줄 수 있을 것 같았다. 잠깐 뭐라고 쓸지 고민하던 미셸은 곧 펜을 들었다.

이상적인 저녁 식사를 대접할게요.

버즈가 6번지, 6층

저녁 8시

규칙은 하나예요

쉿!

남자가 보던 책 사이에 쪽지를 남겨두고 미셸은 서둘러 걸음을 옮겼다. 해가 떨어지기 시작했기에 저녁 식사를 준비하려면 시간이 얼마 남지 않았기 때문이었다.

막상 이상적인 저녁 식사라고 써놓긴 했지만 사실 대화가 없는 저녁 식사라는 것 외에 무얼 해야 할지 고민이 되어 미셸은 마리아에게 전화를 걸었다.

"마리아, 오랜만이에요. 잘 지냈어요?"

"이게 누구야! 미셸, 잘 지냈니?"

“네, 잘 지내요. 저기 다른 게 아니라, 혹시 간단하게 대접할 만한 요리 없을까요?”

수화기 너머로 호탕한 마리아의 웃음소리가 들려왔다.

“이런, 이런. 먼저 연락을 다 해서 기특하다 했더니. 도움 요청이었니?”

“아, 미안해요. 자주 연락 못 해서.”

“아니야. 그래서 누구를 불렀는데. 친구? 남자?”

“친구예요.”

“시간은 충분하고?”

“아뇨, 오늘 저녁에 오기로 해서.”

“음, 그럼 최대한 간단하게 하는 게 좋겠네. 오븐은 있니? 그라탱이나 키슈(식사용 파이) 같은 것도 괜찮을 것 같은데. 내용물 써는 게 서툴어도 모차렐라 치즈로 덮으면 되거든.”

“오븐이 있긴 한데, 한 번도 안 써봤어요.”

“이런, 안타깝구나. 그럼 크레이프나 갈레트는 어떠니? 반죽만 만들어서…. 아, 반죽 맞추는 게 어려우려나.”

한참을 고민하던 마리아는 결국 해결책을 내놓았다. 지금 와서 당장 무얼 하기엔 힘드니 어쩔 수 없이 냉동식품을 활용하라는 것이었다. 그래도 미셸은 마리아가 이야기하는 것을 열심히 받아 적었다. 미셸도 할 수 있을 만큼 조리법은 간단했다.

리소토나 으깬 감자 믹스를 사서 데운 뒤 접시에 깔고, 그 위

에 냉동 소시지나 스테이크를 올려 전자레인지에 돌리면 되는
간단한 것이었다. 요리라기보다 해동에 가까운 편이었지만 그
나마도 생각하지 못한 미셸은 마리아가 무척이나 고마웠다. 마
리아는 한 가지를 덧붙였다.

"간단하게 식전주로 로제 와인이나 샴페인을 준비해두도록
해. 그리 비싸지 않으니까, 적당한 걸로 골라서. 같이 먹을 치즈
도. 후식은 달달한 푸딩 같은 걸로, 플라스틱 통째로 내지 말고
꼭 접시에 엎어서 내렴. 아, 냉장고에 넣어두는 것 잊지 말고."

"알았어요, 그렇게 할게요. 고마워요, 마리아."

마리아는 자신의 일처럼 들떠선 말을 이었다.

"아니야, 도움이 됐다니 기쁘구나. 어쨌든 미셸, 잘 지내는 것
같아 다행이야. 우리하고 살 땐 한 번도 친구를 데려온 적 없었
는데."

"그래도 그건 아니죠. 선생님 댁인데 어떻게 친구를 데려가
요."

"아니야, 우리는 오히려 네가 친구 하나 없는 것 같아서… 예
브제니 선생님도 네 걱정 많이 했었다니까. 그분이 그래 봬도
네 생각을 얼마나 했는데 그러니. 비록 표현 방식이 조금 거칠
었다는 건 나도 인정하지만."

잊고 있었던 이름에 샐쭉 입이 튀어나왔다. 예브제니가 그녀
를 걱정하고 생각한다? 글쎄, 사실이라고 해도 그리 반가운 이

야기는 아니었다.

"어쨌든 마리아, 레시피 고마워요. 다음에 또 연락할게요."

예브제니가 화제로 떠오르자 미셸은 서둘러 통화를 마무리하려 했다. 마리아도 굳이 그런 그녀를 책망하지는 않았다. 다만 몇 마디를 덧붙였을 뿐.

"그래. 아, 미셸. 집 주소 아직 선생님께 안 보냈다면서? 연락한 번 드리면서 알려드리렴. 궁금해 하시니까."

마지막 말 때문에 잠깐 기분이 가라앉았지만, 카우보이 씨를 위한 장을 보면서 미셸은 다시금 웃음을 찾았다. 평소라면 아무것이나 집히는 대로 샀을 텐데, 이제는 몸에 좋지 않은 것이 들어가 있지는 않은지 휴대폰으로 검색까지 해볼 정도였다. 덕분에 리소토와 으깬 감자 믹스를 고르는 데만도 시간이 꽤나 걸렸다.

둘을 양쪽에 놓고 고민하던 그녀는 결국 둘 다 사보기로 했다. 어차피 남는 건 다음에 먹으면 되니까.

'이젠 소시지나 스테이크나 어쨌든 그런 걸 사면 되는데….'

굳이 먹어보지 않아도 맛이 비슷할 것이라 생각되는 으깬 감자와 달리, 소시지나 스테이크는 워낙 맛과 향이 많아 검색하는 것조차 힘들었다. '어쩌지' 하고 고민하고 있던 그녀는 무언가를 발견했다.

양뇌 소시지. 그건 그녀가 확실히 알고 있는 맛이었다. 예브제니 선생이 좋아해 마리아가 자주 사오는 것이었으니까. 아주 별미는 아니었지만 먹다 보면 매력이 있는 맛이었다. 미셸은 양너 소시지를 몇 개 집어 들었다. 다른 것으로 모험을 하기보다는 알고 있는 맛을 선택하는 게 안전할 것 같았다.

인터넷으로 검색해 가격에 비해 괜찮다는 샴페인에 치즈, 푸딩까지 종류별로 구매한 그녀는 설레는 마음으로 계산대 앞에 섰다.

"여기요."

얼마나 오랫동안 고민했으면, 그녀가 마지막 손님인 모양이었다. 매장의 불도 꺼지기 일보 직전이었다. 어두운 계산대 위에 장바구니 속 물건들을 죽 늘어놓자 점원이 말했다.

"아, 버섯 리소토. 이거 맛있어요."

삑. 삑. 바코드 찍는 소리가 경쾌하게 울렸다. 평소라면 한 번 정도 말을 붙이고 말 점원도, 싱글벙글한 그녀의 모습을 보고는 자꾸 말을 붙였다. 미셸도 기분이 좋아서일까, 그의 말을 수월하게 받아냈다.

"네 가지 치즈 섞인 것도 먹어봤어요?"

"아, 네. 그거 맛있죠."

"음, 맞아요. 맛있죠, 그거."

점원의 말에 미셸의 표정은 더 밝아졌다. 다른 사람도 맛있다고 생각한다면 아마 카우보이 씨도 맛있게 먹어주지 않을까 싶어서였다. 점원은 양뇌 소시지 바코드를 삑 찍더니 말했다.

"송아지 소시지도 새로 나왔는데."

미셸이 눈썹을 들어 올리며 고개를 젓자, 점원은 변명하듯 덧붙였다.

"나도 그랬어요. 나도 처음엔 이상할 줄 알았거든요. 그런데…."

"송아지 소시지 리소토는 아직 엄두가 안 나네요."

점원의 말을 자르며 부드럽게 거절하자, 점원도 아쉬운 표정으로 말을 이었다.

"송아지 소시지 대신 양뇌 소시지라니, 이거 참 유감이네요."

왜 그렇게 송아지 소시지에 집착하는지 모르겠지만 어쨌든 점원에게 다시 한 번 거절 의사를 표했다.

"그건 꼭 돼지 피에 절인 색이더라고요. 그래서 좀."

"그걸 내장 육수와 같이 끓여서 숙성시키면 끝내주는데."

"저는 낡은 고무마개가 들어간 차가운 토마토 수프 진짜 좋아하거든요."

계속하다간 끝이 없을 것 같아 나름대로 취향이 다르다는 것을 어필하는 농담이었는데 단어를 잘못 고른 것인지, 점원의 얼굴이 싸늘하게 굳었다. 서먹해진 분위기 속에서 점원은 포스를 확인하고는 말했다.

"17유로 40상팀입니다, 손님."

조금은 민망한 기분으로 집에 돌아가는 길에, 미셸은 언니에게 전화를 걸었다.

"응, 미셸. 웬일이야? 전화를 다 하고."

미셸은 급히 말을 이었다. 생각보다 장을 보는 데 시간이 많이 걸렸기 때문에 마음이 급했다.

"언니, 오늘 저기, 집에 남자가 오는데….

"뭐어어?"

"급해. 혹시 준비할 거 있을까?"

"응, CD."

"음악 CD 말하는 거야? 나 플레이어 없는데? 요즘은 다 휴대폰으로 하잖아."

미셸의 말에 전화기 속에서 폭소가 터져 나왔다. 한참을 웃던 샬롯이 소리쳤다.

"맙소사. 콘돔 말이야, 이것아!"

이것저것 불룩한 쇼핑백을 들고 가던 미셸은 하마터면 손에 든 것을 떨어뜨릴 뻔했다. 그녀는 얼굴이 벌게져서 변명했다.

"무슨! 나야말로 맙소사야. 오늘 처음으로 같이 식사하는 거라고. 그런데 무슨."

"무슨 소리야. 집에 남자가 오면 게임 끝이지. 아, 신이시여.

이 어린 양을 어떻게 해야 할까요."

"놀리지 마."

"알았어. 근데 머리는 꼭 풀어. 너 평소 하던 대로 틀어 올리면 깐깐해 보일 수 있으니까. 그리고 렌즈를 끼는 것도 괜찮을 것 같은데, 콘택트렌즈 있어?"

"응, 있어. 콩쿠르용으로 준비해둔 거라 한 번도 껴본 적은 없지만."

"그래, 그럼 그거 끼고. 화장은 너무 과하게 욕심내지 말고, 딱 네가 자연스럽게 보일 정도만."

그래도 샬롯은 나름대로 쓸 만한 조언을 해줬다. 미셸은 종이를 꺼내 그녀가 말하는 것을 적기 시작했다.

"렌즈 낄 것, 머리는 풀 것."

"뭐야, 너 설마 지금 적고 있는 거야? 아이고, 아가."

건너편에서는 다시 숨넘어갈 듯한 웃음소리가 들려왔다.

"잊어버릴 것 같아서."

"귀엽기도 하지, 우리 동생. 음, 그리고 조명은 스탠드를 켜면 될 거고. 아, 음악."

"휴대폰으로?"

"기왕이면 조그만 스피커 같은 게 하나 있으면 좋은데. 휴대폰은 아무래도 분위기가 안 나서. 정 없으면 컵에다 집어넣어. 그러면 소리 커지거든."

머릿속으로 집에 있는 플라스틱 잔들을 생각하던 미셸은 고개를 저었다. 집에 있는 컵들은 전부 입구가 좁은 것들이고 분위기상 컵보다는 스피커를 하나 사는 게 좋을 듯했다. 돈 아껴야 한다고 그렇게 동동거리던 것은 까맣게 잊은 채, 미셸은 목록들을 바라보며 흐뭇한 웃음을 지었다.

"알았어, 언니. 고마워."

이것저것 읊어주던 샬롯은 대충 됐다 싶었는지 목소리에 장난기가 가득 묻어났다.

"저번에 이야기하던 그 남자?"

"응, 8시에 오기로 했어."

"그래. 아, 콘돔, 정말 잊지 마! 이 언니도 조카 보고 싶은 마음은 굴뚝같지만."

"맙소사, 끊어."

"사랑해, 우리 동생!"

전화를 끊은 미셸은 걸음을 재촉했다. 콘돔은 글쎄, 일단은 패스. 그래도 렌즈에 스피커에 준비할 것들이 너무 많았다. 바쁘고 정신없었지만 카우보이 씨를 위한 것이라고 생각하자 미셸은 그 모든 것이 설레었다. 그래서일까. 원래 낯선 이들과 자유롭게 이야기 나누는 것이 힘들었던 미셸이었는데, 한 여자가 아파트에서 낑낑거리며 유모차를 끌고 나오는 걸 보고는 먼저 손을 내밀었다. 문에 걸린 유모차를 들어 조금 앞으로 빼주자,

아이 엄마는 고맙다고 인사를 했다. 몸을 일으키던 미셸은 길을 지나던 남자와 부딪혔다.

"아, 미안해요."

하마터면 넘어질 뻔한 갈색 머리칼의 남자가 그녀를 보고 눈썹을 치켜 올려 움찔했지만, 다행히 그 외에는 별말 없이 다시 제 갈 길을 갔다. 얼른 양손 가득 짐을 들고 집에 올라온 미셸은, 벽 너머를 향해 조심스레 물었다.

"카우보이 씨, 있어요?"

잔뜩 설레는 표정으로 물어보았지만 그는 없었다. 있다면 좋았을 텐데. 그러면 오늘 어떤 생각이 들었는지 이야기를 나눌 수도 있고 아까 직접 얼굴을 마주했을 때는 너무 떨려서 제대로 말하지 못했다는 이야기도 할 수 있을 텐데. 그러다가 그녀는 생각을 고쳐먹었다. 당장 그가 옆방에 없는 것이 조금 서운하긴 했지만, 그것은 어쩌면 카우보이 씨 나름의 배려일지도 모른다는 생각이 들었다. 벽이 워낙 얇아 조심한다 해도 이것저것 준비하는 소리가 들릴 테니까.

얼른 짐을 풀고 조금이라도 더 여성스러워 보이는 옷으로 갈아입은 미셸은 방 곳곳에 뭉쳐 있는 옷가지들을 벽장 안에 쑤셔 박으며 대충 방을 정리했다. 그러고는 아직 흠집이 없는 플라스틱 그릇들과 포크, 나이프를 꺼내 깨끗이 씻었다.

방을 휘 둘러보며 어떻게 할까 고민하던 그녀는 테이블을 침대 앞에 두고, 딱 하나 있는 의자를 그 맞은편에 매치해 놓았다. 피아노 의자가 있긴 하지만 그걸 테이블에 놓자니 어쩐지 모양 새가 나지 않을 것 같았다. 카우보이 씨의 모습을 그리며 미셸은 그가 침대에 앉았을 때와 의자에 앉았을 때를 각각 상상했다.

'음, 누가 침대에 앉아야 하나?'

침대란 것이 지극히 개인적인 가구이다 보니 처음 만나는 남자를 그곳에 앉혀도 괜찮을지 궁금했다. 그렇다고 자기가 침대에 앉는다고 생각하면…. 순간 얼굴이 벌겋게 달아오른 미셸은 고개를 흔들었다. 결국 카우보이 씨의 좌석은 침대로 정했다. '다른 의자는 손님용으로 쓰기엔 너무 딱딱하고 불편하니까'라고 굳이 변명하면서.

"좋아, 이제 화장하고 식사 준비만 하면 돼."

시계를 보니 어느새 시간이 다 되어가고 있었다. 사람을 초대하는 게 이렇게 품이 많이 드는 일일 줄은 몰랐다. 그 과정 과정이 하나같이 즐겁고 기분 좋으니 아무래도 상관없었지만. 미셸은 새로 산 블루투스 스피커에 음악을 틀고 단장을 시작했다. 싸구려였지만 나름대로 휴대폰보다는 그럴듯해 보였다. 렌즈를 끼고, 얼굴에 화장을 하면서 그녀는 신이 나서 소리 높여 스피커에서 나오는 노래를 따라 불렀다.

"R-E-S-P-E-T-C!"

그와 얼굴을 마주할 오늘 저녁은, 정말 기분 좋은 시간이 될 것 같았다.

♥

　기욥은 잔뜩 화가 난 상태로 집을 나섰다.
　'대체 어떻게 술을 마셨기에 여자랑 있는데도 지갑을 잃어
버려?'
　얼마 전까지만 해도 마누라, 마누라 노래를 부르던 녀석이
그러고 있는 꼴에 기욥은 심사가 뒤틀렸다. 그렇지만 단 하나
밖에 없는 대리 장보기 서비스 겸 친구이니만큼 마냥 무시할
수도 없었다. 사실 아투스가 지금까지 집까지 찾아와 잔소리를
해대긴 했어도 기욥에게 도움을 요청한 적은 처음이었기 때문
에 오죽하면 그럴까라는 생각이 아주 조금 들기도 했다. 그런
데 문을 나선 지 1분도 채 되지 않아 기욥은 집을 나선 것을 후
회했다. 시시 씨를 만나고, 아니 정확히 말하면 그녀의 목소리
를 들으며 최근 굉장히 행복한 나날들이었기 때문에 지나다니
는 사람들을 보는 것도 조금은 편해지지 않았을까 싶었다. 그
런데 아무래도 모두 착각이었던 모양이다. 이전과 더할 것도
덜할 것도 없이 같았다. 아무렇지도 않게 웃으며 거리를 다니
는 사람들이 보기 싫었고, 휴대폰을 보며 걷는 놈들을 볼 때마
다 달려들어 그 휴대폰을 땅바닥에 패대기치고 싶었다. 예전

에는 스마트폰이라고 해봐야 한 종뿐이었고 그나마도 매우 작았는데, 이제는 너도나도 스마트폰을 들고 다니는 건 물론이고 가끔은 손바닥만 한 휴대폰을 가지고 다니는 사람들도 보여 오히려 그 화가 더하면 더했지 줄어들지는 않았다.

기욤은 괜히 사람들과 눈을 마주치지 않도록 주의하면서 길을 걸었다. 가로수와 부딪힐 뻔하기도 했다. 겨우겨우 박치기를 면한 기욤은 좁은 길 위에서 몸을 굽힌 사람을 발견했다. 피해가려고 했지만, 거리를 잘못 보고 걸음을 옮기던 그는 그만 몸을 일으키는 여자와 부딪히고 말았다.

"아, 미안해요."

그런데 평소와 다르게 그리 화가 나지 않았다.

'뭐지…?'

잠시 미간을 찌푸리며 여자를 내려다보던 기욤은 다시 걸음을 옮겼다. 흘끗 뒤를 돌아보자, 그 여자는 건물 안으로 들어가고 있었다. 예전에는 분명 날이 선 말을 던지고도 남았을 텐데 그래도 시시 씨 덕분에 조금 나아진 걸까. 그러고 보니 시시 씨와 목소리가 조금 비슷한 것 같기도 했다. 그런데 아까 그 여자는 금발이 아니라 갈색 머리카락이었고 키가 작았다.

다시 걸음을 옮기던 기욤은 다시 화가 끓어오르는 것을 느꼈다. 아무래도 아까 부딪힌 여자와는 착각이었던 게 분명했다. 긴 한숨과 함께 기욤은 고개를 저었다. 이렇게 모든 사람에게 분노를 품는 자신이 정상이 아니라는 것은 잘 알고 있었다. 연인을 잃고 난 뒤 어딘가가 잘못된 것이 틀림없다고 생각했다. 그렇지만 그것을 굳이 고쳐야 할 필요성은 느끼지 못했다. 밖으로 나가지 않는다면, 자신이 세상에 해가 될 일은 없다. 자신도 괴롭지 않을 것이다.

아투스나 다른 친구들이 바깥으로 그를 끌어내기 위해 몇 번이고 설득했지만, 그는 병원이나 심리치료사에게 가는 대신 집 안에서 침잠하는 것을 택했다. 기욤에게는 그곳이 더 편하고 익숙했다. 혼자라면 딱히 화낼 것도 불편할 것도 슬퍼할 것도 없으니까. 대화 같은 것도 필요 없었다. 이미 그렇게 살아갈 수 있는 세상이 돼버렸으니까. 아투스의 장보기도 물론 그가 해주고 있으니 받고 있는 것이지 돈만 있으면 대화 없이 이용이 가능한 서비스가 있었다. 그저 아투스가 제가 하겠다고 나서니 내버려두었을 뿐. 하지만 시시 씨를 만난 뒤로는 그 마음이 조금씩 흔들리는 것을 느꼈다. 그동안 쭉 자신에게는 다른 사람이 필요 없다고 생각했는데, 그것이 아니었다는 것을 알게 된 것이다. 부르지도 않았는데 어느새 자신 안에 들어온 그녀 덕분에 외로움이라는 걸 다시 느끼게 되었다.

그녀가 벽 너머에 있다는 것을 자꾸만 확인하고 싶었다. 그래서 아침에 일어나면 먼저 인사를 했고, 시답잖은 그녀의 이야기에도 일일이 대꾸를 해주었다. 오늘 길을 걷는데 작은 꽃

잎이 앞에 와 카펫처럼 깔리더란 정도의 시시콜콜한 작은 사건마저도 모두 알고 싶고 듣고 싶었다. 그래서 자신은 변하고 있는 것이 아닐까 하고 생각했다. 처음에는 그래 봐야 목소리만 남을 것이라 생각한 그녀가 어느새 보고 싶은 사람이 되었고 그가 기다리는 사람이 되었다. 그러나 지금 거리를 걸으며 다른 사람들에게 느끼는 감정은 놀랍게도 그녀만이 기욤에게 화를 유발하지 않는 것 같단 점이었다. 다른 사람들을 마주하며 치미는 화와 짜증은 거의 그대로였다.

휴대폰만 보며 지나가는 사람들을 무시하려고 기욤은 애써 시시 씨를 생각했다. 그녀가 오기 전에 얼른 아투스의 얼굴에 종이 다발을 집어 던지고는 돌아가 그녀를 맞아주겠노라고. 그러려면 이런 곳에서 화를 낼 시간이 없노라고. 휴대폰을 만지는 저 사람들과 자신은 전혀 상관없다고. 거리상으로는 얼마 되지 않는 곳이었지만 자신에게는 꽤나 멀게 느껴지는 길을 기욤은 그렇게 되뇌며 걸었다. 시간이 얼마나 지났을까, 체감만으로는 한참이었던 여정의 끝, 겨우 아투스가 말한 레스토랑에 도착한 기욤은 성큼성큼 안으로 들어갔다.

시간이 늦어 전체적으로 어두운 레스토랑 안은 음산한 기분까지 감돌았다. 초여름인데도 아직 바꾸지 않은 겨울 커튼은 초록 벨벳으로 만든 것이었는데, 먼지가 조금 쌓여 있어 기욤이 보기에는 아주 불결해 보였다. 좁은 테이블 사이로 보이는 바닥은 낡은 벽돌로 되어 있었는데, 군데군데 깨진 것을 보수하지 않아 보기 흉했다. 둥그렇게 아치형으로 된 낡은 문으로 들어가야 한다는 게 괴물의 벌린 아가리 속으로 들어가는 듯한 기분도 들었다. 물론 다른 사람들이 아무런 문제없이 식사를 잘 하고 있는 걸 보면 기분 탓인지도 모르지만.

"손님?"

"식사 안 해요."

주위를 둘러보자, 아투스와 한 여자가 앉아 있는 것이 보였다. 아주 잠깐, 아투스만 조용히 불러내 배려해줄까 하는 생각도 들었지만 그러면 좀 더 오랫동안 사람들 사이에 있어야 했다. 거의 한계까지 치달은 자신의 상태에 기욤은 마음이 바빠졌다. 빠른 걸음으로 두 사람에게 다가간 기욤은 테이블 옆에 선 채 지갑을 열었다.

"얼마 필요해?"

아투스는 대답 대신 기욤의 팔목을 잡으며 말했다.

"에이, 기욤. 한잔 하고 가."

"목 안 말라. 이거나 얼른 받아. 이 정도면 되겠지?"

대체 여자 만나는데 뭐하러 자신을 앉히려고 하는 걸까. 돈을 대충 꺼내 내밀었지만 아투스는 그걸 받지 않고 앉으라고 성화였다.

"그러지 말고 5분만 앉았다 가. 여기 미리암이랑 인사도 좀 하고."

그 말에 기욤은 아투스 맞은편에 앉은 여자를 바라보았다.
한 중년의 여자가 그에게 빙긋 미소를 보였다. 그제야 기욤은
아투스가 자신을 이곳까지 부른 이유를 알아차렸다. 그의 굳은
표정을 살피며, 아투스가 말했다.

"미리암 씨의 회사에서는 세 살에서 여섯 살 아이들을 위한
스마트폰 게임을 만든대."

옆에 앉아 있던 여자가 손으로 의자를 권하며 말했다.

"미리암이에요. 평소에 말씀 많이 들었습니다. 두 분과 함께
일해보고 싶어 연락드렸고요."

아투스가 모바일 게임을 다시 만들자고 한다. 그것도 아이
대상의 게임이란다. 성인조차 휴대폰을 보며 걷다 사고가 나는
게 부지기수인데. 기욤이 잠시 미소를 짓자, 아투스는 신이 나
서 그녀의 말을 거들었다.

"3년 계약이고, 저작권료도 따로 있어."

기욤은 기분이 좋아서 웃는 게 아니었다.

"게임별로 3년 갱신이고요, 저작권료는…."

더 이상 들어주기 힘들어, 기욤은 양손으로 테이블을 쾅 내
리쳤다. 테이블 위에 있던 접시와 그 위에 놓인 음식과 포크와
나이프가 잠시 허공에 떴다 내려앉으며 요란한 소리를 냈다.
여자와 아투스는 말을 멈추고 깜짝 놀라서는 그를 바라보았다.

기욤은 휴대폰을 손으로 가리켰다.

"이게 뭔지 알아?"

목소리도 낮추지 않았다. 방금 전 소란을 피운 것도 있어 카페 안의 모든 사람이 자신을 바라보고 있었지만 누구도 이 바보 같은 대화에 끼어들지 않았다. 기욤은 이어 말했다.

"이건 전화가 아니라 휴대용 뇌야. 여기 있는 사람들, 어떤지 보여? 죄다 테이블에 제 휴대폰을 올려놨어. 하나 혹은 두 개씩. 이야기할 때도 수도 없이 만지작거린다고. 이게 무슨 의미인지 알겠어?"

연인을 잃은 뒤 기욤은 휴대폰을 혐오했다. 휴대폰에 종속된 것처럼 절절매는 사람들도 마찬가지였다. 이제 사람들은 함께 마주 앉아도 휴대폰을 보느라 서로의 얼굴을 바라보지 않았다. 그들 사이에서 이야기는 사라진 지 오래였다. 사람들의 영혼이 그 작은 기기 안에 갇히는 시간은 점점 길어졌고 결국 그것은 현실에도 영향을 미쳤다. 기욤의 연인에게 일어난 사고처럼. 그런데 이 정신 나간 여자는 그 짓을 세 살배기 아이들에게 시키겠다고 이야기하는 것이다. 기욤은 이를 드러내고는 미리암에게 으르렁거리듯 말했다.

"애들 뇌를 녹진녹진하게 해서 좀비처럼 만들려고? 창피한 줄 알아!"

다시 한 번 테이블을 쾅 흔들며 독하게 쏘아붙인 기욤은 몸을 돌려 걸어 나갔다.

"어이, 기욤!"

등 뒤에서 아투스의 당황한 목소리가 들려왔지만 그는 걸음을 멈추지 않았다. 기욤은 입술을 깨물었다.

"미친 놈. 내가 언제 그따위 것 신경 써달라고 했어?"

그렇게나 알아서 한다고, 내버려두라고 했는데도! 꼭두까지 오른 분으로 식식대던 기욤의 눈에 근처 분수대에 앉아 휴대폰을 바라보고 있는 한 아이가 들어왔다. 그는 성큼성큼 걸어가서는 아이의 손에서 휴대폰을 뺏어 분수 속에 던져버렸다. 아버지인지 옆에 서 있던 나이든 남자가 화들짝 놀라며 그를 불렀다.

"이봐! 그거 내 전화야! 미쳤어?"

남자의 거친 말소리에 기욤은 악을 쓰듯 말했다.

"다, 댁 아들 잘되라고 그런 거야!"

샬롯이 이야기한 대로 미셸은 방에 있는 스탠드 두 개를 켜고 적당히 밝기를 낮췄다. 의자 대신 쓰일 침대 위에는 언니가 사다 준 새 시트가 보송보송하게 펼쳐져 있었다.

미셸은 긴장된 표정으로 후 하고 짧은 한숨을 쉬었다. 그리

길지 않은 시간 동안 이 정도 준비한 것만도 그녀에게는 대단한 일이었다. 아무래도 첫 손님맞이인 데다 손님이 손님인 만큼. 두근거리는 가슴을 겨우 가라앉히며 미셸은 적어둔 것들을 다시 한 번 보려고 쪽지를 펼쳤다. 그때 벨 소리가 울렸다.

찌르르르.

미셸은 급히 쪽지를 구겨 어딘가에 던져버리고는 문을 열었다. 그녀의 눈앞에 커다란 해바라기가 있는 꽃다발이 불쑥 튀어나왔다. 그녀는 깜짝 놀라 하마터면 소리를 지를 뻔했다.

'맙소사.'

남자에게 처음 받는 꽃이었다. 사실 예브제니 선생이 그녀의 런던 콩쿠르를 위해 꽃을 준비했었다고 마리아에게 듣긴 했지만 제대로 망쳐버린 탓에 받지는 못했다. 더군다나 그는 그저 선생일 뿐이고. 기쁜 얼굴로 꽃다발을 받아 들자, 카우보이 씨가 입을 열었다.

"저…."

"쉬."

미셸은 검지를 세워 입가에 가져다 댔다. 그는 '이상적인 저녁 식사'라고 이야기한 것을 잊어버린 듯했다. 그녀는 얼마 전 카우보이 씨가 한 이야기를 떠올렸다.

"대화 없는 만남도 괜찮겠는데요. 상상해봐요. 그러면 무슨 이야길 해야 할까, 상대방의 옷이나 머리라든가 어떻게 칭찬해야 할까 고민할 필요도 없고. 마음 편히 저녁을 먹겠죠. 서로 눈빛만 교환할 테니까. 헛소리도 덜 듣고 이상적인 저녁 식사네.”

그녀 역시 그의 말에 몇 번이고 동감했다. 게다가 지금 이런 상황에서 그의 모습이 너무 멋지고 설레었지만 막상 무엇부터 이야기해야 할지, 그리고 이야기가 끊어지면 어떻게 해야 할지 고민이 이만저만이 아니었다.

그의 예측은 정확했다. 미셸은 굳이 무슨 이야기를 해야 할지 고민하지 않아도 되었다. 꽃다발이 예쁘다는 인사치레도 필요 없었다. 그저 그의 짙은 밤색 눈동자를 바라보며 웃어주기만 하면 되었다.

어디서 그런 용기가 난 것일까. 미셸은 남자의 손을 끌어 안으로 인도했다. 침대에 앉으라는 듯 손짓하자, 남자는 반색한 얼굴로 의자에 앉았다. 그리고 얇은 봄 코트를 벗어 침대 한쪽에 올려두었다. 그 모습을 가만히 바라보고만 있는데도 너무나 기분이 좋아 피식피식 웃음이 새어나왔다. 사람의 얼굴을 보며 이야기를 만들어내야 하는 것이 평소에 얼마나 부담이었는지, 미셸은 그 자리를 통해서야 비로소 알게 된 기분이었다. 어차피 대화 같은 것이야 지금 당장 하지 않아도 상관없었다. 이상적인 저녁 식사를 마치고 그가 돌아가면 벽 너머를 통해 이전처럼 따스한 단어들을 나눌 수 있을 테니까. 그야말로 완벽한 관계가 아닌가.

언니가 분위기를 위해서 필요하다고 이야기한 급히 산 블루투스 스피커에서는 카우보이 씨가 좋아한다는 흘러간 옛 노래들이 흘러나왔다. 그리고 그녀의 조언대로 미셸은 식전주를 플라스틱 샴페인 잔에 따라 내밀었다.

미셸이 그러하듯, 카우보이 씨 역시 계속 미소를 지은 채 그 모습들을 바라보다가 그녀가 내미는 손에 제 손을 올려 겹쳤다. 그때 전자레인지에서 팅 하는 소리가 울렸다. 어쩐지 그 소리가 부끄러워 미셸은 얼른 손을 빼고 일어섰다. 흘러 내려온 머리칼을 귀 뒤로 넘기던 그녀는 깨달았다.

'아, 머리 푸는 걸 깜빡했어!'

마리아가 일러준 대로 미셸은 버섯 리소토 위에 양뇌 소시지를 올리고 전자레인지에 돌렸다. 볼품없어 보이긴 했지만, 그래도 자신의 요리 실력을 이미 알고 있으니 기뻐해주리라 생각했다.

포크와 나이프를 손에 쥔 카우보이 씨는 잠깐 플라스틱 접시 위에 담긴 요리와 미셸을 번갈아 보다가 빨간색 플라스틱 포크와 나이프로 김이 모락모락 나는 양뇌 소시지를 썰기 시작했다. 인스턴트만 먹던 그녀가 이렇게 모양이라도 그럴싸한 걸 내왔다는 데에 감동한 것일까. 소시지를 한입 베어 문 카우보이 씨는 눈을 감고 황홀하다는 듯 그 맛을 음미했다.

샴페인을 쭉 들이켠 카우보이 씨는 고개를 두어 번 끄덕였다. 입가에 감도는 웃음을 보니 요리가 마음에 들었나 보다. 미셸은 그 모습을 훔쳐보며 배시시 웃었다.

'나쁘진 않은 것 같아. 다행이야!'

언니가 꼭 머리를 풀어 내리라고 했는데 미처 신경 쓰지 못한 것이 계속 마음에 걸렸지만, 그 미소 한 번에 어쨌든 좋은 게 좋은 것 아닐까라는 기분이 들었다.

플라스틱 포크로 버섯 리소토를 두어 번 뒤적거리던 남자는 미셸이 다시 따라준 샴페인을 단숨에 반쯤 들이켰다. 그러고는 지그시 미셸을 응시하더니 테이블 너머의 그녀를 향해 몸을 기울였다. 눈을 내리뜨며 돌진해오는 남자의 얼굴에 미셸은 순간 언니의 말이 들려오는 것 같았다.

"콘돔 말이야, 이것아!"

머릿속에서 애써 그 놀리는 듯한 목소리를 지워버리며 미셸은 눈을 감았다. 그리고 마음속으로 언니에게 사과했다. 남자는 천천히, 하지만 착실히 그녀에게 다가왔다. 그렇게 코끝에 남자의 숨결이 와 닿고, 두 사람의 숨소리가 얽히려던 찰나.

끼익, 쾅.

벽 너머에서 문소리가 들렸다.

미셸은 급히 눈을 떴다. 그러고는 코앞에 있는 남자의 입술을 손을 들어 막은 뒤 입 모양만 보일 정도로 속삭였다.

"맙소사, 지금 집에 있어요?"

바보 같은 질문이었다. 카우보이 씨의 친구인 아투스는 낮 시간이 아니면 오지 않는다고 했다. 그 외의 사람은 드나들지 않는다고도 했고. 그렇다면 이쪽에 있는 카우보이 씨가 가짜라는 말인데 가짜에게 물어서야….

"시시 씨?"

익숙한 목소리가 벽을 타고 들려왔다.

순간 비명을 지를 것 같아 입을 틀어막은 미셸은 가짜 카우보이 씨, 아니 그녀가 착각한 남자의 목을 잡고는 문밖으로 밀어냈다. 모든 것이 그녀의 착각이었다.

"아, 저…."

갑자기 쫓겨나게 된 남자는 영문을 모르겠다는 듯한 얼굴이었지만, 미셸은 그저 속삭이듯 미안하다는 말을 되풀이했다.

"미안해요. 내가 착각했나 봐요. 미안해요. 그렇지만 빨리, 빨리 나가줘요!"

미셸의 성화에 그는 벗어두었던 코트도 걸치지 못하고 카우보이 신발도 신지 못한 채 한쪽 발로 콩콩거리며 밖으로 쫓겨났다.

겨우 남자를 내보낸 미셸은 닫힌 문에 등을 기대고 주르륵 미끄러져 내렸다. 휴 하고 긴 한숨이 입술을 빠져나갔다. 그녀의 한숨을 들은 것일까, 건너편의 목소리가 조금 더 커졌다.

"시시 씨? 무슨 일 있어요?"

“아니, 아무 일도 아니에요. 다 해결했어요.”

잠깐 사이 거칠어진 숨을 가다듬으며 미셸은 머리를 쥐어뜯었다. 가짜 카우보이 씨는 나름대로 그녀를 매력 있게 봐준 모양이니까, 그건 그리 나쁘지 않았다. 하지만 하마터면 진짜 카우보이 씨에게 자신의 실수를 제대로 알릴 뻔하지 않았는가 말이다.

미셸은 문득 물었다.

“그런데 어디 갔다 왔어요? 카페에 이렇게 오래 있다 온 거예요?”

“네. 그런데 괜히 나갔어요.”

벽 너머로 그리 밝지 못한 목소리가 흘러 들어왔다. 그리고 잠깐의 침묵 뒤 카우보이 씨가 말했다.

“골 빈 인간들이 얼마나 많던지, 돌아버리는 줄 알았어요.”

벽 건너편의 사정은 잘 모르지만, 그의 목소리는 정말이지 지쳐 보였다.

“그랬구나. 고생 많았어요.”

그리고 그녀는 진심을 담아 말했다.

“어쨌든 목소리 들으니까 반갑네요.”

아들의 휴대폰을 물에 던졌다고 그 아버지에게 흠씬 두들겨 맞았다. 코피가 터졌고, 입 안쪽이 터져 쇠 맛이 났다. 그렇게 얻어맞느니 경찰에 끌려가는 것이 더 나았을지도 모른다. 아픈 건 질색이었으니까.

벽 너머의 시시 씨 역시 그리 좋은 오후를 보낸 것 같지는 않았다. 목소리가 조금 떨렸고, 평소와 달리 머뭇거림도 느껴졌다. 무슨 일인지 걱정이 되긴 했지만 어차피 벽 너머의 자신이 그녀에게 해줄 수 있는 것은 없었다. 이야기를 하고, 들어주는 것밖에는. 하지만 정말이지 지금은, 그녀에게 한마디라도 털어놓지 않으면 딱 죽고 싶은 심정이었다. 긁어 부스럼을 만들어 흠씬 두들겨 맞은 꼴이라니. 그렇다고 곧이곧대로 말할 수는 없어, 기욤은 대충 둘러 이야기했다.

기욤 역시 그녀의 말에 깊이 동의했다. 그에게 반가운 사람이 얼마 만에 나타난 것인지 그녀는 모르겠지만.

벽 너머에 있을 뿐인 사람이 그렇게 이야기하면 분명 부담스러워할 것이란 생각이 들었다. 그런데도 그런 마음을 전하고 싶은 충동이 불쑥불쑥 튀어나오려고 해, 기욤은 애써 마음을 눌렀다. 그는 걸치고 나간 점퍼를 대충 벗어 의자에 던져두고는 말했다.

"둘 다 개떡 같은 저녁을 보냈나 봐요."

"맞아요."

두 사람이 함께 밤을 새웠던 그날은 정말 완벽했는데. 기욤이 그렇게 생각하고 있는데, 시시 씨가 말했다.

"그래도….."

조금 전보다 훨씬 작아진 목소리에, 기욤은 벽 너머로 귀를 기울였다.

"그날 밤은 정말….."

설마 그녀도 같은 생각을 하고 있었던 것일까. 두 눈을 동그랗게 뜬 기욤에게 다시 시시 씨의 목소리가 들려왔다.

"정말, 근사했어요."

욱신거리던 턱과 코의 아픔이 순식간에 사라지는 것 같았다. 어쩌면 이렇게 생각하는 것마저도 비슷할까.

그는 슬며시 벽에 손을 얹었다. 마치 그녀의 손을 맞잡듯이. 지금이라면 이야기할 수 있을 것 같았다. 지금이라면 새로운 사람을 만날 수 있을 것 같았다. 그렇게 그녀의 눈을 마주 보고 싶었다. 오랜만에 나간 세상에서 엉망진창이 되어, 아무도 자신에게 관심 갖지 않는 길을 지나온 자신을, 이미 떨어질 데 없는 바닥에 처박힌 자신을 말 한마디로 끌어올려주는 이 여자에게라면.

"시시 씨."

"네?"

조용히 하지만 가슴 가득 숨을 들이마신 기욤은 말했다.

"좋든 싫든, 이것도 인연이잖아요. 어쨌든 우리는 이렇게 이야기도 나누게 됐고, 서로 마음속도 나누게 됐고, 지금은 이렇게 서로를 걱정해주고 있고요."

떨려서일까. 어쩐지 말이 장황하게 나오는 것에 기욤은 당황했다.

"그러니까 혹시 괜찮으면…."

이 말이 그녀에게 어떻게 받아들여질지는 모르겠다. 어쨌든 기욤이 누군가에게 손을 내미는 것은 7년 만에 처음이었고, 그것은 무척이나 설레고도 가슴 떨리는 일이었다. 다시 한 번 숨을 가다듬은 기욤은 물었다.

"만날까요? 아, 그러니까 내 말은 이상한 뜻이 아니라, 아니 그러니까…."

마음먹은 대로 멋진 대사가 나오지는 않았다. 허둥대는 그를 벽 너머의 여자는 어떤 표정으로 기다리고 있을까. 기욤은 겨우 마음을 가라앉히고 빠르게 말했다.

"그러니까 내 말은, 가끔 우리 집에 놀러 와서 술도 한잔 하고…."

벽 너머는 여전히 조용했다. 답을 바라며 귀를 기울이는데, 그녀의 목소리가 나직하게 들려왔다.

"미안해요."

역시나. 너무 갑작스러웠을지도 모른다. 자신도 이런 변화가 과연 말이 되는 것일까 고민하고 있었으니까. 실망하면서도 기욤은 한숨을 숨기며 사과했다.

"아니에요, 미안해요. 내가 괜한 소리를 했네요."

"아뇨, 아뇨. 그런 거 아녜요. 그냥…. 제 생각엔 이대로도 좋지 않을까 싶었어요."

완곡히 거절하는 시시 씨에게 기욤은 그 이상 무어라 이야기할 수 없었다.

"알았어요, 시시 씨."

"그게 친구를 그만두고 싶다는 건 아니에요."

여자가 급하게 덧붙였다. 기욤도 긴장했던 얼굴을 겨우 풀고 조금 웃었다. 그래도 자신이 아주 싫지는 않았나 보다. 어쩌면 나중에 좀 더 서로에게 익숙해지면 언젠가는 만날 날도 있지 않을까. 지금 서로를 인식할 수 있는 건 목소리와 소리뿐이지만 그것만이라도 그에게는 커다란 의미였다. 어쨌든 7년 만에 그가 자신의 삶에 받아들인 누군가가 생긴 것이었다. 이제는 그 벽 너머의 목소리가 없다는 것을 생각하는 것조차 힘들었다. 시시 씨는 어떨지 모르겠지만.

미셸은 하루 종일 뒤숭숭한 기분이었다. 줄리엣에겐 정말 미

안하지만 그녀가 치는 피아노 소리가 귀에 들어오지 않았다. 어쩔 도리가 있나, 그저 아이에게 잘했다고 머리를 쓰다듬어주 며 칭찬을 해줄 수밖에. 도둑놈 심보 같지만 일단 레슨이 염가 이니 조금 소홀했던 거라며 미셸은 자신을 합리화했다.

줄리엣의 집을 나와 미셸은 정처 없이 걸었다. 어제 진짜 카 우보이 씨가 만나자는 이야기를 기억하면서. 그에겐 그게 그저 가벼운 술친구가 되어달라는 의미였을지도 모르지만, 어제 엉 뚱한 남자를 끌어들여선 그라 생각하고 입맞춤을 받아들이려 한 미셸로서는 차마 그의 얼굴을 볼 수 없었다. 어제의 민망함 을 생각하자 얼굴이 다시 벌겋게 달아올랐다.

'바보! 멍청이!'

미셸은 고개를 붕붕 저었다. 그리고 정신을 차리자, 어느새 그녀는 예브제니의 집 앞에 서 있는 자신을 발견했다.

'맙소사. 여긴 또 왜 온 거야?'

줄리엣의 집은 예브제니의 집과 자신의 집 중간 즈음에 있 는데, 아무래도 생각 없이 걷다보니 익숙한 길을 따라온 것 같 았다.

시계를 바라보던 미셸은 잠시 고민했다. 예브제니는 수업이 있는 시간이라 집에 없을 것이고, 어딘가에 푸념이라도 늘어놓 고 싶었기 때문이다. 그리고 마리아는 푸념을 늘어놓기엔 아주 좋은 상대였다. 문 앞에서 잠깐 머뭇거리던 그녀는 결심한 듯

벨을 눌렀다.

"미셸! 이게 얼마 만이니!"

마리아는 문가에 선 미셸을 보고는 놀란 얼굴로 외쳤다. 얼른 다가온 그녀는 자신의 얼굴을 미셸의 뺨 양쪽에 가져다 댔다.

"다신 안 올 것처럼 그러더니. 어쨌든 어서 들어와, 미셸."

슬쩍 눈을 흘긴 마리아는 호들갑을 떨며 예전에 미셸이 쓰던 슬리퍼를 가져다 놓아주었다.

"저번에 전화 그렇게 끊고 나서 안 그래도 궁금했는데. 그래, 그때 그건, 저번의 그 남자하고는 잘 됐니? 식사는 잘 했고?"

앉을 시간조차 주지 않고 몰아붙이는 마리아의 질문에 미셸은 머쓱하게 미소 지었다. 그녀는 분명 친구라고만 이야기했는데, 마리아는 그 손님이 남자라고 확신한 모양이었다.

"친구라니까요."

어설프게 웃으며 대답했지만 그녀는 순순히 넘어가주지 않았다.

"그렇게 이야기하니까 더 수상하네, 응? 대체 누구야, 우리 아가를 꼬여낸 멋진 왕자님은?"

미셸은 뭐라고 얘기해야 할지 잠시 생각을 정리한 뒤 입을 열었다. 차마 부끄럽고 민망해서, 사람을 착각했다는 이야기 같은 건 하고 싶지 않았다.

"안타깝지만, 그날 저녁은 같이하지 못했어요. 만나자고 하는데, 자꾸 어긋나서. 그러니까 인연이 아닌 것 같기도 하고, 만났다가 덜컥 서로에게 좋은 마음이 들지 않는다면, 저는 분명 좋아하게 될 것 같은데 상대와 생각이 다르다면 그건 그것 나름대로 비참한 일이잖아요. 아예 그쪽에선 저한테 냉담할 수도 있고."

횡설수설하는 걸 알았지만 미셸은 그래도 쉬지 않고 이야기했다. 마리아는 미셸의 뺨을 톡톡 치더니 답했다.

"이런, 왜 이렇게 부정적으로만 생각할까. 미셸, 나는…. 아, 이런 내 정신 좀 봐. 이렇게 세워두고 있었네. 차 한잔 가져다줄게. 잠시만."

미셸을 자리에 앉힌 마리아는 얼른 티백 하나에 뜨거운 물을 부어 가져왔다. 따끈한 기운이 온몸으로 퍼지자, 그제야 미셸은 조금 진정된 기분으로 마리아를 바라보았다.

"그래서, 서로의 마음이 다를 것 같아 무섭단 이야기니?"

마리아가 묻자 미셸은 조심스럽게 고개를 끄덕였다. 마리아는 어깨를 으쓱해 보였다.

"아무리 서로 좋아한다고 하더라도, 그런 건 어쩔 수가 없단다. 사람마다 사랑의 온도는 다르기 마련이거든. 하지만 믿어야지 어쩌겠어. 사실 눈에 보이는 것보다 그 사람은 너를 더 많이 아끼고 좋아하고 있을지도 모르는 일이란다."

"눈에 보이지조차 않는다면요?"

"사랑이란 걸 어떻게 재단하겠니. 겉으로 보이는 것만으론 모르는 법이지. 예브제니 선생님과 나를 보렴. 비록 표현은 안 하시지만 선생님은…."

"예브제니 선생님?"

문득 나온 예브제니의 이름에 미셸은 소스라치게 놀랐다.

"네? 예브제니 선생님이요?"

"어머, 몰랐던 눈치네?"

"전혀요!"

"이런, 이런. 더더욱 네 눈은 믿으면 안 되겠구나."

마리아는 다정하게 미소 지으며 고개를 저었다.

"그럴 땐 차라리 안 보이는 게 더 나을 수도 있단다. 보이지 않는 만큼 서로의 목소리에, 글자에, 모든 것을 더 섬세하게 받아들일 수 있으니까."

미셸은 기겁해서 되물었다.

"정말 두 분이 그런 관계였어요? 전 같이 살면서도 전혀…."

마리아는 미셸의 손을 잡아 다독거렸다.

"그런 사랑도 있는 법이란다. 이 세상엔 수많은 사람이 있고, 그만큼이나 많은 사랑의 방법과 모습이 있어. 남들이 보기엔 조금 달라 보일지 몰라도 두 사람만이 서로를 인정해준다면, 그건 사랑이라고 불러야 하지 않을까? 용기를 내보렴, 미셸. 마음속으로 생각만 해서는 네 마음은 전해지지 않아."

그 뒤로도 한참 동안 미셸은 마리아와 이야기를 나누었다. 콩쿠르 준비는 잘 되고 있는지 묻는 마리아에게 무언가 새로운 마음으로 피아노를 치게 된 것 같다고 하자 그녀는 조금 걱정하면서도 미셸을 응원해주었다.

집 근처 편의 시설이라든가, 방 풍경이라든가, 마리아가 궁금해하는 거에 이것저것 답해준 미셸은 예브제니가 돌아올 시간이 되어서야 자리에서 일어났다.

♥

멀리 떨어졌다고는 하지만, 파리 시내다 보니 예브제니의 집에서 집까지 걸어서 40여 분 정도면 센 강을 돌아갈 수 있을 것 같았다. 머릿속을 떠다니는 고민에 미셸은 일부러 센 강을 따라 쭉 걷기로 했다.

강물 위 흔들리는 풍경에는 저녁 시간이어서인지 하나둘씩 흔들리는 불빛이 밝혀졌다. 그리고 센 강을 아름다운 빛으로 물들이는 노을과 밤하늘이 섞여 아름답게 어우러지고 있었다. 언젠가는 카우보이 씨와도 이런 풍경을 마주할 수 있을까. 손을 잡고, 혹은 품에 안긴 거리의 연인들을 볼 때마다 그녀는 생각했다. 카우보이 씨와는 저런 사랑을 할 수 없을지도 모른다. 하지만 벽 너머의 그를 잃고 싶지 않았다. 그 모습 그대로 자신의 곁에 남아주기만을 바랐다.

그리 나쁘지만은 않을지도 모른다. 마리아의 말처럼, 오히려 보이지 않기에 더 섬세할 수 있는 거니까. 이전에 이야기한 맹인 조율사처럼 말이다. 미셸은 마음속으로 무언가 이야기할 결심을 하고는 발걸음을 돌렸다. 자신의 집, 벽 너머에 카우보이씨가 기다리는 그 집으로.

♥

원래대로라면 오늘은 아투스가 오는 날이었다.

지난번에 자신을 그렇게 엿 먹여놓고선 어디 어떤 표정을 하고 오려나 기다렸는데, 그는 오지 않았다. 아투스가 한 번도 연락 없이 방문을 빼먹는 일은 없었기에 기욤은 1시간 동안 불안하게 방 안을 서성이다 전화기를 들었다. 큰 결심을 하고 먼저 연락을 했음에도 그의 전화기는 꺼져 있었다.

냉장고에는 식료품들이 아직 며칠분 더 남아 있었기에 장보기야 딱히 급할 건 없었지만 갑작스레 연락이 되지 않는 것이 심상치 않았다. 그녀의 연인도, 갑작스레 연락이 되지 않았다가 사고 소식이 들려왔었다. 잠시 고민하던 기욤은 전화번호부를 뒤져 아투스의 전처 번호를 찾아냈다.

"여보세요?"

낯선 듯 익숙한 목소리가 들려왔다. 흠 하고 목소리를 가다듬은 기욤은 겨우겨우 말을 꺼냈다.

"아, 아델. 나 기욤이에요."

"아, 기욤! 잘 지냈어요? 웬일이에요? 지금 내가 조금 바빠서."

수화기 너머로 음악 소리와 함께 시끌시끌한 소리가 들려왔다. 사람들이 많이 모여 있는 것 같은 그 소음에 살짝 이맛살을 찌푸린 기욤은 물었다.

"아투스가 연락이 되지 않아서, 혹시 무슨 일 있나 하고요."

전화기 너머로 잠깐 침묵이 흘렀다. 무슨 의미일지 고민하는데 아델이 말했다.

"글쎄, 최근 서너 달은 연락한 적이 없는데요? 아, 소식 모르는구나. 저 결혼해요. 오늘 시청에 서류 제출하고 왔는데. 아투스랑 연락 자주 안 해요?"

맙소사. 기욤은 입을 벌린 채 한동안 말을 잇지 못했다.

"기욤?"

"아… 아, 네."

"미안하지만 피로연 중이라 지금 바빠서요. 다른 용건 없으면 끊을게요."

피로연이라는데 더 이상 붙잡고 물어볼 수가 없었다. 기욤은 작은 목소리로 말했다.

"아, 미안해요. 그리고 결혼 축하해요, 아델. 잘 지내요."

"고마워요. 기욤도 잘 지내요. 그럼."

전화를 끊고도 기욤은 한동안 멍하니 서 있었다. 재혼이라니. 그런 소리는 한 번도 들은 적이 없었다. 연락을 자주 안 하냐니, 지난 7년간 일주일에 몇 번씩이나 봤는데. 며칠 전에도 봤고. 그렇게 자신에게 와서 떠들어대면서, 자신이 전처 이야기로 그를 긁을 때도 그런 이야기는 한 번도 하지 않았다. 대체 무슨 이유에서일까. 조금은 화가 날 정도였다. 시원한 소다수를 한 잔 꺼내 마시면서 생각을 정리하자 이해하지 못할 것도 아니었다.

아투스는 언제나 기욤에게 찾아와 이런저런 이야기를 했지만 자신의 개인적인 이야기는 말한 적이 없었다. 주로 이야기의 주제는 두 사람이 잘 알고 있는 것들이었는데, 새로운 것에 대해서는 기욤이 아예 설명 듣기를 거부했기 때문이다. 그러니까 전처의 재혼에 대해 아무런 이야기를 하지 않은 것도 결국은 기욤을 위해서였단 결론이 나왔다. 전처의 이야기를 빼면 두 사람 사이의 대화 주제는 더더욱 적어질 테니까.

"젠장, 썩을 놈의 자식!"

기욤은 전화기가 놓인 협탁을 발로 걷어찼다. 그런 식의 배려 따위 받아봐야 기분만 상했다.

"대체 그 자식은 날 뭘로 생각하는 거야?"

구제 불능에 보호가 필요한 정신병자? 아니면 그저 예전에 버즐로 한몫 잡게 해주었으니 도의상 챙겨주어야 할 전 동료?

적어도 친구로 생각했다면 그렇게 오랫동안 그에게 숨겼을까?

적어도 자신은 욕을 했어도 답은 꼬박꼬박 해주었는데.

'물어보지 않은 것도 나이긴 하잖아.'

마음을 가라앉히고 울티맥스를 위한 수식을 계산하려다가도 끓어오르는 분기에 하얀 분필을 집어 던졌다. 이럴 때 그녀가 벽 너머에 있다면, 한탄이라도 할 수 있을 텐데. 새삼 그녀의 존재가 사무치게 그리웠다. 그때 문이 열리는 소리가 들려왔다. 딱 좋은 시간에 돌아온 그녀가 물었다.

"카우보이 씨, 거기 있어요?"

"네, 시시 씨. 저 여기 있어요."

그녀에게 답하면서 기욤은 그 몇 초 사이에 마음속 가득 충족감이 채워지는 것을 느꼈다. 끓어오르던 분노도 사그라졌다. 그 목소리가 대체 뭐라고. 어쩌다가 그녀가 이렇게 자신에게 큰 존재감을 지니게 되었을까. 언제부터.

"저기, 카우보이 씨. 나, 할 말 있어요."

머뭇거리고는 있지만 어딘지 단단해 보이는 그 목소리에 기욤은 어찌 된 영문인가 하고 눈을 굴렸다. 마음속에서 아투스에 대한 고민은 이미 날아간 지 오래였다.

"무슨?"

"오늘 내내 생각해봤어요. 우리 사이에 대해서."

시시 씨의 말에 기욤은 숨이 멎는 것 같았다.

'설마, 친구도 하기 싫다고 말하려는 건가?'

부담스러울지도 모른다고 생각했다. 그래서 최대한 티를 내지 않으려고 했는데. 심장 소리가 귓가를 울릴 정도로 커진 가운데, 그녀의 말이 계속 이어졌다.

"어제는 분명 지금 이대로도 좋지 않을까 생각했어요. 그런데 그렇게만 지내기엔 무언가 부족하다고, 오늘 내내 생각했어요."

그것은 기욤도 마찬가지였다. 비록 그것이 아무런 보장 없는, 그저 마음만 먹으면 흐트러질 말 한마디에 불과할지라도. 그녀는 말을 이었다.

"서로 보지 않고 집착하지도 않는 단순한 관계라도…."

기욤은 점점 더 작아지는 그녀의 목소리를 듣기 위해 벽 쪽으로 귀를 바싹 가져다 댔다. 미셸은 변명하듯 덧붙였다.

"당신은 간섭 싫어하잖아요. 나도 남자 옭아맬 욕심은 없어요. 그러니까…."

작게 숨을 들이켜는 소리가 들려왔다. 기욤 역시 길게 숨을 들이마셨다. 이제야 그녀가 어떤 이야기를 할지 알 수 있을 것 같았다. 그 역시 어제 목구멍까지 튀어나온 말이었으니까.

"그렇게 지내더라도…."

기욤은 시시 씨의 말을 얼른 받았다.

"사귀자는 말인가요?"

"네."

작은 침묵 뒤, 그녀는 다시 입을 열었다.

"함께, 하지만 이 벽을 사이에 두고 따로. 가능할까요, 카우보이 씨?"

그녀 역시 자신을 필요로 한다고 생각해도 되는 걸까. 7년 만에 내민 손. 비록 피부와 피부가 맞닿지는 않을지라도 그녀는 착실하게 고민하고 자신에게 답을 전해주었다. 그렇다면 자신도 그만큼 그녀를 기다려주어야 하는 게 아닐까. 게다가 그도 저 문밖으로 그녀를 만나러 나가기에는 용기가 부족한 것이 사실이었으니까.

적어도 그녀는 자신을 거부하지 않았다. 그 작은 안도감에 기욤은 벽 너머에 있을 그녀를 향해 이마를 기대고는 대답했다.

"가능할 거예요, 아마도."

# 제 5 장
## Bagatelle No. 25 "Für Elise"
베토벤 피아노 소곡 25번 "엘리제를 위하여"

두 사람의 생활은 어느새 많은 것을 공유하게 되었다. 벽을 사이에 두고 있기 때문에 무언가를 함께하기 위해서는 신경 써야 할 것 역시 많았지만, 그런 것들을 고민하는 것마저 그들에게는 즐거움이었다.

언니를 보며 어떻게 그렇게 쉬울까 하고 생각하던 미셸은 아직도 언니를 전부 이해하는 것은 아니었지만 어렴풋이 그 기분을 알 것 같기도 했다.

"일어났어요? 좋은 아침, 시시 씨."

"네, 좋은 아침이에요."

먼저 두 사람은 수면 시간을 조금씩 밀거나 당겨 비슷하게 맞추었다. 미셸은 기상 시간을 당기고, 기욤은 취침 시간을 미루었다. 1시간이라도 자신이 알지 못하는 상대의 시간이 생긴다면 궁금해 어쩔 도리가 없었다.

방의 배치도 바꾸었다. 두 사람이 공유하는 벽에 침대 두 개를 나란히 붙였다. 그렇게 두 사람은 잠들 때도 깰 때도 서로에게 속삭일 수 있게 되었다.

영화를 같이 보기도 했다. 같은 종류의 과자를 사고, 같은 영화를 빌려 둘이 함께 재생했다. 소리가 맞지 않을 때는 기욤이 귀를 쫑긋 세우고 있다가 벽 너머의 소리에 영상을 맞추었다.

두 사람은 각자의 창밖을 바라보며 함께 노을을 바라보기도 했다. 음악을 틀고는 각자 상대와 함께 춤을 추는 것처럼 빙글빙글 돌기도 했다. 춤이라고는 하나도 모르지만, 아무 상관없이 즐거웠다.

기욤이 비둘기에게 밥을 챙겨주는 걸 안 미셸은 자신도 퀴노아 크래커를 사다 부수어 창밖으로 뿌렸다. 비록 그를 찾아가는 비둘기가 이 비둘기는 아닐지라도, 그 퀴노아 크래커가 그게 아닐는지는 몰라도, 어쨌든 길가에서는 혐오에 가까운 시선으로 보던 비둘기들이 이 창틀 안에서만은 순수하고 귀엽게만 보이는 것은 불가사의하고 신기한 일이었다.

"오늘은 무슨 옷을 입었어요?"

그렇게 서로 물어보는 것도 달라진 일이었다. 미셸이 오늘은 흰색 원피스를 입고 나간다고 이야기하면, 기욤은 그녀가 생각

날 때마다 창밖의 지나가는 사람들을 훑어보았다. 혹시나 정말로 하얀색 옷을 입고 지나가는 금발 여자가 있다면 시시 씨가 아닐까 생각하면서.

싱그러운 두 사람의 관계처럼, 얼마 전까지만 해도 작은 새순이 달려 있던 창밖의 가로수들에도 초록 잎이 달리기 시작했다. 예전에 살던 동네와 다른 가로수라며 미셸이 궁금해하자, 기욤은 그것이 아까시나무라고 알려주었다.

"아카시아랑 달라요?"

"가짜 아카시아라고 하더군요. 자세한 건 모르지만."

미셸은 이것저것 많은 걸 알고 있는 기욤이 신기했다.

기욤은 꽤나 많은 것을 알고 있었다. 책도 많이 보는 것 같았고, 무엇을 물어봐도 많고 적음의 차이가 있을 뿐 모르는 게 없을 정도였다. 예외가 있다면 휴대폰이나 인터넷 관련이었다. 예전에 아끼던 사람을 잃고는 그쪽에는 관심조차 주지 않았다는 말에 미셸은 가슴 아파했다. 옛날 여자 친구는 아닐까 하고 신경 쓰이는 것도 사실이지만, 적어도 지금의 그에게서는 여자의 그림자도 찾을 수 없었기에 미셸은 애써 그 생각을 지워버렸다.

식생활에도 큰 변화가 있었다. 물론 미셸 쪽에서만. 기욤은 혼자 살면서 꽤나 오랜 기간 요리를 해왔고, 일전에 그가 이야기한 대로 쉽고 간단한 레시피들을 이것저것 알고 있었다. 날이 더워지니 입맛이 없다는 미셸에게 기욤은 그녀가 좋아한다는 가스파초(스페인에서 토마토 등의 채소류로 만드는 차가운 수프) 레시피를 알려주기도 했다. 미셸은 자신이 좋아하는 가스파초가 재료들을 대충 썰어 믹서에 간 뒤 냉장고에 넣기만 하면 끝나는 간단한 음식이라는 것에 놀라워했다.

플라스틱 스푼으로 한입 가득 가스파초를 우물거리던 미셸이 중얼거렸다.

"음, 이렇게 맛있는 걸 혼자 먹기는 아까운데."

"이거, 서운한데요? 혼자라뇨, 내가 여기 있는데."

"에이, 당연히 도도 씨는 제외하고죠. 도도 씨한테 배운 거잖아요, 이거."

"다음에 한 번 사람들을 초대해도 재밌겠네요. 아마 엄청나게 당황할 것 같은데."

두 사람은 여전히 이름을 밝히지 않았다. 어쩐지 서로의 상황에서 밝히면 안 될 금기라고 생각되었기 때문이다. 그래서 여전히 서로 별명으로 불렀지만 카우보이라는 호칭은 어느새 도도 씨로 바뀌었다. 아무래도 카우보이라는 호칭 대신 다른 것이 좋지 않겠냐는 기욤의 투정 아닌 투정 때문이었다.

두 사람은 별것도 아닌 일에 머리를 맞대고 30분을 보냈다. 아무래도 미셸이 시시 씨인 만큼, 그에 맞추어 음계를 모티프로 한 것은 어떨까 하는 의견이 나왔다. 두 사람은 몇 번이고 입속으로 말해보았다. 도도 씨, 레레 씨, 미미 씨, 파파 씨.

도도 씨는 나쁘지 않았고, 레레 씨는 아무래도 혀를 날름대는 것 같아 별로였다. 미미 씨나 라라 씨는 여자아이들이 가지고 노는 인형 이름 같았고, 파파 씨는 남자 친구를 아빠와 비슷한 별명으로 부르는 건 좀 그렇다는 미셸의 의견으로 기각되었다. 그렇게 둘 사이에 이견 없이 남은 것은 도도 씨였다.

그렇게 호칭을 결정한 미셸은 밝은 목소리로 말했다.

"그거 알아요? 시하고 도 사이에는 검은 건반이 없어요. 하얗고 매끈한 건반 사이에는 아무것도 가로막는 게 없죠. 비록 우리 둘 사이엔 물리적인 벽이 하나 놓여 있지만, 마음의 벽은 없었으면 좋겠어요, 우리 사이에서는."

그녀의 말을 듣고 기욤은 정말로 그랬으면 좋겠다며, 벽 너머에서 고개를 끄덕였다.

도도 씨와 시시 씨. 서로를 그렇게 부르며 두 사람은 조금씩 더 가까워졌다. 벽 너머의 상대방을 조금 더 존중하게 된 것은 물론이었다. 생활 습관이라든가, 생각이라든가 좀 더 깊은 이야기를 하게 된 것도 변화 중 하나였다.

덕분에 미셸은 도도 씨가 청결한 것을 좋아하고, 방에 있는 것들이 제자리에 있지 않으면 참지 못하는 결벽증적인 구석이 있다는 것을 알게 되었다. 기욤은 시시 씨가 요리를 전혀 못한다는 것과, 최근에서야 자주 연락하고 지내게 된 언니의 결혼

생활에 대해 많은 걱정을 하고 있다는 것을 알게 되었다. 그리고 둘 사이에 아주 사소한 갈등이 생기기도 했다.

"콩쿠르가 얼마 남지 않았잖아요. 나는 즐겁게 듣고 있을 테니 연습하래도요."

"어제도 그래서 종일 집에서 연습했잖아요. 오늘은 제가 조용히 있을 테니까, 아니 아예 학교 연습실에 갈 테니까 울티맥스 작업해요."

이런 식으로 서로 할 일을 하라고 양보하다가 왜 자신의 호의를 받아들이지 않느냐며 목소리가 높아졌다. 하지만 그런 갈등 같지도 않은 갈등은 기본적으로 서로를 배려하는 마음에서 비롯한 것이기에 언제나 웃음과 함께 눈처럼 사르르 녹았다.

"오늘, 노을이 참 예쁘네요."

그렇게 기윰이 말하면 미셸은 잠시 악보에서 눈을 떼어 그와 함께 하늘을 바라보았다.

"그러게요. 정말 예쁘네요."

두 사람은 따뜻한 봄의 대기가 붉게 물드는 아름다운 광경을 마음에 담았다. 비록 맞잡은 손의 따뜻함도 없고 바라보는 곳도 달랐지만 그래도 함께였다.

서로가 방에 있는 사이, 벽 건너에서는 각자의 손님들이 방문하기도 했다. 한 번은 아투스가, 한 번은 샬롯이.

"너 오늘 왜 이러냐? 약이라도 먹었어?"

기욤은 처음으로, 아투스가 장을 봐온 것에 한마디의 꼬투리도 잡지 않았다. 놀라 묻는 아투스에게 기욤은 그저 씩 웃어 보였다.

"어머, 우리 동생. 너 너무 예뻐졌잖아. 요즘 무슨 일 있어?"

샬롯의 호들갑에 미셸도 수줍게 웃었다. 그녀는 예뻐졌다는 말을 처음 듣는데, 나쁘지 않았다.

하루 동안 있었던 일을 서로에게 이야기하면서, 이따금 두 사람은 미래에 관한 이야기도 했다. 여름에는 대혁명 기념일에 불꽃놀이를 보자라든가, 새해에는 함께, 그렇지만 또 따로 에펠탑 앞에 나가자든가. 그리고 결혼이라든가 아이라든가, 남들이 다들 이야기하는 미래는 아니어도 그들은 만족했고 행복했다. 그렇게 쭉 함께일 것이라 생각했다. 앞으로도 계속, 행복하게.

미셸은 기욤이 알려준 이야기들을 되뇌며 종이에 적힌 목록들을 정신없이 장바구니에 담았다.

"사과는 후지 사과 말고 스페인산으로, 호박에 가지, 에샬롯(양파와 비슷한 채소. 양파보다 타원형에 가깝고 단맛이 강하다)에…."

얼마 전 그녀가 혼자 먹기 아깝다고 이야기한 걸 기억한 도도 씨는 미셸에게 각각 서로의 친구를 초대하면 어떻겠냐고 이야기를 꺼냈다. 도도 씨는 자신의 친구인 아투스에게 최근 안 좋은 일이 있어서 맛있는 걸 해주고 싶다고 했다. 도도 씨에게서 아투스와는 서로 옥신각신한다는 이야기도 많이 들었고 또 그렇게까지 사이가 좋은 편은 아니라고 듣긴 했지만, 미셸은 그의 목소리에서 도도 씨가 아투스를 나름대로 아끼고 있다는 것을 느꼈다. 미셸도 얼른 샬롯에게 전화했다. 갑작스러운 초대에도 언니는 흔쾌히 오겠다고 이야기했고, 덕분에 미셸은 집을 뛰쳐나와 장을 보러 나온 것이었다.

급히 재료 목록과 장바구니에 든 것을 확인한 미셸은 계산대로 갔다. 몇 번 봤다고 이제는 익숙해진 얼굴의 직원이 웃으며 물었다.

"무슨 좋은 일이라도 있어요? 얼굴이 밝아졌는데. 오늘은 토마토 페이스트 말고는 통조림도 인스턴트도 없네요?"

이제 제법 이야기를 받아칠 수 있게 된 미셸은 신이 나서 말했다.

"이걸로 요리할 거거든요. 라타투이랑 타르트 타탱(프랑스식 파이)요!"

의외라는 듯 눈썹을 들어 올린 종업원은 고개를 끄덕였다.

"손님이라도 오시나 봐요. 그렇죠? 인스턴트는 아무리 맛이 좋다고 해도 신선한 재료로 요리하는 것보단 못하니까요. 음,

저도 타르트 타탱 좋아하는데. 맛있겠네요."

"저도 그랬으면 좋겠어요."

지금까지는 도도 씨의 지도에 따라 조금씩 직접 수고를 들여 식사했지만 반제품을 주로 이용하거나 정말로 간단한 것들을 만들어보았기에 제대로 된 요리로는 오늘 시도하는 것이 처음이었다. 두근두근 떨리는 마음으로 미셸은 요리 재료가 든 비닐봉지를 들고 서둘러 걸음을 옮겼다. 나는 듯이 계단까지 뛰어올라 문을 닫자, 기다렸다는 듯 도도 씨의 목소리가 들려왔다.

"돌아왔어요? 빼놓지 않고 다 사왔죠?"

"네. 토마토 페이스트랑 바질이랑, 음, 아마 다 사왔을 거예요."

미셸의 말에 도도 씨는 작게 웃었다.

"좋아요. 오늘은 정말 제대로 된 요리니까 따라오기 힘들겠다 싶으면 이야기해요. 속도를 조금 조절할 테니까. 그럼, 슬슬 시작해볼까요?"

그리 어려운 것이 아니라고는 했지만, 제대로 된 요리는 처음이다 보니 미셸에게 도도 씨의 레시피는 꽤나 어려워 보였다.

"이번 라타투이의 핵심은 당연히 베샤멜 소스(우유를 베이스로 한 크림 소스)지만, 요리의 시작은 채소 손질부터예요. 베샤멜 소스야 정통으로 만드는 게 좋지만 손이 좀 가서 시시 씨는 조금 변형된 버전으로 만들 거예요. 전 이미 만들어놔서 소스

대신 간단한 전채를 더 만들 거고요."

도도 씨의 말에 미셸은 물었다.

"음, 라타투이에 토마토 소스를 쓰는데 베샤멜 소스가 또 들어가요?"

"토마토 소스만으로 하면 맛을 잡기가 힘들어요. 베샤멜 소스를 넣으면 크리미한 맛이 신 맛의 토마토 소스와 어우러져 꽤나 먹기 좋거든요. 자, 그럼 일단 채소들을 씻어요."

도도 씨의 부드러운 목소리를 들으며 미셸은 열심히 손을 놀렸다.

사과, 피망, 호박, 양파 등을 차례로 씻고 손질하면서 도도 씨는 자신이 처음으로 요리를 하던 때를 조곤조곤 이야기해주었다.

"우리 집은 어머니가 일찍 돌아가셨거든요. 아버지는 언제나 바쁘셨고. 그래서 집안일은 거의 제가 맡아서 하는 수밖에 없었죠. 요리도 그때부터 시작했어요. 상상이 가요? 처음으로 오븐을 썼다가 파스타 위아래가 새까맣게 타버렸어요. 까맣게 탄 빵 사이에 든 파스타 샌드위치 같은 느낌이었죠."

"저런."

웃음 섞어 하는 말이었지만, 어쩐지 미셸은 조금 안쓰러워졌다. 배가 고팠던 어린 도도 씨는 그것을 그대로 먹을 수밖에 없었다고 했다.

"아버지께선 오페라 극장에서 일하셨다고 하셨죠?"

"네. 아버지도 제가 성인이 되고 나서 얼마 지나지 않아 돌아가셨지만요."

"아, 저런…. 죄송해요."

"아뇨, 아뇨. 그런 소리 들으려고 시작한 이야기는 아닌데. 아, 채소는 다 손질했어요?"

이야기를 듣다가 멍하니 있느라 채소를 물에 담가만 놓고 있었던 미셸은 대충 이것저것 꺼내려다가 호박을 떨궜다. 땅에 떨어진 호박을 얼른 주워 흐르는 물에 대충 씻은 그녀는 대답했다.

"아, 아, 네. 준비됐어요."

"그럼, 칼질을 해보죠. 손 베지 않게 조심하고. 호박이랑 가지, 토마토는 90도로, 일정한 간격으로 잘라요. 단면이 동그랗게 나오도록. 이게 일정한 두께여야 담았을 때 예뻐요."

벽 너머에서 일정하고 규칙적인 리듬으로 칼질하는 소리가 들려왔지만, 미셸은 작은 과도로 커다란 채소를 자르는 게 고역이었다. 도도 씨는 일정한 간격을 몇 번이고 강조했지만, 칼날은 매끄러운 채소들 위에서 미끄러지고 점점 써는 굵기는 두꺼워졌다. 엉망진창으로나마 겨우 채소들을 썰어놓자 도도 씨는 말했다.

"자, 이제 사과를 먼저 썰고 양파를 썰 거예요. 사과는 위에 올릴 걸 반쪽 정도, 반달 모양으로 얇게 썰고 나머지는 네모지게 썰어요. 안에 들어갈 거니까.”

과도가 영 들지 않았다. 미셸은 사과를 얇게 썰기는커녕 네모로 써는 것도 힘들었다.

“잘 되고 있어요?”

벽 저편에서 묻는 소리에 미셸은 얼른 남은 사과를 숭덩숭덩 잘라버렸다. 어차피 배 속에 들어가면 그리 차이가 없을 것이라고 위안하면서.

“네, 네, 쉬워요.”

그 뒤에는 도도 씨가 이야기하는 대로 양파를 잘게 썰었다. 차라리 정해진 모양이 없으니 제일 쉬운 느낌이었다. 눈이 매워 눈물을 한 컵 정도 쏟긴 했지만.

곧이어 버터를 한 스푼 넣고 거기다 잘게 썬 양파를 볶자 어쩐지 벌써부터 맛있는 냄새가 나기 시작했다.

“음, 냄새 멋진데요?”

“타지 않도록 주의해야 해요. 잘 지켜봐요.”

“네, 네.”

버터와 양파를 불 위에 놓아둔 채 미셸은 조금 전 너무 두껍게 썰린 것 같은 채소들을 찾아 다시 얇게 썰었다. 여전히 모양새는 이상했지만 그래도 제 손으로 나란히 썰어둔 채소들을 보기만 해도 뿌듯했다. 어쨌든 그녀가 처음으로 누군가를 위해

칼을 잡은 것이니까.

그렇게 미소 띤 채 도마 위를 쳐다보는데, 문득 매캐한 냄새가 코끝에 느껴졌다.

'아, 이런! 타는 걸 주의하라고 했는데!'

잠깐 한눈판 새에 이렇게 될 줄은 몰랐다. 냄비를 불 위로 얼른 들어 올렸지만, 이미 늦은 것인지 매캐한 연기가 위로 떠올라 코를 괴롭혔다. 울상을 지은 미셸의 귓가로 도도 씨의 목소리가 다시 들려왔다.

"이제 양파가 갈색이 됐죠? 거기다 우유를 정확하게 250밀리리터 넣어요. 양 조절 잘 해야 해요. 조금 뒤에는 밀가루를 추가할 거예요. 단계는 조금 생략된 거지만, 맛은 비슷하니까."

생략하지 않았으면 큰일 날 뻔했다고 생각하면서, 미셸은 난처한 웃음과 함께 반쯤 탄 갈색 양파 위에 우유를 부었다.

"이제 타르트 타탱 차례예요."

기욤은 얇게 썬 사과를 파이 위에 올리며 말했다. 언젠가부터 거의 대답이 들려오지 않아 조금 심심한 기분이었다. 아마 요리를 제대로 해본 적 없는 그녀이니만큼 대답할 여유조차 없어 그런 것 같은데 그렇게 열심인 모습도 어쩐지 귀엽다고 느껴졌다.

"샬롯은 7시에 맞춰 온다고 했죠?"

"네. 아투스도요?"

아이러니하게도 두 사람은 서로의 이름도 모르는 채 서로의 친구와 언니의 이름만 정확히 알고 있었다. 굳이 서로의 이름을 알아야 한다는 생각은 들지 않았다. 어차피 처음부터 피아노 괴물과 그림 괴물로 만난 사이니만큼 둘 사이에 호칭은 그리 중요하지 않았다. 가장 중요한 것은 이름도 외모도 아닌 그녀, 그리고 자신, 그 존재 자체였으니까.

아델의 재혼 소식을 알게 된 다음 날, 아투스는 아침 일찍 전화를 걸어 기욤에게 어제 장을 봐주지 못해 미안하다고 했다. 조금 지친 목소리이긴 했지만, 예상대로 아델의 재혼 이야기는 하지 않았다. 그게 기욤을 위한 배려라고 생각했을지도 모른다. 아니면 그냥 이야기하기가 껄끄러웠는지도. 어느 쪽이됐든, 기욤은 한동안 그가 자신에게 이야기할 때까지 아무 말도 하지 않기로 결심했다. 그렇게 일주일이 유야무야 흘러갔다. 아투스는 여전히 아무 말도 하지 않았지만, 그 퉁퉁한 뺨이 핼쑥해진 걸 보면 아무래도 마음고생을 한 모양이었다. 그런 아투스에게 미리암을 소개해주려 한 일을 따져 묻기도 뭐해서, 기욤은 그 일도 그냥 묻어버리기로 했다. 낯간지러운 위로 대신, 기욤은 맛있는 걸 해줄 테니 저녁에 집에 들르라고 이야기했다. 아투스가 제일 좋아하는 타르트 타탱도 해두겠다면서. 그 소리에 아투스의 목소리에는 생기가 돌았다.

미셸에게 저녁에 아투스를 초대했다는 이야기를 꺼내면서,

기욤은 문득 그녀의 언니라는 샬롯이 궁금해 미셸에게 제안했다. 샬롯을 초대해 각자의 친구와 언니에게 서로를 소개하면 어떻겠느냐고. 미셸은 좋은 생각이라며 맞장구쳤다. 기욤은 아투스에게 다시 전화를 걸었다. 여자를 소개해줄 계획이라는 걸 덧붙이려고.

♥

"새로 산 그릇은 어때요?"

"음, 마음에 들어요. 라타투이용은 사과처럼 빨간 반들반들한 도자기에 안쪽은 하얀색이고요, 파이용은 그냥 흰색이에요. 말씀해주신 곳이 싸긴 하더라고요."

그릇들을 사고 싶지만 너무 비싸다는 미셸의 말에, 기욤은 조금 더 쌀 법한 곳들을 추천해주었다. 백화점식 매장들은 시장보다 비싼 게 당연하니까. 그리고 그날 미셸은 양손 가득 신문지로 둘둘 싸인 그릇이며 컵들을 몇 개나 들고 들어와선 자랑을 했다.

"오늘은 급하게 장을 보느라 그랬지만, 평소에는 월요일하고 목요일에 저 앞 작은 광장에 장이 서요. 오전에만 서서 시간을 맞춰 가야 하지만."

"있다는 얘기는 들었는데 보지 못했어요."

"상설이 아니라서요. 그래도 거기 채소가 싱싱하고 좋아요. 아투스가 보통 그때 장을 봐다주죠."

"그러면 언제고 아투스 씨랑 시장에서 마주칠 수도 있겠네요?"

"아마도요? 서로 알아보지는 못하겠지만."

그렇게 일상적인 정보를 나누면서 기욤은 중간중간 그녀의 요리를 체크하는 것도 잊지 않았다.

"그러면 라타투이는 다 됐죠? 이제 그건 꺼내고, 타르트를 넣어요. 온도는 같게, 시간은 25분으로."

"집어넣었어요!"

라타투이가 제법 그럴듯하게 나왔는지 미셸의 목소리에는 어딘지 자신감과 기대감이 차 있었다. 기욤은 빙긋 웃음 지었다. 처음 오븐에 요리를 넣었을 때의 기분이 새삼 떠올라서였다. 그 기분이야 느껴보지 않은 사람이 아니면 모를 테니까. 요리가 어떻게 완성되었을지 내내 기다리다 꺼내어 알맞게 노릇하게 익은 윗면을 볼 때의 기분이란.

"그럼 잠시 쉬어요. 이제 할 건 대충 끝났으니까."

기욤도 얼른 라타투이를 꺼내고 타르트 판을 집어넣었다.

가지런히 열을 지은 채소들에서 올라오는 따끈한 향기를 음미하며 그는 만족스러운 얼굴로 그릇을 벽에 붙어 있는 테이블 위에 올려두었다.

"시시 씨? 뭐해요?"

벽 너머에서 부산한 움직임이 느껴졌다.

"아, 언니가 오니까. 조금 꾸며보려고요."

자신은 평상시처럼 아투스를 기다리고 있는데, 시시 씨는 무언가를 이것저것 하려는 모양이었다.

그녀가 동분서주하는 동안 기욤이 대충 주변을 정리하고 시계를 보니, 약속 시간인 7시가 거의 다 되었다. 그는 전축에 레코드판을 걸고 볼륨을 높였다.

딩동.

마침 도착했는지 벨이 울렸다.

"나 왔다, 기욤."

"어서 와."

짧은 포옹을 한 아투스는 집 안으로 들어서며 코를 킁킁거렸다.

"음, 냄새 좋은데? 웬일이냐? 장 봐주는 걸 하루 빼먹었더니, 내 소중함을 이제야 깨달은 거야? 얼씨구, 노래까지 틀었어? 내 취향은 아니지만."

"흰소리는."

"어쨌든, 자, 선물."

여자를 소개해주기로 했다는 이야기 때문인지 아투스는 한 손에는 와인을, 한 손에는 작은 꽃다발을 들고 있었다. 주위를 두리번거리던 아투스는 실망한 목소리로 말했다.

"하아, 여자는 무슨. 내 이럴 줄 알았다. 그냥 외로웠던 거지? 그래서 이 아투스 님을 보고 싶어 전화로 징징징. 이제 너도 내가 없으면 살 수 없는 몸이 된 걸 깨달았나 보구먼? 음악도 틀어놓고. 분위기 잡냐?"

장황하게 놀려대는 아투스의 등짝을 툭 치며 기욤은 턱짓으로 테이블을 가리켰다.

"미친놈. 닥치고 잔이나 들고 가 앉아. 타르트 타탱 꺼내 갈 테니까."

"오오, 진짜로 만들었어?"

오븐에 따라붙는 아투스를 무시한 채 기욤은 벽 너머에 들리도록 소리쳤다.

"이제 오븐에서 꺼낼 겁니다!"

문이 열리는 소리가 났다. 화장실에서 렌즈를 끼던 미셸은 목소리를 높여 외쳤다.

"왔어?"

"응, 안녕!"

여분 열쇠로 직접 문을 따고 들어온 샬롯은 미셸에게 물었다.

234

"이젠 완전 봄이 다 됐다니까. 잠깐 걸어오는데 땀 날 뻔했네. 어딨어?"

"나, 화장실. 화장 중이야."

"어머, 화장?"

얼른 따라 들어온 샬롯은 옆에서 호들갑을 떨었다.

"무슨 바람이 불어서? 웬일이야, 정말."

아이라인을 마저 그린 미셸은 언니를 쳐다보며 물었다.

"어때?"

"응, 예뻐. 언니 온다고 꾸민 거야? 고맙기도 해라."

"음, 아니. 오늘은 넷이서 만날 거거든."

"넷?"

언니의 질문을 뒤로하고 욕실 밖으로 나오자 어딘지 매캐한 냄새가 코끝을 찔렀다. 샬롯은 코를 감싸 쥐고 물었다.

"으으윽, 미셸! 이게 무슨 냄새야? 뭐 타는 중?"

"어? 아니."

아니라고는 했지만, 오븐에서 꺼낸 타르트는 형태가 영 만족스럽지 못했다. 아랫면은 아직 모르겠지만 윗면은 꽤나 시커멓게 타 있었다.

그래도 처음 만든 요리니까. 언니라면 분명 맛있게 먹어줄 거라고 생각했다. 미셸이 오븐에서 타르트를 꺼내며 '앗 뜨거!' 라고 말하는 사이, 샬롯은 피아노 위에 놓여 있던 스피커를 집어 요리조리 뜯어보았다.

"이 블루투스 스피커, 못 보던 건데."

"언니 말 듣고 하나 샀어."

"그래? 색깔 예쁘네. 그런데 미셸, 다른 사람들은 언제 와? 넷이 만난다면서. 영계는 있어?"

미셸은 턱을 톡톡 치다 대답했다.

"이미 와 있어."

"이미?"

"응, 여기 벽 뒤에."

시계를 본 미셸은 블루투스 스피커의 볼륨 다이얼을 돌렸다. 반대편에서도 음악 소리가 잦아들었다.

벽 너머에서 도도 씨의 목소리가 들려왔다.

"안녕하세요, 샬롯."

샬롯은 경악한 표정으로 손가락을 들어 벽을 가리켰다. 예상한 반응이었기에, 미셸은 그저 어색한 웃음을 지을 수밖에 없었다. 목소리는 계속해서 새로운 두 사람을 소개했다.

"샬롯, 이쪽은 아투스. 아투스, 저쪽은 샬롯이야."

양쪽 집은 벽을 사이에 두고 2인용 식탁을 붙인 모습이었다.

이 기이한 광경에 태연한 두 사람과 경악한 두 사람의 목소리
가 울렸다. 아투스가 먼저였다.

"맙소사. 이게 뭐야? 나 참, 어이가 없어서."

벽 너머에서 들리는 목소리에 샬롯도 물었다.

"지금 누가 말하는 거야?"

미셸은 머쓱한 표정으로 답했다.

"사실 저번에 말하려고 했는데. 나랑 같이 사는 이웃이야."

"누가? 둘 다?"

"아니, 방금 전 언니를 소개한 쪽."

아투스는 혀를 내두르며 말했다.

"이게 무슨 일이야, 대체. 넌 평범하게 살면 어디가 덧나냐?"

이쯤 되니 초대받은 두 사람도 서로가 서로에게 소개해준다
던 사람이 벽 너머에 있는 남자와 여자임을 직감한 듯 길게 한
숨을 쉬었다. 잠시 뒤, 조심스러운 목소리로 아투스가 다시 물
었다.

"그럼, 서로 본 적은?"

대답은 동시에 나왔다.

"없지."

"없어요."

그 대답에 샬롯은 이마에 손을 대고 중얼거렸다.

"나만 이해가 안 되는 거야?"

"걱정 말아요, 나도 안 되니까."

아투스가 그녀의 이야기에 한마디 보탰다. 그렇게 이상한 분위기 속에 미셸은 언니의 손을 잡으며 말했다.

"언니. 내가 오늘 언니를 초대한 건, 나한테 소중한 사람을 소개하고 싶어서야."

"소중한 사람이라고?"

"응. 처음에는 평범한 이웃 사이였는데, 지금은 그 이상이야."

두 사람의 만남이 결코 평범하지는 않았지만, 그 이야기를 하면 서로 오해할까 싶어 미셸은 적당히 얼버무렸다.

아투스가 물었다.

"그럼, 애인이라고?"

"그렇게 봐야겠지."

"맙소사."

아투스의 탄식 뒤로 기욤이 샬롯에게 다시 말을 걸었다.

"아무튼 샬롯, 정말 반가워요. 말씀 많이 들었어요."

기욤의 인사에 샬롯은 당황해서인지 답을 하지 못했다. 아투스가 대신 기욤의 말을 받았다.

"알겠네, 알겠어. 요즘 이 녀석이 덜 까칠한 이유가 있었네요."

자신의 남자 친구가 까칠하다는 이야기에 발끈한 미셸이 대답했다.

"도도 씨는 까칠하다기보다 살짝 예민한 거죠."

"에이, 말이 좋아 예민이죠. 이 녀석 사실….."

기욤은 아투스의 입을 틀어막았다.

"시시 씨가 시간만 되면 말을 거는 통에 까칠할 틈도 없어."

아직도 얼떨떨한 샬롯과 아투스를 내버려둔 채, 막 사귀기 시작한 두 사람은 웃음꽃 띠며 이야기를 이어나갔다.

"그래도 아침 커피 마시기 전엔 말 안 걸잖아요. 나도 노력 중이라고요."

"그렇긴 하죠. 시시 씨도 정말 노력 중이라니까."

처음에는 입을 다물지 못하고 앉아 있던 샬롯도 조금씩 익숙해진 모양인지 대화에 끼어들었다.

"도도 씨, 시시 씨. 이걸 기발하다고 해야 할지, 황당하다고 해야 할지. 도도 씨는 도도새? 시시 씨는 뭐야 대체?"

샬롯의 말에 미셸은 피식 웃으며 말했다.

"둘 다 아냐. 피아노의 시하고 도에서 따온 거야."

"뭐야, 그럼. 나도 미… 널 시시라고 불러야 해?"

"그렇게 하든가. 아니면 음, 언니는 옛날부터 날 '부부'라고 불렀잖아. 그렇게 불러도 되고."

"맙소사, 부부. 너 정말 괜찮은 거야? 병원 안 가봐도 괜찮겠어?"

자매의 투닥거림을 중재하려는 듯 기욤이 나섰다.

"이해하긴 어려우시겠지만, 우린 아주 잘 지내고 있어요. 행복하다고나 할까."

그 말에 샬롯은 즉각적으로 반박했다.

"그건 아닌 것 같아, 도도 씨. 이런 게 행복이라고 할 순 없을 것 같아요."

조금 강한 어조 때문이었을까, 갑자기 대화가 끊겼다. 그 침묵 속에서 샬롯은 이야기를 이어나갔다.

"행복이란 건, 그러니까, 물건을 같이 공유하고, 함께 침대에 눕고, 옆에 있어주는 거라고 생각해요. 이렇게 목소리만 나누는 게 아니라."

언니의 이야기에 미셸이 반박했다.

"우리도 그러는데? 물건이야 따로 쓰고 있지만, 사실 이 식탁 자리에 서로 침대를 놓고 있거든. 자기 전까지 이야기하는걸. 사소한 것까지 서로 나누고."

"그게 같아? 행복은 서로 만질 수 있어야 해. 손을 잡고, 눈을 마주 보고, 서로의 살 냄새도 맡으면서."

자매의 목소리가 높아지자, 기욤이 농담조로 끼어들었다.

"냄새가 중요하긴 하죠, 조정 운동 후엔 더욱."

"맙소사, 부부. 너 그것도 말했어?"

미셸은 언니의 격한 반응에 어깨를 으쓱해 보였다.

"사귀는 사인걸."

아투스는 샬롯의 손을 들어주었다.

"난 샬롯에게 한 표."

"고마워요, 아투스."

막 사귀기 시작한 연인과 초대된 손님들 사이의 의견이 팽팽하게 맞서자, 기욤은 다시금 중재를 시도했다.

"우리는 남들과는 중요하게 생각하는 것이 달라요. 우린 집 어딘가에 뭘 놓을지, 저기에 무슨 그림을 걸지 그런 일로 싸우지도 않고, 치약 뚜껑을 닫지 않았다거나 설거지를 하지 않았다고 잔소리하지도 않아요."

기욤의 말을 이어 미셸이 말했다.

"바닥에 속옷을 벗어놓든, 욕조에 긴 머리카락이 있든, 하루 종일 잠옷을 입고 있든 마음대로라는 거죠. 서로의 눈치 볼 것 없이. 그런 부분들을 공유하지 않으니 거기에 신경 쓸 노력으로 다른 것에 집중할 수 있다고 생각해요. 장님 피아노 조율사처럼요."

"음, 그건 좀 편하겠네. 눈치 보지 않는 건 말이야."

샬롯의 맞장구에 힘을 얻었는지 기욤이 다시 입을 열었다.

"밤새 일하고 싶으면 밤을 새워도 되고, 힘든 일이 있을 때 서로 이야기하면서 힘이 되어 주죠. 간섭은 없지만, 언제나 함께."

"하루 종일 불알 긁고 싶으면…."

아투스가 장난스레 운을 떼자, 기욤이 받았다.

"난 눈치 보지 않아도 된다니까."

"죽이네, 그건!"

조금 민망한 농담이었지만 벽을 사이에 두고 있어서일까. 자연스레 네 사람 사이에 웃음이 터져 나왔다. 진지한 목소리로 아투스가 다시 말했다.

"그래도 말이야. 내가 보기엔 연인 관계에선 서로 마주하는 게 꼭 필요하다고 생각해. 보지 못한다는 것만으로도 두 사람은 이미 한 가지 이상을 서로에게 감추고 있는 거잖아. 연인 사이라면 비밀이 없어야지."

그의 말에 샬롯이 이때라는 듯 소리쳤다.

"바로 그거예요! 내가 이야기하는 게 바로 그거라니까!"

벽 너머에 있을 샬롯의 목소리에 아투스는 그것 보라는 듯 표정을 지었다. 기욤은 들고 있던 잔을 내려놓고는 변명하듯 말했다.

"그렇지만 내가 느낀 바로는 보지 않고 만나는 게 훨씬 좋았어."

"만나보지 않고 그렇게 비교하는 게 가능해? 말도 안 되는 소리야. 이건."

아투스의 말투가 점점 가라앉는 걸 느낀 미셸은 얼른 자리에서 일어나며 말했다.

"디저트 먹을까요?"

"좋죠."

기욤도 미셸의 말에 얼른 일어나 이어질 대화를 피했다.

"그런데 두 사람, 자매라 그런가? 목소리가 닮았네요. 가끔 헷갈려. 내용으로야 구분이 되지만."

"그래요? 그럼 제가 한 톤 높이 말해볼까요? 라라라~ 이 정도 톤으로. 어때요?"

"그냥 편하게 해요. 말투로 대충 구분이 가니까."

아투스와 샬롯이 대화를 하는 사이 벽을 사이에 둔 두 탁자 위에 타르트 타탱이 하나씩 놓였다. 기욤과 아투스 쪽에는 사과들이 가지런히 예쁘게 썰려 있고 그 위에 시럽들이 반들반들 윤이 나는 멋진 타르트가, 반대쪽에는 까맣게 뭉그러진 사과들이 가득한 조금은 볼품없는 타르트가.

"타르트가 정말 맛있어 보이는데요."

아투스의 감탄 어린 말에 샬롯은 웃음을 참으며 말했다.

"이런, 글쎄요. 그쪽이랑 이쪽이랑은 생김새가 다른 모양인데."

샬롯은 무언가를 발견하고는 입을 막고 소리 없이 웃었다. 그녀가 포크로 골라내는 걸 보고 미셸은 얼른 그것을 휴지로 감싸 버렸다. 미셸이 민망해할 것을 우려한 모양인지 샬롯은 목소리를 낮추어 속삭였다.

"원산지 스티커가 들어간 프리미엄 사과파이는 내 인생 처음이야. 영광으로 생각할게."

그 뒤, 잠깐 시간을 두고 그녀는 이어 말했다.

"나 너 요리하는 거 처음 봐, 부부. 생각보다 맛있었고, 생각보다 보기 좋았어."

미셸은 자랑스러운 표정으로 언니에게 고개를 끄덕였다. 비록 타르트는 형편없는 모양이었지만.

배가 부른 상태에서 내놓은 달달한 파이와 와인으로 적당히 분위기가 풀어지자 아투스는 벽 너머의 미셸에게 물었다.

"그런데 이 녀석, 자기가 어떻게 생겼다고 이야기하던가요? 사실 못생긴 건 아니지만 음, 평범하진 않죠."

못생긴 건 아니지만 평범하지 않다니. 잘생겼다는 말인가? 고개를 갸웃거리던 미셸은 뺨에 손을 대고 생각하다 대답했다.

"난 기분에 따라서 그날그날 도도 씨 얼굴을 상상해요. 예전에 화났을 땐 무시무시하게 털이 숭숭 난 귀신 얼굴도 상상했어요."

"와하하하, 그거 걸작이네! 잘 대해줄 땐 세계 최고의 미남이고, 그렇죠?"

아투스의 웃음 사이, 미셸은 언니에게 얼른 속삭였다.

"어젠 윌 스미스였어."

"하긴 목소리가 살짝 섹시한 게…."

목소리를 낮춘 자매의 이야기에 기욤은 얼른 아투스의 입을 틀어막고 물었다.

"뭐라고요?"

"아니에요. 그냥, 그쪽 양반들이 어떻게 생겼을지 얘기하던 중이었어요."

아투스는 흥미가 동한 표정으로 물었다.

"그래요? 어떤데요?"

손가락을 깨물며 웃던 샬롯은 아투스에게 먼저 바통을 넘겼다.

"음 아투스 먼저 얘기해봐요."

"좋아요. 어디 그럼. 내가 상상하는 샬롯은 보통 키 아니, 아담한 편에 가까워요. 갈색 단발머리에 소심한 선생님 스타일이랄까?"

전혀 다른 외형을 짜맞춰오는 아투스 덕분에 자매는 웃음을 참느라 서로 마주 보며 입을 틀어막았다. 두 사람이 숨도 쉬지 못하는 그 사이, 아투스의 말은 계속 이어졌다.

"첫인상은 무뚝뚝하지만, 알면 알수록 괜찮은 사람이고 매력적일 것 같아요, 나름대로."

완전히 빗나간 예측이었지만 자매는 깔깔거리며 웃었다. 샬롯은 웃음 섞인 목소리로 말했다.

"똑같아요, 똑같아."

"정말요?"

되묻는 아투스에게 그렇다고 대충 답한 샬롯은 제가 해보겠다고 나섰다.

"그럼, 내가 해볼게요."

세 사람이 숨죽인 가운데, 샬롯의 상상이 시작됐다.

"아투스는 올챙이배에 근육질은 아니고 머리도 산발이고, 잘 안 씻는 타입 같아요. 눈 밑 피부는 늘어져서 주름이 있고, 잠도 별로 없는 사람이에요. 현실보다는 조금은 공상에 빠져 사는 사람이고, 늘 셔츠에 수프를 묻히고 다녀요."

자신의 셔츠를 내려다보던 아투스는 정말로 가슴 한구석에 얼룩진 무늬를 발견했다. 허탈해하는 그를 내버려두고 기욤이 말했다.

"맙소사. 정말 똑같은데. 족집게예요?"

"제가 눈썰미 있단 소린 좀 들어요. 아니, 지금은 귀썰미인가?"

화기애애한 분위기 속에 아투스가 불쑥 끼어들었다.

"그래도 난 씻긴 씻는다고요!"

억울하다는 항변에 샬롯은 그를 달랬다.

"농담이에요. 분명 미남이시겠죠."

하지만 한마디 더하는 건 잊지 않았다.

"나름대로."

그 말에 오기가 생긴 듯, 아투스는 건들거리며 샬롯에게 말했다.

"그 말 후회하지 않을 자신 있나? 아마 날 보면 반해버릴 텐데? 내 살인 미소와 달콤한 비누 향에 말이야. 위험한 매력이 흘러넘치는 나를 보여주지 못해서 유감이네요."

미셸은 언니의 표정을 흘끗 바라보았다. 아투스의 말투가 갑자기 확 바뀐 때문이었지만, 샬롯은 그 농담이 마음에 드는지 웃음을 겨우 참으며 물었다.

"어머, 입이 거치시네요?"

"이제 아셨나? 우리 종달새."

"어머, 부부. 네 피앙세보다 이쪽이 재밌는 타입인 것 같네."

웃음 띤 언니의 말에 미셸은 어깨를 으쓱했다. 언니의 농담 취향이 아투스와 맞는다면야.

아투스와 샬롯은 서로 한참을 웃더니 말했다.

"음, 생각보다 재밌네요, 이렇게 벽을 두고 이야기하는 것도."

"그러게. 나쁘지 않아요."

처음에는 벽을 둔 연인에 대해 부정적인 입장이던 손님들도 이제는 어느 정도 납득한 듯했다. 그때 식탁 위에 놓여 있던 샬롯의 휴대폰이 울렸다.

"아, 게임 알람."

중얼거리는 샬롯에게 아투스는 호기심 어린 말투로 물었다.

"모바일 게임요? 무슨 게임 하는데요?"

"러즐요! 요즘 이거 안 하면 사람들이랑 할 이야기가 없다니까요.”

벽 너머에서 침묵이 흘렀다. 휴대폰 시계를 확인한 샬롯은 의자에서 몸을 일으켰다.

“아, 시간이 어느새 이렇게 됐네. 돌아가 봐야겠는데.”

그 김에 아투스도 가보겠다고 일어섰다. 자연스레 파티는 파장 분위기가 되었다.

제비꽃 색의 얇은 봄 코트를 걸치고 목에 얼룩무늬 스카프를 두른 샬롯은 미셸에게 인사하며 말했다.

“초대해줘서 고마워. 정말 재밌었어.”

“나야말로, 갑작스럽게 이야기했는데도 와줘서 고마워.”

“우리 동생이 부르는데 당연히 와야지. 그럼, 좋은 밤 보내고, 둘이서.”

반대편 문에서도 아투스와 기욤이 작별 인사를 나누고 있었다. 아투스가 벽 너머의 눈치를 보며 물었다.

“축하해야 하는 거지?”

“그럼, 인마.”

“그래. 그럼 잘 됐다고 해주마. 그리고 언니 있잖냐, 샬롯. 괜찮네. 러즐 하는 것만 빼면.”

그래 봤자 유부녀인데, 아무래도 아투스는 샬롯이 무척이나 마음에 들었나보다. 벌써 10년도 넘게 친구를 해오고 있으니 그의 표정은 대충이나마 읽을 수 있었다.

“알았으니까 어서 가.”

“간다.”

“그래.”

문을 닫기 전, 기욤은 문득 스치는 생각에 아투스의 등 뒤에 대고 말했다.

“종달새 조심해라.”

“무슨 뚱딴지같은 소리야.”

뒤돌아보며 의아한 눈동자로 묻는 그에게 기욤은 괜한 소리를 했다는 생각에 고개를 흔들어 보였다.

“아니야, 아무것도. 어서 들어가.”

그렇게 손님들을 보낸 뒤 두 사람은 서로에게 고생했다고 수고의 말을 전했다. 그러고는 설거지를 하며 이야기를 계속 나누었다.

아투스가 이야기한 샬롯의 이미지는 전혀 맞지 않았다든가, 반면 샬롯이 이야기한 아투스는 카메라라도 설치해둔 것이 아닐까 할 정도로 귀신같이 맞았다든가. 하지만 두 사람 모두 손님들이 우려하던 것에 대해서는 의식적으로 이야기를 피했다. 마지막에는 어느 정도 납득이 가긴 했지만, 그 이야기는 식사 시간 내내 도돌이표처럼 따라붙었다.

설거지는 미셸이 먼저 끝났다. 몇 번이고 접시를 닦아대던 기욤의 귓가에 문득 피아노 소리가 들렸다. 그것은 콩쿠르용

곡이 아니었다.

"세르주 라마?"

세르주 라마라는 가수가 부른 '모험에서 모험으로'는, 기욤이 좋아하는 흘러간 노래 중 하나였다. 가끔 듣는 것을 기억해 준 것일까. 부드럽게 펼쳐지는 피아노에 기욤은 눈을 감고 노래를 읊었다.

모험에서 모험으로
기차에서 기차로
항구에서 항구로
내 다시 맹세하오
그댈 잊지 않으리다

그렇게 두 사람의 하모니는 따뜻한 봄날 저녁을 물들였다.

"미셸, 그러니까 내 말 좀 들어봐. 글쎄 오늘 아침에…"

샬롯은 어제 저녁의 보답으로 미셸에게 오늘 점심을 대접하겠다고 했다. 그래서 언니 집으로 찾아간 미셸은 이내 골치 아픈 표정을 짓고 말았다.

어제 집으로 돌아간 샬롯은 폴에게 대화를 시도해보려 했다. 하지만 폴은 역시나 조정을 해야 한다느니, 낱말 퍼즐을 풀어야 한다며 전혀 상대해주지 않았다. 결국 등을 돌리고 잔 샬롯은 잔뜩 억울한 표정이었다. 미셸은 무어라 말을 해주어야 할지 몰랐다.

"아, 잠깐만."

한참을 투덜대던 샬롯은 메시지 알림이 울리자 냉큼 이야기를 끊고는 휴대폰 화면을 들여다보았다. 미셸도 고개를 빼어 휴대폰 화면을 기웃거렸다.

"또 퍼즐이야?"

"응. 우리 자기가 워낙 열심히 해서, 나도. 얘는 왜 만나지는 않고 자꾸 이런 거나 보내는지 모르겠어."

아무래도 언니의 짜증 원인은 형부보다는 그 연하남 때문인 것 같았다. 미셸은 샬롯 옆에 다가앉으며 물었다.

"아직도 그 사람 만나는 거야?"

"그럼. 요샌 시험이라고 통 만나주질 않는다니까. 내일 끝난다고는 하는데, 글쎄. 더 어린 앨 만나고 있을지 알게 뭐야."

그녀가 이야기하는 걸 들어보면, 샬롯 역시 그 사람을 믿고 사귀는 것 같지는 않았다. 그렇다면 정말로 육체적인 관계 하나만을 위해 만나는 걸까? 아무리 생각해도 모르겠다는 생각에 미셸은 한숨을 쉬며 물었다.

"그런 관계가 좋아? 정말 안 되겠으면 그 사람이랑 정식으로…."

"어우, 얘. 걘 농담이 너무 별로라 안 돼. 테크닉이야 죽이지만 사람이 그게 다가 아니잖니. 그리고 애들은 어떡해. 아니, 무엇보다 대학생이 무슨 돈이 있다고 진지하게 생각하겠어."

게임 화면을 이리저리 조작하면서 대충 답하는 언니를 바라보던 미셸은 생각했다. 아무래도 언니는 외로움과 무관심에 지치다 못해 그렇게 다른 사람을 찾는지도 모르겠다고. 멍하니 작은 화면을 물들이는 픽셀들을 바라보다 미셸은 물었다.

"언니는 형부 사랑해?"

"아무래도, 아니겠지?"

너무나 자연스럽게 나오는 대답에 그녀는 순간 할 말을 잃어버렸다.

"그럼 왜 같이 사는 건데?"

"그거야 나 혼자는 먹고살기 힘드니까. 애초에 나에게 무심한 것만 빼면 폴은 아이들 아버지로는 좋은 사람이고."

어제 언니가 이야기한 사랑과 행복이라는 말을 되짚어보았다. 샬롯 역시 그렇게 말은 하면서도 정작 자신은 그것을 갖지 못했던 것이다. 마리아가 해준 이야기가 생각났다. 남들이 보기엔 사랑이 아니라고 볼지 몰라도 서로에겐 확신할 수 있는 그런 것이 있노라고. 샬롯의 이야기를 듣고 나서야 미셸은 확신했다. 자신과 도도 씨 사이에는 분명 그런 것이 있다고.

미셸은 다시 물었다.

"언니는, 행복해?"

휴대폰 게임을 잠시 멈춘 샬롯은 보기 드물게 진지한 목소리로 답했다.

"엄밀하게 이야기하면, 아니겠지. 그런데 그건 왜 물어, 우리 동새앵? 갑자기 언니에 대한 사랑이 넘쳐나서 걱정되니?"

"당연히 걱정되니까 묻지. 우리 언닌데."

휴대폰을 잠시 내려놓은 샬롯은 자신을 걱정스러운 표정으로 바라보는 미셸의 뺨을 살짝 꼬집었다.

"걱정 마. 나는 지금 생활에 만족하고 있으니까. 사람 사는 데 정답이 있는 것도 아니고, 이런 인생도 나쁘진 않잖아. 지루해도 안정적이고 집착보다야 무관심이 낫다고도 생각하고. 사실 나이를 먹으면 포기할 수밖에 없는 게 하나씩 늘어간단다, 우리 아가."

미셸이 걱정되는 눈빛으로 샬롯을 바라보자 샬롯은 웃으며 말했다.

"언제고 그런 생각이 들면 폴과 헤어질 수도 있다고 생각해. 다만 지금은 때가 아니라고 여길 뿐이야. 나 몰라, 미셸? 마음만 먹으면 언제라도 할 수 있어. 뭐, 정작 이혼하자고 해도 네 형부는 그러라고 할 테고 산뜻한 네 형부 닮은 애들도 그러라고 할걸."

글쎄, 아무리 그렇다고는 해도 그렇게 쉽게 이혼을 입에 담을 수 있는 걸까. 자신은 도도 씨와의 이별을 생각해보는 것만으로도 가슴이 아파오는데. 더더욱 걱정스러워진 미셸의 표정에 샬롯은 동생의 등을 철썩 소리 나게 때렸다.

"지금 콩쿠르가 문제지, 내가 문제니? 준비는 잘 되어가고 있는 거야?"

미셸은 이야기를 돌리려는 샬롯의 노력을 모른 척 받아주었다.

"음, 일단은. 뭐랄까, 한 단계 뛰어넘은 느낌이 들긴 해."

"그래? 너무 잘 됐다!"

"도도 씨 덕분이야. 도도 씨가 이야기해준 대로 쳤으니까."

"어머, 피아노도 잘 안대?"

"많이 들었다고 하더라고."

샬롯은 짝짝 박수를 치더니 말했다.

"그래도 다행이네. 나처럼 음악 싫어하는 사람이 아니라서. 아, 그런데 그 아투스란 사람 말이야. 뭐하는 사람이래? 혼자래? 농담은 딱 내 취향이던데."

"전처랑 이혼한 지 1년 정도 됐다고 하고, 일은 이것저것 한다나 봐. 주로 유통 쪽인 것 같던데. 예전에는 도도 씨가 만들던 휴대폰 게임 마케팅만 전문적으로 했대."

게임이라는 이야기에 관심이 생긴 듯, 샬롯은 눈을 동그랗게
뜨고 물었다.

"오, 그래? 무슨 게임?"

"버즐이라고. 어, 잠깐만. 언니 아까 하던 거 이름이 뭐라고
했지?"

"러즐. 뭐야, 비슷하잖아?"

"응. 그게 버즐 표절한 거래."

"……."

그러고 보면 언니에게 몇 번이고 게임 메시지를 받았는데,
왜 몰랐던 걸까. 그제야 지난 번 만남에서 샬롯이 러즐을 입 밖
에 꺼낸 뒤 벽 너머가 조용하던 것이 이해가 됐다. 지금 얼굴을
마주한 자매 사이에도 침묵이 오갔다. 샬롯은 자조적으로 중얼
거렸다.

"사랑도 가짜, 게임도 가짜. 정말 난 제대로 된 게 하나도 없
구나."

"언니…."

"아, 너 오늘 점심 먹고 레슨 간다고 했잖아. 얼른 가봐야 하
지 않아?"

"그건 그렇지만."

미안한 기색의 미셸에게 샬롯은 얼굴 한가득 웃음을 만들어
보였다. 미셸은 조금 무거운 기분을 안고 그녀의 집을 나섰다.

띵, 띵, 띵.

고사리손이 건반을 울렸다. 하지만 그것은 그리 아름답게 들리지 않았다. 그나마도 한 손으로 몇 마디를 겨우 치는 수준이었다. 피아노 옆에는 줄리엣의 어머니가 지키고 서서 두 사람을 매서운 눈으로 내려다보고 있었다. 미셸은 차마 그녀의 눈을 제대로 바라볼 수가 없었다.

"20년 경력이라느니 떠들어놓고 이렇게 가르쳐요? 아니, 가르치긴 한 건가요? 줄리엣이 그러더군요. 당신은 언제나 '잘했어'라고만 했다고. 이게 어디, 2주일 가까이 레슨 받은 실력인가요? 한 마디도 제대로 치질 못하잖아!"

아무리 페이가 적다고는 해도, 분명 자신의 생활에 들떠 일을 소홀히 한 것은 미셸의 과실이었다. 그녀는 고개를 숙였다.

"죄송합니다."

"축하해요. 60유로를 날로 드셨네."

미셸의 첫 피아노 수업은 그렇게 한 달도 채우지 못하고 비아냥거림과 함께 끝이 났다.

기욤은 하루 종일 아투스에게서 전화를 세 번이나 받았다. 하루에 한 번 전화가 오는 것도 스트레스인 그는 그야말로 학을 뗄 지경이었다. 급기야 한번은 받자마자 소리쳤다.

"그만 좀 걸어, 인마!"

"그러니까 샬롯 이야기 좀 더 해달라니까. 궁금하다고."

"유부녀라고 했잖아."

"그렇지만 지금 남편하고는 남남처럼 지낸다면서. 혹시 알아?"

철저하게 저 좋을 대로 생각하는 아투스의 말에 한숨이 절로 나왔다. 예전에 아무것도 모를 때에는 그저 전처인 아델 이야기를 꺼내 틀어막으면 됐는데, 사정을 아는 지금으로서는 차마 그러고 싶지 않았다.

"악담을 해라, 악담을. 아, 정말 난 몰라. 정 그렇게 샬롯이 궁금하면 시시 씨 콩쿠르에나 가보든가. 얼마 안 남았던데. 그곳에 가면 언니니까 얼굴은 볼 수 있겠지."

기욤의 말에 아투스는 반색했다.

"아, 그거 좋은 생각이네. 콩쿠르 어디서, 언제 열리는데?"

"나도 몰라."

아투스는 기가 차다는 듯 하 하고 짧은 숨을 내쉬고는 타박하듯 말했다.

"야, 넌 어떻게 된 애가 애인 콩쿠르가 언제인지도 모르냐?

아예 가볼 생각도 안 했냐? 당연히 가봐야 하는 거 아냐?”

　원래는 아투스와 이야기하는 것이 부담이고 짜증나는 일이었는데, 화제가 시시 씨에게로 넘어가자 생각보다 대화는 술술 넘어갔다. 작은 한숨과 함께 기욤은 답했다.

　“약속했다니까. 그냥 벽을 사이에 두고 서로에게 간섭하지 말고, 얼굴을 보지 말고…”

　“답답해 죽겠네. 넌 그걸로 만족하냐고, 인마. 내가 보기엔 아닌 것 같던데. 거기다 간섭은 이미 충분히 하고 있는 거 아냐? 내 독수리 눈동자를 얕보지 마. 너 어제, 그 관계를 옹호하는 이야기를 할 때 동공이 지진 나듯 떨리는 거 다 봤으니까. 그거 시시 씨 쪽에서 먼저 이야기 꺼낸 거지?”

　“시끄러워.”

　솔직히 불안한 것은 사실이었다. 자신은 그녀의 휴대폰 번호도, 이름도 몰랐다. 그저 아는 것이라고는 샬롯이라는 언니가 있는 피아니스트 지망생이며 곧 있을 콩쿠르에 나간다는 것뿐. 아니다. 사실 그는 그녀가 껍질을 벗어던지고 연주하는 피아노가 얼마나 아름다운지, 토마토를 얼마나 좋아하는지, 큰 소리로 웃은 적은 별로 없지만 가끔씩 웃음이 터질 때면 목소리가 평소보다 두 옥타브는 더 높아지고 가끔 입 밖으로 내뱉는 엉뚱함이 얼마나 귀여운지에 대해서는 너무나도 잘 알고 있었다. 하지만 언제고 그녀가 자신 앞에서 사라진다면, 저 벽 너머에서 사라진다면 그는 그녀를 찾을 수 있을까 하는 불안감이 들었다. 처음부터 얼굴을 보는 게 나았을지도 모르지만 지금은 그저, 그녀의 마음을 믿을 수밖에.

“그래서 이 형님이 계속 얼굴 보게 주선해주려고 자리를 까는데도, 하아. 너 때문에 망했다니까. 샬롯도 거들어줬는데.”

천생연분 나셨네, 기윰은 속으로 빈정거렸다. 어제 하루 목소리만 듣고 어떻게 그렇게 샬롯 소리가 입에 붙었는지 모를 노릇이었다.

“시끄럽다니까. 내일 퀴노아 크래커나 제대로 사와.”

“알았다, 이놈아. 하여간 까칠하긴.”

전화기를 내려놓고 나서야 기윰은 걱정이 되살아났다. 어제 문을 나서는 아투스에게 조심하라고 한 것도 이런 것이었다. 아투스는 쉽게 사랑에 빠지는 타입이었고, 한번 정하면 쉽게 포기하는 법이 없었다. 그랬으니 전처에게 버림받고도 그렇게 오랫동안 그녀만을 봐온 것일 테고.

물론 연인의 언니이긴 하지만 샬롯에 대해서는 대강 들은 것이 있었다. 자신의 언니 일이라고 하기는 뭐했는지 친구의 일이라고 대충 돌려 물어보기는 했지만, 그녀가 그렇게 고민할 정도의 친구는 없는 것 같았으니까. 이야기를 들어보면 샬롯도 아투스에게 마음이 없는 것은 아닌 것 같았지만 그 두 사람을 엮어주는 것은 영 내키지 않는 일이었다. 사람마다 본인의 삶이 있는 것이라고 생각은 하지만 그래도 친구였다. 입은 조금 험하고 가벼워 보이는 아투스지만, 내심 진중하고 순진한 구석이 있다 보니 상처 입지는 않을까 걱정되었다. 그러니 1년간 말로는 이 여자 저 여자 만나고 다닌다고 하면서도 마음으로는 쭉 제 전처만 바라보고 있었던 게 아닌가.

"내 일만으로도 머리가 복잡한데, 자식."

그 말대로, 기욤은 지금 남의 연애를 신경 쓸 상황이 아니었다. 현재의 생활에 불만이 있는 건 아니었다. 지금만으로도 하루하루가 총천연색으로 물들었고, 무기력하게 습관처럼 해오던 모든 일에 신이 났다. 그렇지만 아투스와 샬롯이 이야기한 것처럼 시간이 지날수록 욕심이 나는 것은 어쩔 수 없었다. 그 앞에는 더더욱 아름답고 행복한 것이 기다릴 것만 같았다.

'콩쿠르에 찾아간다면, 그녀는 기뻐해줄까?'

바깥을 나가야 한다는 것도 문제였지만, 그것보다 그녀와의 약속을 어기는 것이 못내 꺼림칙했다. 어찌 해야 하나 고민하던 그때, 벽 건너편에서 문이 열리는 소리가 들려왔다.

"도도 씨, 나 왔어요."

이번에는 시시 씨가 들어오면서 먼저 그를 불렀다. 기욤도 언제 고민 따위 했냐는 듯 웃음 가득한 목소리로 답했다.

"어서 와요. 점심은 맛있었어요? 샬롯은 요리를 잘한다면서요."

"네. 그럭저럭요."

시무룩한 시시 씨의 목소리에 기욤은 얼른 다시 물었다.

"무슨 일 있어요? 목소리가 안 좋은데."

"그…."

머뭇거리는 그녀의 목소리에 기욤은 참을성 있게 기다렸다.
작은 한숨과 함께 시시 씨가 말했다.

"잘렸어요, 얼마 전에 시작한 피아노 레슨. 제 잘못이에요. 요
새 계속 들떠 있느라 제대로 가르치질 못했거든요."

시시 씨의 축 처진 목소리에 기욤은 안타까운 기분이 들었
다. 들떠 있느라 제대로 일을 하지 못했다는 게 자신의 책임도
있는 것 같아서. 기욤은 필사적으로 머리를 짜내어 그녀를 위
로했다.

"기운 내요. 어차피 그거, 페이도 제대로 받지 못하는 일이었
잖아요. 곧 더 좋은 과외 자리 들어올 거예요."

"그럴까요?"

"그럼요. 다음에 구하는 일은 돈도 정당하게 받고, 열심히 해
주면 돼요. 너무 마음 쓰지 말아요."

"고마워요, 도도 씨. 사실 자업자득인데도 그렇게 말해줘서
조금 진정됐어요."

"다행이에요, 그렇다면. 자책이야 시시 씨가 혼자 한 것만으
로도 충분하다고 생각해요. 따뜻하게 차라도 한잔 끓여 마시면

어때요?"

마음 같아서야 직접 따끈한 차를 손에 쥐어주고 싶지만, 두 사람 사이에는 벽이 있었다. 한동안 벽을 야속하게 노려보던 기욤은, 그 바로 옆에 놓인 침대에 털썩 앉았다.

그가 이야기한 대로 차를 한잔 끓여 마신 시시 씨는 이런저런 이야기를 하다 우울한 기분을 좀 떨쳐낸 것 같았다. 그제야 기욤도 작게 안도의 한숨을 내쉬었다.

콩쿠르에 가도 될까 물어보고 싶었는데, 그랬다가 괜히 그녀의 기분을 상하게 할까 두려워 기욤은 조용히 그녀의 이야기에 맞장구만 쳤다.

"그래요? 샬롯이 아투스한테 관심이 있다고?"

"네, 언니가 어찌나 아투스에 대해 물어보던지."

시시 씨는 샬롯의 집에서 한 이야기를 하나하나 풀어놓기 시작했다. 즐거운 이야기만 하다 왔는지, 혹은 즐거운 이야기만 전해주는 것인지는 몰라도 기욤은 미소와 함께 그녀가 기분 좋게 재잘대는 것을 들었다.

"아, 맞다. 언니가 러즐을 하고 있더라고요. 당장 지우고 버즐로 깔아주고 왔어요."

갑자기 그녀가 기억 저편에 묻혀 있던 이름을 꺼내자 머쓱해진 기욤은 머리를 긁적였다. 예전에 버즐 이야기를 잠깐 한 적이 있었는데, 그걸 기억해줄 줄은 몰랐다.

"아, 음. 그거 업데이트한 지 7년도 더 된 거라 불편할 텐데."

"그래도 기왕이면 아는 사람 거 하는 게 좋다고. 언니 남자 친구에게도 버즐로 갈아타라고 하겠대요."

미셸의 말에 기욤은 급히 말했다.

"아니, 아니. 그러지 말라고 해요. 관리할 생각도 없고, 앞으로도 손댈 생각 없어요. 모바일 쪽은 그래요."

"그래요? 아쉽네요. 나도 그런 쪽은 잘 모르지만, 처음으로 한번 깔아서 해보려고 했는데. 게임에는 관심 없지만, 도도 씨가 만든 거니까요."

그녀에게 이야기할 때는 별생각 없었는데, 막상 그녀의 언니에게 깔아주고 왔다고 하니 아주 옛날에 찍은 부끄러운 사진을 들킨 것 같은 기분과 함께 고마움도 함께 생겨났다. 기왕 돌아가고 있는 것, 조금은 손을 볼까 하는 간사한 생각까지 들 정도였다. 얼마 전의 자신이 보았다면 배신자라면서 길길이 날뛸 일이었겠지만. 기욤은 우물거리며 말했다.

"고마워요, 그렇게 생각해줘서."

"아니에요, 당연한 거잖아요. 궁금하고, 좀 더 알고 싶고. 연인이니까."

연인. 참으로 어감이 좋은 말이었다. 기욤은 창밖으로 비쳐 오는 햇빛이 순간 핑크빛으로 물드는 것 같은 환상을 보았다. 조금 전 아투스와 통화하며 느낀 불안감이 일순간에 사르르 녹아 사라졌다. 그 기분은 금방 깨어지고 말았다.

"그런데 아투스도 우리 언니 이야길 했다고요? 뭐라고 했는
데요?"

금세 다른 남자 이야기를 입에 담는 시시 씨 때문에.

기욤은 자신이 이렇게 질투가 많은 사람인 줄 처음 알았다.
예전의 연인에게는 그렇게 집착하지 않았다. 아무래도 언제고
자신이 원하는 때에 자신의 발로 집을 나가 만나러 갈 수 있고
연락할 수 있다고 생각했기에 그랬는지도 모른다. 그러나 지금
의 그는 집에만 묶여있는 신세였다.

그녀가 아투스에 대한 이야기를 하는 것이 그녀의 언니 샬롯
때문이라는 건 알고 있었다. 시시 씨에게 아투스에 대한 이야
기를 가장 많이 해준 것도 분명 그 자신이었다. 그런데도 그냥
그녀가 자신에게 다른 남자 이름을 입에 담는 게 싫었다. 왜인
지 이제는 분명하게 알고 있었다. 그는 더 이상 혼자 남겨지기
싫은 것이다. 외로움에서 자신을 끌어내준 그녀가 갑자기 사라
진다면, 자신은 어떻게 될까. 상상하는 것만으로도 눈앞이 깜
깜해졌다.

그녀는 자신이 이렇게 그녀를 생각하는 걸 알고 있을까. 만
난 지 얼마 되지도 않았는데 이제는 더 이상 그녀 없이는 하루
도 살아가기 힘들 것 같다는 걸 알고 있을까.

"그거 병이다, 병."

오늘은 학교 연습실에 가봐야 한다며 일찍 나간 시시 씨 덕분에 아투스를 집에 들였다. 아투스는 기욤의 이야기를 듣더니 심드렁하게 말했다.

"목소리만으로 그렇게 집착할 수도 있다니 난 전혀 이해는 안 가지만, 뭐 그렇다고 치자. 그런데 너, 네가 정상이 아닌 건 알지?"

그럴지도 몰랐다. 그녀가 자신이 모르는 곳에서 어떤 사람과 어떤 이야기를 나누는지 알고 싶어 미칠 것 같았으니까. 물론 지금이야 묻지 않아도 이것저것 이야기해주는 시시 씨 덕분에 안심하고 있지만, 언제까지 이 관계가 지속될 수 있을까에 대해서는 기욤도 의문이었다.

"그러니까 콩쿠르 때 얼굴 보러 가라니까. 그게 상책이야."

"그녀와 약속했단 말이야. 얼굴 같은 건 보지 않기로. 거기다나, 사람들을 보면…. 알잖아. 화를 참지 못하는 거."

순순히 인정하는 기욤에게, 아투스는 소매를 걷어 팔목을 보여주었다.

"너, 이거 아냐?"

그의 통통한 팔목 안쪽에는 세미콜론 모양의 무언가가 시커떻게 그려져 있었다. 그걸 이 각도에서 저 각도에서 바라보던 기욤은 고개를 갸웃거리며 물었다.

"네가 웬 문신이냐? 안 어울리게. 거기다 그 웃긴 모양은 뭐야."

"이건 문신이 아니라 세미콜론 프로젝트라고, 나나 너 같은 놈들을 위한 곳이 있어. 나도 최근 그쪽에서 상담받고 있었고. 나중에 마음 좀 잡으면 같이 가자."

"상담? 내가? 그리고 네가? 나나 네가 뭐 어때서?"

아무래도 전처의 일 때문일 것이라는 생각이 들었지만 내색하지는 않았다. 기욤의 어깨를 툭 친 아투스는 말을 이었다.

"그렇게 심각한 건 아니니까 그런 표정 짓지 마. 어쨌든 이런 네 모습을 그녀에게 보여줄 순 없잖아. 그녀하고 얼굴 마주한 뒤에, 함께 길 가다가 또 시비라도 붙어봐라. 그게 무슨 꼴이야."

아투스는 진지하게 말했지만, 기욤은 고개를 저었다.

"아냐. 아직은 지금 이대로가 좋아."

"이대로? 넌 지금 시시 씨도 제대로 알지 못하고, 그렇다고 옛 여자도 놓지 못하고 있어."

"그게 무슨 소리야."

아투스는 작업대 앞에 위용을 자랑하고 서 있는 울티맥스를 가리켰다. 시시 씨와 만나면서 거의 진도가 나가지 않았지만, 7년간의 세월은 무겁고 복잡했다.

"저 울티맥스를 봐."

"울티맥스."

"그래, 젠장! 울티맥스!"

굳이 정정해주는 기욤에게 성질을 낸 아투스는 울티맥스에 삿대질하며 말했다.

"네가 저걸 만들기 시작한 건 옛날 옛적 그녀가 죽고 난 이후 잖아. 그 이후로 넌 바깥 외출을 꺼리기 시작했고. 아직도 무슨 소린지 모르겠냐? 저건 네 암 덩어리나 마찬가지야. 저걸 도려 내야 한다고!"

옛 연인에 대한 이야기에는 이제 무덤덤해졌지만, 울티맥스 를 욕하는 것에는 참을 수 없었다. 지난 7년간 그의 노력과 땀 방울의 정수였으니까. 기욤은 필사적으로 항변했다.

"모르는 소리 마. 처음엔 그랬을지 몰라도 지금은 절대 아니 니까. 그냥 기왕 시작한 것, 끝을 내야 한다고 생각하니까."

또 제멋대로 커피를 타서 자리에 앉은 아투스는 말했다.

"그렇다면 왜 넌 아직도 내게 장을 봐달라고 부탁하는 건데? 그렇게 아무렇지도 않다면 왜 스스로 바깥에 나가는 걸 꺼리느 냔 말이야."

그렇게 찔러오는 말에는 할 말이 없었다.

"그래도 이렇게 대화가 되는 걸 보면, 넌 분명 좋아지고 있어. 그러니까 조금만 더 나가보자는 거야. 지금의 넌 그녀의 아무것도 가진 게 없어. 이름도 모르고, 주소도 모르잖아. 그렇다고 샬롯의 연락처를 아는 것도 아니고. 콩쿠르가 끝난 뒤 너와의 관계에 회의라도 느껴서 당장이라도 짐 싸 들고 떠나버리면, 혼자 남은 넌 어떻게 되는 건데. 난 시체 치우기 싫다, 기욤.”

얄밉게 말하는 아투스의 등짝을 짝 소리 나게 때린 기욤은 말했다.

“생각해볼게. 일단 조금만 더 있다가. 적어도, 시시 씨 콩쿠르가 끝난 다음에 결정하고 싶어. 지금 당장은 그녀도 나도 지금의 관계에 만족하고 있으니까.”

아투스는 ‘단단히 미쳤구먼’ 하고 중얼거리며 자리에서 일어났다. 기욤은 한쪽 벽에 달린 달력을 바라보았다. 그녀의 콩쿠르까지 앞으로 일주일이 남아 있었다.

# 제 6장

## D'aventure en aventure

모험에서 모험으로

완연한 봄기운에 가로수는 무성해진 초록 잎을 뽐냈고, 아까시나무에는 조금씩 흰 꽃망울이 터지기 시작했다. 그렇게 그날도 여느 날처럼 평화로운 아침이었다.

미셸과 도도 씨, 두 사람은 각자 커피를 마신 뒤 일상을 나누고 있었다. 미셸은 피아노를 치고, 벽 건너의 도도 씨는 새로 신청했다던 신문을 읽고 있었다. 최근에는 통 그런 것들을 읽지 않았는데, 아투스가 강권해 어쩔 수 없이 받게 되었다. 그래도 오랜만에 바깥세상 돌아가는 이야기를 알게 되니 호기심이 이는 것은 어쩔 수 없는 모양이었다.

일정한 박자로 두 집을 울리는 아름다운 피아노 선율 사이, 불규칙적인 신문의 바스락거리는 소리가 불협화음 같으면서도 포근하게 잘 어울렸다. 따뜻한 햇볕, 그렇게 평화로운 기분으로 미셸은 건반 위에서 손가락을 움직였다.

콩쿠르 준비는 나름대로 잘 되어가고 있었다. 처음으로 해방감을 느낀 그날의 연주만큼 숨이 턱 막힐 정도로 열이 오르는 연주는 아니었지만, 그 감각을 기억하고 치는 피아노는 예전의 것과는 확연히 달랐다. 그녀 역시 자신의 변화에 만족하고 있었다.

그녀가 이번에 나가는 콩쿠르는 한 콩쿠르의 예선이었다. 규모가 있는 콩쿠르의 예선이기 때문에 미셸은 조금 긴장한 상태였다. 그녀는 무슨 곡을 과제 곡으로 해야 할지 고심했다. 처음으로 해보는 즐거운 고민이었다. 예전에는 언제나 예브제니 선생이 골라주는 곡을 쳤으니까.

미셸은 한동안 의식적으로 피하던 예브제니가 그녀에게 가장 잘 어울린다고 이야기한 멘델스존의 피아노곡을 한번 쳐보기로 했다. 지금이라면, 자신의 색을 입혀 소화해낼 수 있을 것만 같았기 때문이다. 하지만 한 소절도 채 치지 못하고 휴대폰 벨소리가 울렸다. 손을 멈추고 휴대폰을 집은 미셸의 얼굴이 딱딱하게 굳었다. 화면에는 예브제니의 이름이 떠 있었다.

"네, 예브제니 선생님."

마음에 드는 피아노 소리와 함께 에스프레소를 홀짝이고 신문을 넘기며 여유로운 아침을 만끽하고 있던 기욤이 갑작스레 시작된 건너편의 이상한 통화에 귀를 기울였다. 그가 시시 씨를 알게 된 이후로 처음 듣는 딱딱한 목소리였다.

"네, 네. 알겠습니다. 그때 오시면 돼요."

통화가 끊어진 뒤 들려오는 긴 한숨에, 기욤은 조바심이 났다.

"누구 온대요?"

"네."

"누구?"

"제 피아노 선생님이요."

기욤은 그제야 깨달았다. 지금까지 그녀가 자신의 피아노 선생님에 대해 한 번도 이야기한 적이 없었다는 것을. 적든 많든 20년 가까이 피아노를 쳤다면 분명히 누군가에게 사사 했을 텐데. 잠시 우물거리던 시시 씨는 말했다.

"전에 그분 집에서 살았거든요."

기욤은 순간 열이 머리끝까지 차오르는 걸 느꼈다. 물론 자신에게도 과거의 연인이 있었던 만큼 시시 씨에게도 이전 남자가 없으리란 법은 없었다. 그렇지만 자신과 사귀기로 한 지금 그 남자를 집에 들인다니 그건 말도 안 될 일이었다.

"아직 만나는 사람 있는지 몰랐어요."

조금은 가시 돋친 말투로 들렸을까, 그녀는 황급히 변명했다.

"아뇨, 아니에요. 그게 아니라 콩쿠르 때문이에요. 저기, 내가 한 이야기 중에 마리아라고 기억해요? 어머니처럼 날 대해주셨다는 그분. 그렇게 셋이 살았어요."

"알았어요."

그제야 조금 기분이 풀렸다. 사귀는 사이라고 착각한 것도 부끄러워졌다. 그렇다면 그녀는 왜 그렇게 목소리가 좋지 않은 걸까. 그녀의 말대로라면, 피아노 선생님일 뿐인데. 침묵을 어떻게 이해한 것일지 몰라도, 그녀는 이어 말했다.

"저기, 도도 씨. 그분이 저한텐 조금 엄한 분이라서요. 말씀이 심할 수 있어요. 아주 어릴 때부터 데리고 살아주셔서 절 딸처럼 생각하시거든요. 제 피아노를 인정해주시지 않는 이야기도 할 수 있고요. 그래도 제가 알아서 할 테니까, 중간에 방해하면 안 돼요. 알았죠?"

쇼팽을 연주한 그날 이후, 기욤은 벽 너머에서 들려오는 그녀의 피아노가 너무나 만족스러웠다. 그 피아노를 듣지 않는다면 모를까 듣고도 부정할 사람은 없을 것이라고 생각했다. 하지만 어쩐지 자기 자신을 믿지 않는 시시 씨의 말에 그녀를 믿고 있던 자신의 힘마저 빠지는 기분이었다. 시시 씨는 그런 그를 달래듯 덧붙였다.

"예브제니 선생님은 유명한 피아니스트거든요. 기분을 상하게 해서 좋을 게 없어요."

조심스러운 그녀의 이야기에, 기욤은 어쩔 수 없이 대답했다.

"알았어요. 명심할게요."

예브제니는 약속한 시간에서 1분도 틀리지 않고 미셸의 집 초인종을 울렸다.

찌르르르.

긴장한 표정의 미셸은 짧게 숨을 들이마시고는 문을 열었다.

꽤나 오랜만에 만나는 선생이었지만 딱히 이전과 달라진 곳은 없어 보였다. 사실 아직 한 달도 지나지 않은 시간이었다.

"아 안녕하세요."

예브제니 선생은 중절모에 얇은 봄 재킷을 입고 목도리를 하고 있었다. 대답도 없이 제 집인 양 성큼성큼 들어온 그는 주위를 휘 둘러보고는 짧은 감상을 남겼다.

"하녀들 방 같은 곳에 사는구나."

모자와 재킷 그리고 목도리를 벗어 옷걸이에 건 그는 옷이 쌓인 방구석을 보고는 쯧쯧 혀를 찼다. 미셸은 미처 그것을 치우지 못한 자신의 머리를 쥐어박고 싶은 심정이었다.

"마리아 보내서 방 좀 치워주마."

차라리 좀 치우라고 잔소리하는 것이 낫지, 그 말은 가슴을 찔렀다. 방 하나 치우지 못하는 못난이라는 말 같아서였다.

"아뇨, 괜찮아요."

창밖 풍경을 흘끗 보더니 고개를 끄덕이던 그는 혼잣말처럼 중얼거렸다.

"독립한 건 대견하다고 생각한다. 세상을 보고, 자신의 둥지를 갖게 되는 건 훌륭한 일이지."

마치 본인이 내보낸 것 같은 공치사였다. 그래서 미셸은 눈치가 없는 척 적당히 말을 끊었다.

"마실 것 드릴까요?"

"생각 없다."

창 옆에 놓인 갈색 피아노 위를 손가락으로 한 번 훑어서 훅 먼지를 불어본 예브제니는 턱짓으로 피아노 의자를 가리켰다.

"시간 더 끌 것 없이, 일단 앉거라. 혼자 어디까지 성취했는지 보러 왔다. 콩쿠르까지 며칠 안 남았더구나."

무슨 콩쿠르에 나갈 것인지 이야기도 하지 않았는데, 예브제니는 이미 그녀가 신청서를 낸 곳을 알고 있는 눈치였다. 마리아에게도 이야기하지 않았는데 무슨 생각으로 그가 따로 자신이 참가할 콩쿠르를 알아보았는지 궁금해졌다. 마리아가 한 이야기가 생각났다. 나름대로 그도 미셸을 생각하고 있다던 그 말. 그렇게 생각하자 더더욱 긴장되었다. 자신과 도도 씨가 함께 발전시킨 피아노가 그의 귀에 어떻게 들릴지 몰라서였다.

"즉흥 환상곡, 쳐볼까요?"

"멘델스존이나 쳐봐. 네 실력에 무슨."

잔뜩 기합을 넣고 있었던 만큼 미셸은 예브제니 선생의 말에 맥이 빠졌다. 그래도 딱히 그의 말을 거스를 생각은 없었다. 미셸은 천천히 익숙한 음계를 밟아나갔다. 화려하면서도 잔잔한 화음들이 방 안을 채웠다. 미셸은 벽 너머에 있을 도도 씨를 생각하며 부드럽게 손가락을 움직였다.

자신은 괜찮으니 나가 있는 것이 좋겠다고 이야기했지만, 도도 씨는 아무래도 걱정이 되는지 건너편에 있겠다고 했다. 벽 너머에 있어줄 그를 생각하자 마음이 조금은 진정되었다. 사실 이제 그녀는 예브제니 선생보다는 그가 만족스럽게 들어주었으면 좋겠다고 생각했다.

얼마 지나지 않아 예브제니 선생의 표정이 험악해졌다. 급기야 그는 그녀의 손을 건반에서 잡아 올리고는 피아노를 탁탁 쳤다. 음악이 끊긴 고요한 방 안에 불쾌한 감정이 가득 실린 예브제니의 목소리가 쩌렁쩌렁 울려 퍼졌다.

"지금 장난하자는 거냐? 대체 무슨 생각을 하고 있는 거야!"

갑작스러운 고함에 미셸은 아랫입술을 깨물고 고개를 숙였다. 자신이 당한 모욕보다는 이 이야기를 듣고 있을 벽 너머의 도도 씨가 신경 쓰였다. 그녀가 잠자코 있자 예브제니는 다시 말했다.

"난 이따위 연주를 들으러 온 게 아니야. 정신 차려! 맙소사, 몇 주 만에 이렇게 엉망이 되다니. 네가 그렇게 이야기해도 내보내는 게 아니었는데. 왼손이 제대로 돌아가질 않잖아. 알고 있는 거냐?"

계속되는 질책에 깨문 입술이 아파올 정도가 되어서야 미셸은 입을 열었다.

"다시 해볼게요."

예전에 예브게니 선생이 가르친 것을 기억하며 그녀는 다시 한 번 멘델스존의 곡을 연주했다. 예브제니는 그마저도 마음에 들지 않는 눈치였다.

"전부 잊어버렸구나. 뭐가 널 이렇게 만든 거냐. 이 부산스러운 머리는 또 뭐고."

예브제니는 그녀의 뒤로 돌아가 느슨하게 올려 묶은 머리끈을 풀어냈다. 스르륵 뺨을 간질이는 머리칼에 미셸은 멈칫했다. 예브제니는 말했다.

"계속해."

그의 말대로 피아노는 멈추지 않았지만 그녀는 어릴 때의 악몽을 꾸는 것 같은 기분을 느꼈다. 머리카락을 긁어모아 하나로 묶어 올리는 예브제니의 손길은, 익숙한 것이기는 했어도 정말 이제 다시는 겪고 싶지 않은 일이었다. 그 와중에도 예브제니는 질문을 던졌다.

"내가 네게 언제나 이야기하던 것들 말이다. 집중력, 정확성 그리고 뭐였지?"

그의 말에 미셸은 자신도 모르게 허리를 꼿꼿이 세웠다. 10

여 년 동안의 반사작용인가 싶어 정작 그녀는 슬퍼졌지만, 예브제니는 만족스러운 듯 미셸의 어깨를 두드렸다.

"그래, 자세."

다시는 기억날 것 같지 않았던 예브제니의 피아노가 그녀의 손끝을 타고 울렸다. 자로 잰 듯 정확하지만 그 때문에 그녀의 것은 아무것도 담을 수 없는 음악이 흘러나와 빛나던 조각들을 주워 하나도 빠짐없이 좁은 감옥 안에 가두고 나서야 예브제니는 빙긋 웃었다.

"바로 그거야. 꾸밈음도 아름답구나. 마음에 들어."

미셸은 도도 씨와 함께 연주할 때 밝고 아름답게 빛나던 음색들이 거무죽죽하게 변해가는 것이 참을 수 없이 괴로웠다. 그가 이 모든 것을 벽 너머에서 듣고 있으리라는 것에 더더욱. 미셸은 결국 건반에서 손을 뗐다. 눈물이 흘러나올 것만 같았다. 의아한 듯 쳐다보는 예브제니에게서 고개를 돌리며 그녀는 급히 자리에서 일어나 화장실로 향했다.

"죄송해요. 눈에 뭐가 들어갔나 봐요."

몇 번이고 흐르는 물에 눈가를 씻어내며 그녀는 예브제니가 알아채지 못하도록 소리 없이 울었다. 예브제니의 수업을 다시 받고 나서야 그녀는 확실히 알았다. 자신이 원하는 피아노는 그런 것이 아니라는 것을. 그리고 그녀는 다짐했다. 예브제니 선생에게 양해를 구하고, 적어도 자신이 그에게 들려주고 싶은 곡을 처음부터 끝까지라도 칠 수 있게 해달라고 부탁하겠다고.
그걸 들으면, 예브제니도 마음을 돌릴 수 있을지 모른다고.

벽 뒤에서 예브제니와 시시 씨의 레슨을 듣던 기욤은 속이
터질 것 같았다.

"우리 아가, 아직 먼지가 안 빠졌니?"

시시 씨가 화장실에 들어간 지 꽤 시간이 흐르자 예브제니는
끔찍한 애칭으로 그녀를 불렀다. 기욤은 잔에 조용히 따라 마
시던 와인을 아예 병째 들이켰다.

'그녀는 그따위 기계 같은 피아노에 어울리는 사람이 아니
라고!'

조금 과장되게 말하면, 기욤은 예브제니라는 사람이 그녀의
집에 들어서는 순간 발소리부터 마음에 들지 않았다. 예브제니
란 사람이 얼마나 유명한 피아니스트인지는 몰라도 자신이 인
정한 그녀의 피아노를 깔아뭉개는 것은 참기 힘들었다.

예브제니는 그녀가 얼마나 열정적으로 피아노를 치는지, 얼
마나 자신을 담아 연주하는지는 관심이 없어 보였다. 그저 자
신의 틀에서 그녀가 벗어났는지 아닌지의 여부가 중요할 뿐.
각 음의 박자와, 악상과, 기타 기호로 가득 찬 악보를 기계처럼

연주하는 것 역시 쉬운 것은 아니겠지만 기윰이 보기에 그것은 시시 씨에게 맞지 않는 옷처럼 어색했다.

그녀가 참으라고 신신당부했기에 기윰은 처음 두 사람의 대화와 맥이 빠진 피아노 소리를 외면해보려고 최대한 노력했다. 그렇지만 궁금함에 헤드폰을 썼다가도 몇 초도 되지 않아 다시 벗을 수밖에 없었다. 그렇게 썼다 벗었다 하는 사이, 결국엔 듣고 싶지 않은 예브제니의 모든 이야기를 고스란히 듣고야 말았다. 무엇보다 마음에 들지 않는 건 호칭이었다. '우리 아가'라니!

그가 수년간 사람들 앞에 나서지 않은 건 사실이지만, 아무리 오랫동안 가르침을 받은 선생이라도 아이가 아닌 성인 여자를 그런 식으로 부르는 것이 평범하지 않다는 건 알고 있었다.

'불쌍한 시시 씨.'

시시 씨는 아직도 화장실에서 나오지 않았다. 벽 너머의 분위기를 보아하니 아무래도 그녀는 선생의 이야기에 상처 입고 울고 있는 것 같았다. 울고 있을 그녀를 상상하자, 기윰은 주체할 수 없을 만큼 화가 났다. 그래서 내내 억눌렀던 마음의 빗장을 풀어 내렸다.

'두고 보라지!'

나중에 무슨 소리를 듣더라도, 지금 당장은 시시 씨를 울린 선생이란 작자를 혼내주고 싶었다. 그는 다시 쓸 일 없으리라 생각했던 테이프를 조심히 꺼내 틀었다. 예전에 시시 씨를 쫓아내기 위해 틀어두었던 그 음산한 소리 모음이었다. 벽 너머 그림과 이어진 손잡이도 틀어줘었다. 이를 갈며 그는 그림을 좌우로 돌렸다.

"뭐, 뭐야!"

원하던 대로, 벽 너머에서 놀라는 목소리가 울렸다. 기욤은 씨익 웃으며 예브제니가 그녀의 집에서 도망 나가기를 기다렸다. 그렇지만 상대도 제법 담이 있는 듯, 도망치는 대신 예전에 시시 씨가 그랬던 것처럼 힘을 주어 그림을 떼어내려 했다. 이 번에는 기욤도 방심하고 있지 않은 만큼 손잡이에 힘을 주었다.

밀고 당기기를 몇 번이나 했을까. 예상하지 못한 일이 일어 났다. 그림을 고정하고 있던 쇠막대와 그림이 분리된 것이다. 덕분에 벽 사이에는 아주 작은 구멍이 남았다.

"어?"

구멍 사이로 들려오는 목소리에, 기욤은 그림과 이어져 있던 쇠막대를 빼고는 울티맥스를 위해 사둔 얇은 관 하나를 그 구 멍에 꽂았다.

"이건 또 뭐야?"

어이없어 하는 목소리를 들으며 기욤은 마시고 있던 화이트 와인을 쭉 들이켜서는 관을 통해 뿜었다. 벽 건너편에서는 난 리가 났다.

"으악! 이게 무슨!"

한동안 당황스러운 목소리로 혼잣말을 하던 예브제니는, 곧 상황 파악이 된 모양이었다. 큼큼거리던 그는 벽을 노크하듯 두드렸다.

"거기, 누구 있소? 이런 무례한 짓이 어디 있소!"

답이 없자 좀 더 두드림이 강해졌다.

"들리시오? 이봐요!"

그때 시시 씨의 목소리가 들렸다.

"선생님?"

두드림이 멎자, 기욤은 장난친 흔적을 숨기는 어린아이처럼 얼른 관을 빼서는 숨을 죽였다. 벽 너머에서 당황한 시시 씨의 목소리가 이어졌다.

"아니, 어, 그… 화장실이 급하시면 말씀을 하시지 그러셨어요. 아, 음, 죄송해요."

시시 씨의 목소리를 들으며 기욤은 소리 없이 웃었다. 보지 않고 뿜어낸 것임에도 조준이 꽤 제대로 된 모양이었다.

"아니다, 아가. 그게 아니라 여기 구멍에서…. 아니, 그게 아니라니까!"

처음에는 선생도 변명을 해보려 했지만, 결국은 포기하고 도망가기로 한 모양이었다. 버럭 소리를 지른 그는 부산스럽게 움직였다. 발걸음 소리가 점점 멀어지더니 그는 다시 한 번 빽 소리를 질렀다.

“됐다. 난 약속이 있어 가야겠다! 이러려면 당장 기어 들어
와! 나흘 주마.”

쾅 소리와 함께 문이 닫혔다.

고소하다는 생각도 잠시, 기욤은 덜컥 겁이 났다. 화가 나 제
정신이 아닌 상태였긴 했지만 어쨌든 시시 씨가 그토록 한 당
부를 어긴 것이었으니까. 일단 사과부터 해야겠다고 생각한 그
는 진심을 담아 말했다.

“저기 시시 씨, 멋대로 굴어서 미안해요. 괜찮아요?”


♥


미셸은 관자놀이 양쪽을 꾹꾹 눌렀다. 가뜩이나 한참 울어
머리가 아픈데, 도도 씨가 사고를 친 탓에 머릿속이 핑핑 도는
기분이었다. 그녀는 벽 건너편의 남자를 탓하듯 입을 열었다.

“당신! 애도 아니고! 조용히 있겠다고 약속했잖아요.”

“미안해요. 도무지 참을 수가 없었어요. 시시 씨는 괜찮은 거
예요? 그런 소릴 듣고도?”

침묵을 무어라 해석했는지 벽 건너편의 남자는 열이 오른 목
소리로 말을 이었다.

“뭐라고 불렀더라? 우리 아가? 대체 어떻게 그런 소리를 해
요? 정말 웃기고 있네. 기가 막히고 한심해서 들어줄 수가 없었

다고요!"

"그러면 듣지 않았으면 됐잖아요!"

화를 내고 싶은 마음을 애써 눌러 참았다. 그녀 역시 분명 예브제니의 태도가 지금껏 내내 불편한 것도 사실이었고, 자신을 인정해주지 않는 그에게 화가 난 것도 맞았다. 하지만 그것은 어디까지나 자신의 문제였다. 그래서 도도 씨에게 미리 분명히 이야기한 것이고. 그런데 그는 자신의 말을 무시했다. 아니, 사실은 예브제니의 틀에 맞추는 자신의 피아노 소리를 들려주기 싫었다. 자신을 분명 무시할 예브제니의 이야기를 듣게 하고 싶지 않았다. 그에게 거역하기 힘들어 하는 자신의 목소리도. 그녀는 사실 아직 자신의 피아노에 확신이 없었다. 분명 도도 씨와의 만남으로 이전보다 훨씬 행복하게 피아노를 칠 수 있게 되었지만, 그것이 콩쿠르에 어울리는 것인지는 알 수 없었다. 반면 예브제니는 분명 콩쿠르의 프로가 맞았다. 그래도 미셸은 자신과 도도 씨가 좋아하는 피아노 연주곡이 좋았다. 그래서 그와 담판을 지을 생각이었다. 그렇게 직접 해결하려고 노력했는데. 예브제니에게 자신과 그의 피아노 연주를 보여주려고 다짐했는데! 그 기회를 날려버린 도도 씨에게 너무나도 화가 났다.

도도 씨도 물러서지 않았다. 짧은 비아냥거림이 그의 입에서 튀어나왔다.

"아, 그래요?"

"나 같으면! 참기 힘들 것 같다면 거기 앉아서 듣고 있지 않 았을 거예요. 나가든가, 아니면 헤드폰을 끼고 참았으면 됐잖 아요!"

목소리가 높아진 미셸에게 지지 않고 기욤도 목소리를 높였 다.

"나 같으면 '우리 아가'에서 바로 박치기 해버렸을 거예요. 망 할 영감탱이!"

빈정거림이 말투에 녹진하게 녹아났다. 정말 저런 사람일 줄 은 몰랐다. 아니, 모르는 척하고 싶었던 것 같다. 분명 그는 처음 부터 그런 모습이었는데!

모든 것이 갑자기 파도처럼 일어나 그녀를 덮쳤다. 불투명한 앞날에 대한 생각, 과연 콩쿠르에서 인정받을 수 있을까 하는 불안감, 끝까지 자신의 피아노를 인정해주지 않는 예브제니 선 생님, 자신이 해결하겠다고 했음에도 믿어주지 않은 그!

미셸은 작게 중얼거렸다.

"짜증 나."

"뭐라고요?"

서러움과 슬픔과 불안함과, 또 무슨 감정들이 섞였다고 해야 할까. 수많은 감정이 뒤얽혀 표류하다, 마침내 폭발했다.

"짜증 난다고요! 나한테 왜 그래요! 당신마저 날 무시하는 거 예요? 왜 자꾸 건드리냐고!"

그렇게 바락바락 소리를 지르면서 미셸은 싱크대에 있는 것들을 집어 던졌다. 무어라도 깨부수지 않으면 그 마음이 풀리지 않을 것 같았다.

"이따위 거, 이따위!"

플라스틱으로 된 것들이 대부분이다 보니 그것들은 그녀가 원하는 대로 시원하게 깨지지 않았다. 미셸은 발을 동동 구르면서 악을 썼다.

"왜 안 깨져! 왜 안 깨지는 거냐고!"

"플라스틱이니까."

벽 너머에서의 중얼거림이 그녀의 화를 북돋았다.

"조용히 좀 해요!"

분명히 훨씬 크게 떠들고 있는 것은 그녀였지만, 남자는 그녀의 말에 조용히 입을 다물었다. 한참을 그렇게 씩씩대고 서 있는 미셸에게, 도도 씨는 조심스럽게 물었다.

"시시 씨."

"……."

"그러지 말고 일단 진정해요. 우리, 대화로 풀어요. 네? 시시 씨, 나는…."

미셸은 그의 말을 무시하며 이어폰을 끼고는 음악을 크게 틀었다. 쿵쾅거리는 음악만큼이나 그녀의 마음도 어지러워졌다.

두 사람의 관계를 하늘에서도 질투한 걸까. 어제의 일이 있고 나서 오늘은 아침부터 흐린 구름이 하늘 이편부터 저편까지 빽빽하게 늘어서 있었다. 비가 오려는지, 공기 중에 가득한 습기가 피부로도 느껴졌다.

"시시 씨, 시시 씨!"

기욤은 벽을 두드렸지만 대답은 없었다. 어젯밤부터 쭉 그녀는 답을 하지 않았다. 그래도 듣고 있겠거니 하고 그는 이야기를 이어나갔다.

"평생 삐쳐 있을 거예요? 이건 좀 심하잖아요."

하루 내내 시시 씨는 아무런 말도 하지 않았다.

저 좋을 대로 생각하는 것인지는 모르겠지만 비 온 뒤에 땅이 굳는다고, 오히려 이를 기회로 더 가까워질 수 있다면 더더욱 좋겠다고 기욤은 생각했다. 원래 싸우면서 더 친해진다는 말도 있으니까. 예전에 그랬던 것처럼 말이다. 하나 그를 위해선 어떻게든 미셸의 마음을 돌려놓아야 했다. 기욤은 간절하게 말했다.

"주제넘었던 건 인정해요. 하지만 당신에 대한 내 마음이…."

이야기를 하다 보니 자신이 너무 구차하게 변명만 늘어놓는 것 같아 기욤은 고개를 푹 숙이고는 사과했다.

“정말 미안해요. 진심이에요. 하지만 그 선생은 당신에게 도움이 안 돼요. 당신도 느꼈잖아요. 콩쿠르에도 좋지 않을 거라고요. 시시 씨, 내 말 듣고 있어요?”

시시 씨는 대답하지 않았다. 기욤은 두 사람을 나눈 벽에 손을 대어보았지만, 그날따라 유독 차갑게 느껴졌다.

그렇게 시시 씨는 하루가 넘도록 그의 말에 대답하지 않았다. 기욤은 그녀가 아예 자신의 이야기를 차단할 만한 것을 귀에 꽂고 있을지도 모른다는 생각이 들었다. 너무나 쉽게, 두 사람의 대화는 단절되었다.

장을 봐가지고 온 아투스는 심드렁하게 기욤과 탁자를 두고 마주 앉았다. 내내 기욤을 무시하던 미셸이 집을 나선 지 얼마 되지 않아서였다.

“그래서?”

“그래서는 무슨 그래서야! 화난단 거지. 내가 무슨 생각으로 그랬는지 이해해주면 안 되는 거야? 내가 오죽했으면 그랬겠냐고.”

턱을 괸 아투스는 한쪽 턱으로 커피에 적신 메밀 크래커를 와작와작 씹어댔다.

“글쎄다. 엄밀히 말해 먼저 약속을 어긴 건 너 맞잖냐. 시시 씨가 그렇게 화내는 것도, 네가 생각하기엔 별거 아닐지 몰라도 그녀한테는 대단히 중요한 일이니까 그럴 수도 있는 거야.”

시시 씨의 생각을 대변해주는 것 같은 그의 행동에 기욤은 머리끝까지 열이 뻗쳤다.

"대체 넌 누구 편이냐, 응?"

"편이 어딨어. 그냥 내 생각은 그렇단 거지."

"맙소사, 이런 자식을 내가 지금껏 친구라고 믿고 살았다니!"

기욤이 지난 10년 넘는 우정을 되돌아보며 머리를 쥐어뜯건 말건 아투스는 진지하게 말했다.

"넌 지금까지 시시 씨와의 약속 때문에, 서로 집착하지도 않고 서로를 보지도 않겠다고 했지. 넌 만족한다고 말은 했어도 계속 그녀를 보고 싶어 했어. 그렇게 시작부터 서로가 원하는 지점이 달랐고, 얼굴도 보이지 않는 상황에서 한번 부딪히니 그게 최악의 형태로 나타난 거지. 시시 씨는 어릴 때부터 그렇게 자존감 갉아먹는 선생이랑 같이 살았다며. 존중이라느니, 어디 교과서에서나 튀어나올 이야기를 하기도 했고. 그녀도 너랑 비슷했던 거야. 포인트는 다르지만 역린이 있었던 거지. 내가 널 볼 때도 그런 게 몇 개 있거든. 지금 반응 보니 네가 시시 씨를 아주 제대로 건드렸나 본데 뭐. 그래도 똑같은 사람끼리 만났구나 싶지만."

아투스의 말을 대충 흘려버린 기욤은 제가 묻고 싶은 질문을 했다.

"그래서 어떻게 해야 하는 건데? 도무지 모르겠어."

"그거야 아주 쉬워."

"뭐?"

순간적으로 고개를 확 든 기욤에게 아투스가 고개를 흔들었다.

"진짜 모르겠어? 뭘 어떻게 해, 싹싹 빌어야지."

"이미 했단 말이야. 벽에다 대고 몇 번이고 빌었어. 그런데도 내 목소리를 들으려고 하지 않아."

답답해하며 이리저리 걸어 다니는 기욤을 보던 아투스는 피식 웃었다. 기욤이 이를 드러내며 으르렁댔다.

"웃어? 지금 내 꼴이 우습냐?"

"아니, 조금은 사람다워졌다 싶어서."

"뭐라고?"

"적어도 이제 반응하는 건 살아났잖아. 이전에는 내가 일방적으로 이야기했는데, 지금은 제법 네 속내도 털어놓고."

"시끄러워."

"이거 봐라, 이거 봐. 이런 식이니까 시시 씨가 그러지."

하아 하고 긴 한숨과 함께 기욤은 긴 의자에 주저앉아 두 손으로 머리를 감싸 쥐었다.

"아투스, 네가 저번에 이야기한 게 뭔지 이제야 알겠어. 이대로 그녀가 내 말을 들어주지 않는다면, 그대로 끝장인 거잖아."

"그렇겠지."

“일찍 좀 알려주지 그랬어.”

“네가 그때 내 말 듣기나 했냐?”

“그렇다면 난, 대체 어떻게 해야 하지?”

도돌이표 같은 기욤의 기운 빠진 말에 아투스는 너무나 쉽게 답을 꺼냈다.

“뭘 어째. 어떻게든 찾아가서 싹싹 빌어야지.”

“아까 한 말이잖아.”

“그러니까 그게 답이라고.”

“어떻게.”

“어떻게든.”

“빌어먹을 놈.”

기욤의 욕설에 어깨를 으쓱해 보인 아투스가 답했다.

“그러게 이야기했잖아. 물론 지금 두 사람 관계가 아무 의미 없단 말은 아니야. 어디까지나 사랑은 서로 얼굴을 마주 보는 게 필수라니까. 목소리만으론 전할 수 없는 게 있다고. 말이 없더라도 상대방의 표정만 보고도, 상대의 손끝만 닿아도 알 수 있는 게 있으니까.”

“쳇, 누가 보면 사랑학 개론 교수라도 되는 줄 알겠네.”

“시켜준다면 못할 것도 없지.”

아투스도 이것저것 말을 많이 해서 피곤했는지, 웬일로 언제나 들이밀던 게임조차 하지 않고 돌아갔다. 기욤은 홀로 생각에 잠겼다.

그녀는 그 일 이후 내내 그의 말을 무시했다. 듣고도 무시하는 것인지, 아니면 다른 무언가로 귀를 틀어막고 있는 건지는 몰라도. 예전처럼 큰 소음으로 그녀의 주의를 끌어볼까 잠시 생각했지만 기욤은 고개를 저었다. 그런 방법은 지금 상황에서 아무런 도움도 되지 않는다는 걸 해보지 않아도 알 수 있었다. 오히려 긁어 부스럼만 될 뿐. 아투스의 말대로 정말 그녀를 일찌감치 찾아가 만났어야 했을지도 모른다.

'이제라도 괜찮을까?'

애초에 기욤은 그녀에게 처음으로 사귀자는 이야기를 들었을 때 이전부터 그녀를 만나고 싶어 했다. 시시 씨의 가드가 너무 높고 강할 뿐이었지.

기욤은 머리를 감싸 쥐고 시시 씨에 대해 생각하다 머리가 아플 지경이 되었다. 그래서 음악도 틀지 않은 헤드셋을 머리에 쓴 채 울티맥스를 만지기 시작했다. 이전에 어그러진 이후로 시시 씨와 지내는 생활에 빠져 한동안 손대지 못하다 보니 다시 기준을 잡는 데만도 한참이 걸렸다. 심리적으로 안정되지 못한 것도 한 가지 이유겠지만.

처음 그녀에게 만나면 어떻겠느냐고 이야기하고 거절당했을 때, 언젠가는 이런 문제가 생길 거라고 짐작했다. 하지만 생각보다 너무나도 빨리 문제가 불거졌다.

　기욤은 한참 동안 생각을 하고 나서야 자신의 손이 멈춰 있다는 것을 깨달았다. 땡그랑. 그의 손에서 구로 간격을 조정하는 기구가 떨어졌다. 기욤은 아차 하며 주워선 그걸 다른 기구들처럼 나란히 열을 세워 맞춰놓았다. 처음으로 울티맥스를 만드는 것에 회의가 들었다. 이제와 되돌아보는 이런 것 따위, 다 자기만족일 뿐인데. 기욤은 그렇게 생각하면서도 다시 손을 들었다. 어쨌든 그에게 지난 7년간 남은 것은 그것뿐이었으니까.

　한창 작업 중 귀가 아파 잠시 헤드셋을 내렸는데, 문이 열리는 소리가 났다. 기욤은 얼른 벽 쪽으로 다가가 말을 걸려 했다. 그런데 시시 씨는 혼자가 아니었다.

　"와, 못 참겠어!"

　"쉬, 조용히 좀 해!"

　남녀의 목소리가 번갈아 들려왔다. 시시 씨가 아니라고 믿고 싶었지만, 벽 너머는 분명 그녀의 집이었다. 자신이 이곳에 있는 걸 알고 있을 텐데도, 조용히 하라는 이야기마저 너무나 똑똑히 들려왔다. 열이 올라서인지 이야기는 달뜬 호흡과 함께였다. 두 사람의 거친 숨소리가 벽을 타고 기욤의 귓가를 울렸다. 머리를 한 대 제대로 맞은 것 같은 충격에 기욤은 제 입을 틀어막았다. 아닐 거라고, 아닐 거라고 생각하면서도 머릿속이 별의별 상상으로 가득했다. 삽시간에 눈시울이 벌겋게 달아올랐다.

　침대로 쓰러진 두 사람은 한껏 달아오른 목소리로 말했다.

"자기, 나 미칠 것 같아."

"나도 그래. 좋아 죽겠어!"

이게 순정의 대가라면 너무나 가혹했다. 더 이상 듣고 있을 수가 없었다. 기욤은 냉장고에서 얼음을 한가득 꺼내선 세면대에 물과 함께 부었다. 그러고는 숨을 한껏 참은 뒤 얼굴을 얼음물에 담갔다.

최악이었다. 과외는 잘렸고, 도도 씨와는 어제 이후 이야기조차 하지 않았다. 터덜터덜 마트로 걸어간 미셸은 구겨진 전단지를 가방에서 꺼냈다. 마트 어딘가에 전단지를 다시 붙여볼까 하던 그녀는 떠오르는 상념에 그곳의 불이 전부 꺼질 때까지 멍하니 가판대 한쪽에 서 있었다.

그녀는 자신의 피아노를 부정한 예브제니에게도 화가 나 있었지만, 그보다는 도도 씨에게 더 화가 났다. 분명 자신이 알아서 하겠다고 했는데. 처음으로 동등하게 이야기하게 되었다고 생각한 상대에게 배신을 당한 기분에 그녀의 기분은 끝없이 가라앉았다.

도도 씨는 언제나 그녀가 원하는 만큼만 그 자리에 있어주어야 한다고 생각했다. 그리고 그가 양해를 구한다면, 그녀 역시 그렇게 할 마음이 있었다. 그런데 그 모든 걸, 그 약속을 그가 망쳐버렸다. 그럼에도 그를 용서하고 싶은 기분이 드는 것은 왜일까. 그리고 그럼에도 끝내야 한다고 생각하는 건 어째서일까. 한 달도 되지 않은 사이인데, 거기다가 사귄다고 이야기하더라도 목소리밖에 나누지 않은 사람인데 막상 헤어질지도 모른다고 생각하자 참을 수 없었다.

"피아노 선생님이죠? 저번에도 전단지 붙였잖아요."

갑작스러운 목소리에 고개를 들자 불 꺼진 마트 안에서 낯익은 점원이 그녀에게 말을 걸었다.

"실은 나도 음대 나왔거든요."

잠깐 점원을 바라보던 그녀는 천천히 시선을 돌렸다. 그녀를 건드리는 걸 보니 아무래도 나가라는 이야기인 것 같았다. 발걸음을 옮기는 그녀의 뒤로 직원의 머쓱한 중얼거림이 들려왔다.

"농담이었는데."

그녀는 아무 대꾸 없이 불 꺼진 마트를 나섰다.

어쩐지 집에 들어가고 싶지 않았던 미셸은 집 근처의 작은 광장에 가 앉았다. 아까시나무가 광장 주위를 둘러섰고, 초록빛 잎사귀 사이로 흰색 꽃봉오리가 희끗희끗하게 어우러졌다. 이전에 도도 씨와 아까시나무 이야기를 한 게 생각났다. 꽃은 꽤 예쁘다고 했는데, 지금 기분으로는 그리 아름답게 보이지 않았다. 그때 띠링 하고 문자가 왔다. 힘없이 휴대폰을 꺼내 확인하자 마리아의 이름이 떠 있었다.

"미셸, 이야기 들었어. 예브제니 선생님이 심한 말을 했다면서. 너무 신경 쓰지 마. 콩쿠르가 며칠 남지 않았잖니. 아무것도 생각하지 말고 연습에만 집중하렴. 콩쿠르 날, 응원 갈게."

생기 없는 눈으로 그것을 내려다보던 미셸은 휴대폰을 끄고 가방 속으로 집어넣었다. 예브제니 선생의 이야기는 이제 그리 상관없었다. 그렇지만 적어도 그 문자 중 한 가지는 그녀의 마음을 흔들었다. 자신이 마지막이라고 정해둔 콩쿠르가 사흘밖에 남지 않았다는 것이다.

이것을 사랑싸움이라 불러도 좋은 것일까? 얼굴도 보지 못한 사이에? 무엇이 되었든 이런 마음가짐으로는 연습이 제대로 될 리가 없었다.

오늘도 미셸은 밖에 나오기 전 그가 필사적으로 이야기를 거는 목소리에 답을 하고 싶었다. 하지만 막상 입을 열면 다시 화가 날까 봐, 그래서 두 사람이 다시금 상처 입고 자신의 콩쿠르에도 부정적인 영향을 줄까 무서워 그녀는 내내 그를 무시했다. 집에 있을 때는 일부러 그의 목소리를 듣지 않기 위해 이어폰을 끼고 생활했다. 아무리 생각해도 이 상태로 콩쿠르에 집중하는 것은 무리일 것 같았다. 마음속에서 계속 그와 제대로 이야기해봐야 하지 않나 하는 질문이 떠올랐다.

얼굴도 보지 못한 사인데 이렇게 열중하게 되다니. 새삼 그

짧은 기간에 자신에게 그가 얼마나 큰 의미가 되었는지 알 수 있었다. 사실 처음에 서로 소음 공격을 보냈을 때를 제외하면 딱히 특이할 만한 일이 없는데도, 그와 보낸 시간들, 소소히 나눈 이야기들이 하나씩 떠오르며 다시 한 번 이야기해보고 싶었다. 처음에는 절대로 용서하고 싶지 않았는데.

어떻게 이야기해야 할까. 그녀는 머릿속으로 할 말을 고르다 피식 웃었다. 시작하기 전에는 그렇게나 두근거리던 그 사람에 대한 생각이 지금은 너무나 고통스러웠다. 차라리 얼굴을 보지 않은 것이 다행일지도 모른다. 목소리만으로, 그가 벽 너머에 있으리라는 생각만으로도 이렇게 힘든데 정말 그와 마주했다면.

그는 아직 자신을 그 벽 너머에서 기다리고 있을 거라는 생각에 가슴이 콱 막혀와 숨을 가다듬던 미셸은 자리에서 일어났다. 이대로는 자신에게도 그에게도 좋을 것이 없었다. 계단을 올라갈 힘도 없어, 천천히 상승하는 좁은 엘리베이터 안에서 그녀는 생각했다. 그가 자신에게 다시 사과한다면 받아주겠다고. 이미 자신의 마음속에 너무 크게 자리해버려 그와의 이야기를 해결하지 않고서는 콩쿠르도 제대로 치르기 힘들 것 같았다. 그런데 막상 집에 돌아온 그녀에게 사과는커녕 잔뜩 가시 돋친 목소리가 들려왔다.

"그 남자, 갔어요? 좋았냐고!"

영문 모를 소리를 늘어놓는 도도 씨에게 미셸은 미간을 찌푸렸다.

"무슨 소리예요?"

"이렇게 개방적인 여자인 줄 몰랐네요. 대체 누구였을까? 예브제니? 예전에 함께 살 때도 그렇게 지냈어요?"

대체 저 남자는 머릿속으로 무슨 상상을 하는 걸까. 겨우 가라앉힌 화가 솟구치는 걸 느끼며 그녀도 목소리를 높였다.

"미쳤어요? 지금 무슨 상상을 하는 거예요? 나한테 왜 그러는 건데요!"

"순진한 척하지 말아요. 역겨우니까. 다 듣는 거 알면서 사람 갖고 놀아요?"

어리둥절한 표정으로 한 걸음 더 안으로 들어선 미셸은 신발장 위에 아무렇게나 놓여 있는 스카프를 발견했다.

'맙소사. 언니!'

도도 씨의 말로 짐작해보면 집을 비운 사이 샬롯이 남자와 함께 이 집에 왔다 간 것 같았다.

'하필 이 타이밍에! 벽 얇은 것 뻔히 알면서!'

미셸은 머리를 감싸 쥐었다.

"진정해요. 오해예요."

벽 너머에서는 그녀의 말을 믿어줄 생각이 없는 듯했다.

"됐어요. 히스테리 부리는 여자는 이제 사절이에요. 추잡하게 이게 무슨 짓이에요? 호텔이라도 갈 것이지! 아니, 일부러나 들으라고 그런 건가?”

“아니에요, 정말. 언니가 왔던 거예요. 언니가.”

오해받는 것이 싫어 필사적으로 항변했지만 도도 씨의 목소리에는 여전히 냉기가 어려 있었다.

“그러시겠지. 달리 방법도 없는데 믿어드려야겠네.”

씩씩거리던 그가 외쳤다.

“아니, 그걸 믿으라는 거예요? 아하, 이쪽에서 신음 소리가 들리면, 아투스나 TV 소리라고 하면 되겠구먼. 이렇게 쉽고 간단할 때가!”

빈정거림 가득한 그 목소리에 미셸은 참고 참던 화가 솟구쳐 오르는 것을 느꼈다. 그녀가 어제 오늘 내내 그와 어떻게든 이야기해 관계를 되돌리고 싶다고 고민한 것이 바보처럼 느껴졌다. 결국 미셸도 함께 목소리를 높였다. 그를 믿은 만큼 배신감도 컸기에 왈칵 눈물이 쏟아졌다. 목소리가 형편없이 떨리는 걸 억지로 붙잡으면서 그녀는 소리쳤다.

“지금 쉽다고 했어요? 똑똑히 들어요. 질투에 미친 남자는 나도 싫어요. 그 누구도 나한테 명령 같은 건 하지 못해! 어린애 취급은 진절머리가 난다고요!”

그녀의 울음 섞인 외침에 도도 씨는 입을 다물었다. 미셸도 한동안 오르락내리락하는 숨을 겨우 내리눌렀다.

이제는 안 되겠다고 생각했다. 이 이상 그와 언성을 높이는 것이 바보 같다는 생각이 들었다. 미셸은 집에 돌아오기 전 한참 동안 서늘한 저녁 공기를 맞으며 생각한 것을 단숨에 털어놓았다.

"우리 관계가 대체 뭔데요? 당신은 누군데요! 그래 봐야 그냥 목소리잖아요."

그럼에도 붙잡고 싶었는데. 이제는 무리인 것 같았다. 급히 숨을 들이켠 그녀는 이어 말했다.

"내가 미쳤지. 존재하는지도 모르는 사람이랑 떠들면서 들뜨고, 사귄다느니 어쩐다느니."

"나, 여기에 있어요, 시시 씨."

벽 너머, 잔뜩 잠긴 목소리에 미셸은 더 화가 났다.

"할 말이 겨우 그거예요?"

"그러니까, 우리는…."

미셸은 도도 씨의 말을 뚝 잘랐다.

"아냐."

"네?"

차가워진 그녀의 목소리에 도도 씨는 당황한 목소리로 되물었다. 미셸은 가라앉은 목소리로 강조해 말했다.

"우리가 아니라고요."

조용해진 벽 뒤 남자에게 미셸은 덧붙였다.

"당신은 여기에 없잖아."

목소리로밖에 확인할 수 없는 두 사람의 사랑이 신기루처럼 사라지는 게 느껴졌다. 이런 관계 따위 애초에 시작하지 않는 것이 나았을지도 모른다. 미셸은 눈물을 닦아냈다. 그러고는 조금 진정된 목소리로 말했다.

"생각해봤는데, 여기까지 해요. 이건 바보 같은 짓이에요. 언니 말을 들었어야 했어. 제대로 이어질 리도 없는 이런 관계 따위."

벽 너머에서 숨을 들이켜는 소리가 들려왔다. 도도 씨는 조심스럽게 물었다.

"지금 그 말은 헤어지자는, 헤어지자는 거예요?"

남자의 목소리가 점점 더 색을 잃어갈수록 미셸은 더더욱 강하게 답했다.

"이미 우린 헤어져 있어요. 난 벽 이쪽에, 당신은 그쪽에. 차라리 이게 나을지도 몰라요. 얼굴을 보았다면 더 힘들었겠지. 곧 다른 집 구해서 나갈게요. 애초에 실수였던 것 같아요."

그녀의 이별 통보에 벽 너머의 남자는 당황한 목소리로 허둥댔다.

"내가 지금 거기로 갈까요? 그랬으면 좋겠어요? 얼굴을 마주한다면…"

미셸은 그의 말을 잘랐다.

"아뇨. 콩쿠르가 코앞이에요. 집중해야 하니까 호텔로 갈 거예요."

그 말에 도도 씨는 젖어드는 목소리를 겨우 억누르며 말했다.

"아니, 아니야. 당신 말대로 해요. 그렇지만 여기서 자요. 대신 내가 나갈게요."

"밖에 나가는 거, 가능은 해요?"

미셸의 입에서 비아냥거림이 쏟아졌다. 도도 씨는 아무 대답도 하지 않은 채 문을 닫고 집을 나섰다. 얇은 벽 뒤는 그렇게 조용해졌다.

♥

미셸은 꺼진 휴대폰을 든 채 하염없이 벽을 쳐다보았다. 벽 건너편에는 더 이상 이야기를 나눌 사람이 없었다.

"미셸, 미셸!"

열쇠 소리가 들리더니 샬롯이 급하게 뛰어 들어왔다. 그녀는 동생의 꼴을 보고는 소스라치게 놀랐다.

"맙소사, 미셸. 너 괜찮은 거야?"

미셸은 눈물범벅이 된 얼굴로 언니를 올려다보았다. 샬롯이 얼른 그녀를 끌어안았다.

"헤어지다니, 그게 무슨 말이야."

동생에게서는 제대로 된 정보를 얻기 힘들겠다고 생각했는지, 샬롯이 벽을 향해 외쳤다.

"저기, 도도 씨! 거기 있어요? 이게 무슨 상황인지 말 좀 해 봐요!"

"없어. 이제 거기에, 없어. 그 사람은 나갔고, 난 콩쿠르가 끝나면 이 집을 나갈 거야."

갑작스러운 이야기에 샬롯은 눈을 크게 뜨고는 물었다.

"그게 무슨 소리야, 좀 알아듣게 설명 좀 해봐!"

"언니, 이거."

그때까지도 손에 꼭 쥐고 있던 스카프를 샬롯에게 내밀었다. 처음에는 별생각 없이 받아서는 두고 갔다며 목에 두르던 그녀는 순간 얼굴이 새하얗게 질렸다.

"뭐야, 설마 그때 다 들었대?"

미셸이 힘없이 고개를 끄덕이자 샬롯은 길게 한숨을 쉬었다.

"오해한 거야?"

"아마도 그런 것 같아."

"미안해, 미셸. 내가 거기까진 미처 생각을… 아니, 그런데 뭐 그런 걸로 너한테 그러니? 나였다고 이야기는 했어?"

도도 씨를 탓하는 샬롯의 말에 미셸은 언니의 품으로 더 파고들며 중얼거렸다.

"아냐. 그건 그냥 계기였을 뿐이야. 어차피 그게 아니었어도 언젠간 이렇게 됐을 거야. 그래, 잘된 건지도 모르지. 언니 말이 맞았어. 얼굴도 보지 않은 이런 관계, 정상적이지 않았던 거야. 그러니까 이렇게 끝내는 게 맞아. 그렇지? 콩쿠르가 끝나고 이 집을 비우고, 그러면 끝나는 거지?"

"미셸…."

언니의 따뜻한 품에 안겨, 미셸은 두서없이 지난 일들을 털어놓았다. 예브제니 선생이 다녀간 일이며, 그게 계기가 되어 크게 다툰 일 그리고 그로 인한 냉전 중에 샬롯의 일로 결국은 헤어지자는 이야기가 나왔다는 것까지. 중간중간 울다 멈추다 하는 그녀를 언니는 꼭 안아주며 말했다.

"미안해, 미셸. 언니가 미안해. 내가 생각이 짧았어."

다시금 울음이 터진 미셸에게 샬롯은 한동안 미안하다는 말만 반복했다.

찌푸린 하늘에선 빗방울이 흩날리기 시작했다. 샬롯은 따뜻한 차를 끓여 미셸에게 가져다주었다. 그 컵을 본 미셸은 다시금 울상이 되었다. 그건 도도 씨가 알려준 그릇 상점에서 산 것이었다.

"쉬. 울지 마, 울지 마. 콩쿠르가 얼마 안 남았는데, 체력 분배는 해야지."

샬롯의 말에 미셸은 초점 없는 눈으로 대답했다.

"언니, 이 상태로 콩쿠르가 의미 있을까?"

"당연하지. 도도 씨도 네가 자기 때문에 마지막이라고 생각하고 준비한 콩쿠르를 망치는 건 원하지 않을 거야. 그러니까 네가 나간다고 했는데도 자기가 나간 거 아니겠어."

"언니."

샬롯이 건넨 따뜻한 찻잔을 손에 들고 미셸은 중얼거렸다.

"응?"

"언니는 형부랑 언제나 헤어질 생각을 하고 있다고 했잖아."

"응? 아, 아. 그래. 그렇게 이야기했었지."

"언니도 형부랑 헤어진다고 생각하면 이렇게 아플 것 같아? 아니, 예전에 헤어진 사람들하고도 언제나 이렇게 아팠어?"

평소라면 입 밖으론 꺼내지 못할 질문들이 술술 흘러나왔다. 지금은 다른 사람을 생각할 여유 따위 없으니까. 남의 상처라도, 자신의 뜯겨나간 살을 봉합할 수 있다면 무엇이라도 가져다 쓸 수 있을 것 같았다. 미셸의 질문에 샬롯은 잠시 난처한 미소를 띠더니 말했다.

"지난번에도 이야기한 것 같지만, 어릴 적 난 네가 부러웠어. 어릴 때부터 피아노에 재능이 많았으니까 부모님도 항상 널 레슨에 데려다 주고 하시느라 난 혼자일 때가 많았거든. 그러다 보니 외로워서 다가오는 사람들한테 더 관심을 두게 됐고. 그러다 보니까 비교하고, 고르게 되더라. 결혼도 사랑보다는 혼자 고아원에서 독립하고 너무 힘들어 적당히 조건 좋은 남자를 고른 거지. 덕분에 지금까지 편하게 먹고살긴 했지만. 하도

징글징글해서 풀하고는 글쎄, 오히려 후련할지도. 딱히 계기가 없어서 그렇지, 무언가 하나만 팡 터져주면 미련 없이 박차고 나올지도 몰라. 뭐, 애들한테는 조금 미안하지만 다들 적당히 컸으니 알아서 하겠지."

"그런 줄은 몰랐어. 미안."

미셸은 컵을 양손으로 감싼 채 고개를 숙였다.

"네게 그런 소리를 들으려고 한 얘기가 아니야. 미셸, 난 널 원망하지 않아. 그 순간들 모두 내가 선택한 거니까. 남자에게 기대는 대신 공부를 열심히 했다면 지금과는 다른 내가 있겠지. 하지만 난 그렇게 하기 싫었단 말이야. 덕분에 짧은 가방끈은 아직도 내 콤플렉스지만."

웃음 짓는 언니를 보면서, 미셸은 자신이 기억하는 샬롯을 되새겨보았다. 언제나 밝고 당당하게만 보였던 그녀 역시 삶이 만만치 않다고 느꼈던 것이다. 그때그때의 주제는 다를지언정.

"그런데 내가 보기에 지금 너희 두 사람은 미련이 많아 보이는걸. 그래, 헤어져. 이전까지의 관계는 끝내고, 서로 눈을 마주 보면서 다시 시작해보는 거야. 어때?"

"하지만 우리는 약속했는걸. 어른스럽게, 합의하면서."

그렇게 이야기하는 미셸의 목소리는 아주 작았다. 샬롯이 물었다.

"오, 미셸. 어른스러운 게 뭘까? 필요하면 만든 것이 잘못되었다는 걸 인정하고 부술 줄도 알아야 진짜 어른이 아닐까? 만들어진 어른스러움 같은 건, 반대로 이야기하면 솔직하지 못한 게 아닐까? 사랑에는 말이야, 솔직함이 필요해. 그리고 그걸 위해선 난 너희 두 사람이 꼭 만나야 한다고 생각하고.”

결국은 도돌이표였다. 미셸은 무릎 위에 손을 그러모았다. 샬롯은 그녀의 어깨를 토닥였다.

“일단은, 그래. 콩쿠르가 내일 모레니까 너도 신경이 많이 날카로워졌겠지. 어떻게든 콩쿠르를 마무리 짓고 그와 다시 한 번 이야기해보자. 마지막이어도 상관없다고 생각하고 모든 걸 내려놓고 이야기해봐. 그래도 네 마음이 변하지 않는다면, 그때는 헤어져. 이 언니도 더는 붙잡지 않을 테니까.”

샬롯은 목에 대충 맨 스카프로 미셸의 젖은 얼굴을 닦아주었다.

“아아, 부럽다.”

무슨 소리냐는 듯 미셸이 언니를 바라보자 그녀는 싱긋 웃었다.

“난 그런 풋풋한 감정 같은 거 느낀 적 없거든. 우리 동생, 정말 귀엽다니까.”

샬롯은 미셸이 잠들 때까지 이런저런 이야기를 해주었다. 그
것은 어린 시절을 잘 기억하지 못하는 미셸에게는 조금이나마
행복한 기분을 느끼게 했다.

장미 가시를 떼어내 코 위에 붙인 미셸이 코뿔소라고 뛰어다
니다 얼굴이 찢어져 엉엉 운 일이라든가, 미셸이 좋다고 집 앞
까지 쫓아온 꼬마 아이가 부모님께 혼나 되돌아간 일이라든가.

“맙소사. 그런 일이 있었어? 왜 아무도 나한텐….”

“그날, 네 런던 콩쿠르 전날이었단 말이야. 괜히 들뜰까봐 전
해줄 수가 없었겠지. 그리고 결과가 그랬으니 더더욱.”

미셸은 오랜만에 함께하는 언니와의 잠자리에 포근함을 느
끼며 얼굴을 마주했다. 그런데 갑자기 샬롯이 물었다.

“그런데 부부. 피아노는 더 안 쳐도 되는 거야?”

“지금은… 이대로 자고 일어나는 게 더 나을 거야. 10년 가까
이 쳐온 곡들이니까. 하루 이틀 더 친다고 무언가 확 달라지진
않아.”

“으흠.”

짧게 콧소리로 대답을 대신한 샬롯은 다시 물었다.

“아마 콩쿠르 이후로 넌 어떻게든 결심을 내리고 나아가겠
지? 그리고 네 콩쿠르를 갔다 오면, 나도 뭔가 달라질까?”

샬롯의 말에, 미셸은 그녀를 올려다보다 푸훗 하고 웃었다.
샬롯은 큰 눈을 찌푸리며 물었다.

"왜, 왜 웃어?"

"언니."

"응?"

미셸은 샬롯의 품속으로 파고들며 말했다.

"난 언니가 행복했으면 좋겠어. 무슨 이야긴지 알겠어?"

"응. 고마워, 부부."

두 자매는 그렇게 서로를 끌어안고 잠이 들었다. 창밖을 울리는 조용한 봄비 소리를 자장가 삼아.


"아투스, 아투스!"

기욤은 분을 참지 못한 걸음으로 아투스의 집을 찾았다. 그러고 보면 이곳에 마지막으로 찾아온 것도 벌써 7년은 더 된 일이었다. 한때는 하루가 멀다 하고 찾던 곳이었는데.

문득 주위 풍경을 본 기욤은 흠칫했다. 아델이 있을 때는 언제나 말끔하고 아름답게 정리되어 있던 정원이었는데 이제는 잡초가 무성해 정강이까지 풀들이 올라와 있었다.

작은 정원을 지나 문을 두드리자, 평소보다 배는 부스스한 모습의 아투스가 문을 밀며 나왔다.

"웬일이야? 낙원에 번개라도 떨어졌냐?"

진심으로 놀라며 말하는 아투스에게 기욤은 맥주 한잔 하자고 이야기했다.

"맥주? 무슨 바람이 불어서?"

"속이 답답해서."

황폐한 정원 한쪽에 기욤을 앉힌 아투스는 시원한 맥주를 몇 개 꺼내 들고 왔다. 그사이 기욤은 그간 찌그러져 각이 변한 테이블을 붙잡고 이리저리 궁리해보고 있었다. 맥주를 내려놓은 아투스는 현실도피의 일환일까, 여전히 테이블을 붙잡고 각도나 맞춰보려는 그를 쿡쿡 찔렀다.

"뭐야. 시시 씨랑 무슨 일 있었어?"

"……."

기욤은 말없이 맥주를 따 한입에 털어 넣었다.

"인마, 인상 쓰러 왔냐? 만날 와인이나 홀짝대던 녀석이 그러다 쓰러지려고. 무슨 일인지 몰라도 이제 그만 가서 초인종 눌러. 초인종 누르기 싫으면 근처에서 세레나데라도 부르든가."

아투스를 노려보던 것도 잠시, 그는 어깨를 으쓱했다. 한참을 더 구슬리고 나서야 기욤의 푸념을 들은 아투스는 말했다.

"그래, 요약해보자. 드디어 성격 좋고 예쁜 여잘 아니, 예쁜 건 아직 모르나 어쨌든 네 거지 같은 성격도 맞춰주는 여자였는데, 놓쳤다 이거지? 임자 만났네, 임자 만났어."

지금까지 기욤은 아무도 필요 없다고 생각했다. 다른 이들을 만나고 싶지도, 이해하고 싶지도 않았다. 공감할 수도 없는 사람들과 얼굴을 마주해봐야 자신의 삶이 좀 더 나아질 거라는 생각은 전혀 들지 않았으니까. 그렇게 속을 끓이느니 차라리 외로운 것이 낫다 싶었다. 사람에게서 멀어지는 것 자체가 그에게는 평화였고, 행복이라고. 그러나 그것이 얼마나 오만한 생각이었는지 그녀를 통해 알게 되었다. 아투스는 한숨을 길게 쉬었다.

"인생이 아깝다, 이 화상아. 한심한 퍼즐로 7년 허비하고 동굴 속에 숨은 자칼처럼 그렇게 사람 피하면서 살다가 이제 겨우 짝이 될 것 같은 여자를 만났는데 이렇게 도망쳐? 너, 그 여자 콩쿠르에도 안 갈 거지?"

맥주 캔을 들며 목을 꺾었지만, 이미 빈 캔이었다. 찌그러뜨려 등 뒤로 던진 뒤 새로 하나를 따면서 기욤은 답했다.

"어떻게 가겠어, 지금 상황에."

"그럼 어쩔 건데? 콩쿠르 끝나면 바로 방도 뺀다고 했다면서. 그녀가 그대로 사라져버리면, 넌 후회 안 할 자신 있어?"

"후회는 이미 하고 있어. 애초에 시작을 하지 않았다면 어땠을까 하고."

쾅!

갑작스러운 소음에 놀라 아투스를 바라보니 아투스의 미간이 잔뜩 일그러져 있는 것이, 엄청 화가 난 것 같았다.

"무슨 개소리야. 겨우 사람 꼴 되어가고 있는데. 지금은 아직 반좀비 상태지만, 어쨌든 넌 시시 씨한테 감사해야 해. 내가 7년 동안 못한 걸 겨우 몇 주 만에 해냈으니까. 하여간 찌질한 놈. 한결같다, 한결같아."

"아투스, 난 자신이 없어. 만났다가 그녀가 실망하면 어쩌나 두렵기도 하고."

숨죽여가며 듣고 있는 아투스에게 기욤은 계속해서 말했다.

"아니 무엇보다 우린 서로 보면 안 돼. 약속했으니까. 그녀는 약속을 저버리는 걸 정말 싫어하거든. 지금도 이미 내가 하나를 지키지 않아서 이 모양이 됐는데 그것마저 어기면…."

집중해서 듣고 있던 아투스의 얼굴은 영 이해가 가지 않는다는 표정이었다.

"이해 안 되지, 지금? 그래, 그러니까 아델 같은 여자를 놓쳐서 재혼까지 하게 만들지."

아투스는 놀란 눈치로 되물었다.

"어, 뭐야. 너 알고 있었어?"

"그래, 이 자식아. 얼마 전에 아델 재혼했다면서. 너 안 온 날 전화했었어."

아투스의 표정이 급격히 어두워지는 걸 보면서 기욤은 아차 싶었지만 이미 엎질러진 물이었다. 아투스는 별말 없이 그저 맥주만 쭉 들이켜더니 갑자기 버럭 화를 내며 테이블을 엎었다.

"뭐, 뭐야!"

놀란 표정을 짓는 기욤에게 아투스는 이제껏 들어본 적 없는 가라앉은 목소리로 이야기했다.

"내 이야기는, 그래. 그래도 우린 적어도 제대로 얼굴 보고 만나고 헤어진 거라고. 당연히 이야기도 충분히 했고. 내가 너희를 이해 못 한다고 치자. 내가 아델 같은 여자를 놓친 멍청이라는 것도 포함해서. 그래도 난 가서 시시 씨를 볼 거야. 그리고 다시 시작해볼 거야. 너 같은 겁쟁이가 아니니까."

잠시 숨을 끊으며 분을 가라앉히던 아투스는 다시 입을 열었다.

"벌써 7년이야, 기욤. 옛 여자가 떠나간 지 7년이라고. 산 사람도 보내주는데, 죽은 사람을 왜 그리 붙잡고 있는 거야."

"……."

답답해하며 아투스가 말했다.

"젠장할, 그간 너도 그 집구석 벗어나고 싶었잖아! 그러니까 되도 않게 비둘기들 먹여 키운 거 아냐! 이제야 겨우 꿈에 그리던 기회가 왔는데, 그걸 그냥 버리고 싶어?"

기욤도 아투스의 말이 무슨 뜻인지 모르는 것은 아니었다. 분명 그가 원하는 것이기도 했고. 그런데 그게 오히려 너무 정곡을 찌르는 말이라 화가 났다.

"너, 짜증 난다."

기욤은 중얼거리다가 다시 한 번 버럭 소리를 지르고는 의자를 박차고 일어났다.

"열 받게 하지 말라고!"

기욤은 그대로 아투스의 집을 나왔다. 씩씩대며 걸음을 옮기던 그의 뺨 위에, 똑 하고 물방울이 떨어졌다. 기욤은 손으로 그것을 닦아내며 중얼거렸다.

"뭐야, 이건."

하늘을 바라보니, 밤하늘에도 확연히 보일 만큼 진한 먹구름이 몰려왔다. 어두운 봄비가 내리기 시작했다.

# 제 7장

## Chopin Fantasie Impromptu Op. 66

쇼팽 즉흥 환상곡 작품 66

하늘은 맑았고 해는 쨍쨍한 얼굴을 드러냈다. 아침부터 부산을 떠는 샬롯이 미셸을 치장해주었다. 요리조리 살펴보던 샬롯이 말했다.

"아무래도 말이야, 머리는 푸는 게 예쁜 것 같은데, 미셸."

미셸은 고개를 저었다.

"아냐, 틀어 올릴래."

"머리 풀면 피아노 칠 때 거추장스러워?"

"아니. 어쩐지 그래야 할 것 같아서."

"하여간, 또 그 예브제니 영감탱이 교육 덕이냐?"

맘에 들어 하지 않는 샬롯의 말에도 미셸은 그저 살짝 미소만 지었다. 그때 샬롯이 옷장에서 뭔가를 꺼내어선 등 뒤에 숨긴 채 살금살금 다가왔다. 미셸은 눈썹을 들어 올리며 물었다.

"뭔데, 그건?"

"너 콩쿠르 때 뭐 입으려고 했어?"

"그냥 예선이니까, 검은색 치마에 흰 블라우스 정도 생각하고 있었는데. 왜?"

즐거워 참지 못하겠다는 표정의 샬롯이 짜잔 하며 미셸의 눈앞에 검은 원피스를 펼쳐 보였다. 한눈에 보기에도 몸에 찰싹 달라붙을 것 같은 드레스였다. 놀란 눈으로 샬롯을 바라보자, 그녀는 미셸의 귓가에 속삭이듯 말했다.

"있지, 나라면 오늘 콩쿠르 올 거야."

"응?"

"도도 씨 말이야! 그렇게 일방적으로 이별을 통보받았는데, 그래도 한 번은 얼굴 맞대고 이야기하려고 할 거야. 어머, 너 얼굴 밝아지는 것 좀 봐."

대체 무슨 표정이기에 그럴까. 미셸은 얼른 뺨에 손을 대고 고개를 저었다.

"아니야, 그런 거."

샬롯은 의자에 앉아 있는 미셸의 어깨를 잡고는 눈을 마주했다. 흔치 않게 가라앉은 목소리로 그녀는 말했다.

"있지, 언니는 네가 그 사람하고 영원히 함께할 수 있을 거라고는 생각 안 해. 적어도 지금까지 본 그 사람은 네게 긍정적인 영향을 줬고, 또 앞으로도 줄 수 있을 것 같아. 그리고 내가 보기엔 그 사람도 그렇게 느끼고 있을 테고. 서로에게 아직 필요한 사람이라고 생각해."

그러곤 갑자기 장난스러운 미소를 띠우며 샬롯은 이어 말했다.

"혹시 콩쿠르를 보러 올지도 모르잖아? 아니, 분명히 올 거야. 그러니까 예쁘게 입고 나가서 반하게 만들어야지! 자, 구두도 준비했어!"

"왜 또 이야기가 그렇게 새는데."

이야기는 타박하듯 했지만 미셸도 은근히 그가 오지 않을까 싶은 희망으로 가슴이 뛰기 시작했다. 정말로 그가 와준다면, 그때는 무언가 달라질 수 있을까. 다시 새로운 관계를 만들어 나갈 수 있을까. 이전의 모래성 같은 말 한마디의 약속보다 좀 더 견고하고 확신에 찬 무언가를.

"으음, 그런데 이거 조금 야하지 않아?"

가슴골이 꽤나 깊게 파인 데다 몸에 달라붙는 재질의 드레스는 몸매를 그대로 드러내주었다. 미셸은 차마 그대로 나갈 수가 없어 옷장에서 얇은 카디건 하나를 챙겼다.

"미셸, 벌써 1시야. 어서 가자. 늦겠어."

한참을 꾸물거리던 미셸은 샬롯의 독촉에 짐을 챙겨 들고는 자리에서 일어났다.

콩쿠르 예선이 열리는 게테 몽파르나스 극장에 들어선 샬롯은 한참을 두리번거리다 미셸에게 속삭였다.

"죽인다, 여기. 음악 홀은 다 이래? 저거 진짜 금이야?"

"나도 몇 군데 안 가봐서 잘 몰라."

여느 음악 홀이 그렇듯 고가 높은 천장 아래에는 기둥마다 화려한 문양들과 금박 장식들이 가득했다. 천장에는 르네상스의 화가가 그렸을 법한 프레스코화 비슷한 벽화들이 그려져 있었다. 그 분위기에 조금 긴장해서 걸음을 옮기는 미셸에게 샬롯은 다시금 속삭였다.

"내가 본 네 모습 중에 오늘이 최고로 예뻐! 힘내, 우리 동생. 할 수 있어!"

"고마워."

"그 사람 발견하면 바로 문자할게. 얼굴도 모르고 어두워서 제대로 볼 수 있을지 모르겠지만."

휴대폰을 슥 들어 올리는 샬롯을 미셸이 급히 말렸다.

"아, 언니. 홀 안에서는 휴대폰 쓰면 안 돼. 그러지 마."

"아, 그런가. 알았어. 어쨌든 열심히 하는 거다?"

잠깐 포옹한 뒤 두 주먹을 쥐어 보이며 "파이팅"이라고 외치는 샬롯에게 미셸은 손을 흔들었다.

커다란 거울이 있는 대기실에는 콩쿠르 참가자들이 긴장한 얼굴로 모여 있었다. 자리 하나를 차지하고 앉은 미셸은 다시금 도도 씨 생각에 잠겼다.

'도도 씨가 왔을까?'

미셸은 피식 웃었다. 아마 그를 만나지 않았다면 분명 주위의 사람들처럼 벌벌 떨고 있었을 텐데, 콩쿠르보다 도도 씨가 이곳에 올 것인가가 더 궁금하다니. 미셸은 이내 양손을 들어 뺨을 짝짝 때렸다.

'정신 차려, 미셸! 그 사람이 듣고 있다면 더더욱 신경 써서 연주해야 하잖아!'

끝내야 한다고 생각했는데, 마음은 계속 그의 목소리를 찾고 있었다. 이제는 정말로 그를 만나고 싶었다. 기회가 남아있을는지 모르겠지만. 오늘 그가 와준다면 샬롯이 이야기한 대로 얼굴을 마주 보겠다고 그녀는 생각했다.

곧 콩쿠르가 시작되려는지, 진행 위원 명찰을 단 사람이 고개를 빠끔 들이밀었다.

"참가번호 1번, 준비하세요."

한 여자가 벌떡 일어나 문밖으로 나갔다. 미셸은 무릎 위에 두 손을 맞잡았다.

기욤은 겨우 집으로 들어섰다. 오늘이 콩쿠르이니 아마 그 시간쯤이면 집에 없을 것이라는 생각에서였다. 당장에라도 인터넷을 뒤져보면 그녀가 참가할 콩쿠르가 어디에서 열리는지 알 수 있을 테지만, 그는 과연 자신이 찾아갈 수 있을까 하고 생각했다. 그녀와의 약속을 또다시 깬다는 것이 부담스러웠기 때문이다. 다시 한 번 그녀에게서 차가운 말을 듣느니 차라리 피하는 것이 낫지 않을까 하는 약한 마음이 드는 것도 사실이었고.

겨우 계단을 올라 문 앞에 선 그는 숨을 한 번 몰아쉬고 문을 열었다. 그러자 팔랑하고 무언가가 발치로 떨어졌다. 지렁이가 기어가는 듯한 글씨로 휘갈긴 쪽지 하나였다.

게테 몽파르나스 극장. 오후 3시.

입장료 15유로.

안 오기만 해봐.

아투스는 계속 신경이 쓰였는지 따로 살펴보러 온 것 같았다. 순간적으로 혹시나 그것을 남긴 것이 그녀일까 생각한 게 바보 같아 기욤은 피식 웃으며 쪽지를 구겨버렸다.

"쓸데없는 참견을."

집으로 한 걸음 들어서자 오른쪽 작업대 근처에 울티맥스가 보였다. 왜일까, 지금까지는 당연한 듯 있어야 하는 그것이 지금은 보기만 해도 답답했다. 그런데 울티맥스에 못 보던 쪽지들이 붙어 있었다.

"이게 무슨…."

울티맥스에는 문에 끼워져 있던 것과 똑같은 쪽지가 여러 장 붙어 있었다.

아투스는 기욤이 이곳으로 처음 이사 왔을 당시 여분의 열쇠를 받아 가지고 있었다. 언제 시체를 치우게 될지 모른다며 떼를 써 기어이 받아갔지만 언제나 집에 있는 기욤 덕분에 쓸 일이 없었다. 그걸 아직도 가지고 있을 줄이야. 게다가 기껏 들어와서는 쓸데없는 짓을 하다니. 조심조심 하나씩 쪽지들을 떼어내면서 기욤은 시시 씨를 떠올렸다. 그녀는 잘 하고 있을까. 예브제니가 찾아가 그녀에게 한소리 하는 건 아닐까. 쪽지를 거두는 기욤의 손길이 점점 거칠어졌다.

쨍그랑.

급기야 아슬아슬하게 걸쳐 있던 구슬이 떨어졌다. 그 조정을 위해 며칠간이나 정밀하게 붙잡고 있었던 적도 있지만, 이제는 어떻게 되든 상관없었다. 울티맥스에 붙어 있던 마지막 쪽지를 손에 쥐고, 기욤은 몸을 돌려 뛰어나갔다. 문조차 제대로 닫지 않은 채였다.



"8번, 준비하세요."

미셸은 안내자의 말에 펼쳐두었던 악보를 접어 정리하고는 자리에서 일어났다. 무대 뒤, 계단 앞에서 기다리고 있자니 그제야 조금씩 긴장이 되기 시작했다.

앞 참가자의 피아노 연주가 끝나길 기다리면서 그녀는 고민했다. 지금까지 배워온 예브제니의 방식으로 피아노를 칠 것인가, 아니면 도도 씨와 함께 만들어간 자신의 방식으로 피아노를 칠 것인가. 그사이 연주를 끝낸 앞 참가자가 계단을 내려왔다.

"8번, 올라오세요."

미셸은 순간 아득해지려는 정신을 겨우 붙잡아 챙겼다. 몇 번 크고 작은 숨을 들이쉬고 내쉬자 조금 진정이 되었다. 지금의 그녀는 콩쿠르에서 음 하나 치지 못하고 내려와 엉엉 울던 그때의 어린아이가 아니었다. 무엇보다 그때와는 많은 것이 달라졌으니까.

숨을 깊이 들이쉬며 피아노 의자에 앉는 그녀의 표정에는 긴장감이 묻어났다. 좀처럼 피아노 건반에 손을 얹지 못하는 그녀를 보고 심사위원들이 물었다.

"이제 시작할까요. 준비됐어요?"

"네, 할게요."

미셸은 결정했다. 아무 생각 없이 마음을 비우고 손이 가는 대로 쳐보기로. 그리고 그 결정 끝에 나온 것은 예브제니의 멘델스존이었다.

도도 씨와 함께한 그 강렬한 기억보다, 10여 년의 세월이 우세했던 걸까. 어쩔 수 없다고 생각하면서, 미셸은 기계적으로 손가락을 움직였다. 아름답지만, 아무것도 남지 않은 소리들이 홀을 울렸다. 어찌 된 영문인지 사람들이 심드렁해하는 것이 피부로 느껴졌다. 어쩔 수 없었다. 이미 그녀의 피아노는 시작되었다.

❤

"저기, 저기요!"

기욤은 경비원을 피해 얼른 안쪽으로 뛰었다. 그녀가 무대에 오르기 전에 그녀를 만나고 싶었기 때문이다. 겨우 경비원을 따돌리고 대기실에 들어갔을 때, 시시 씨로 보이는 여자의 모습은 없었다.

상상하기는 싫지만 이미 무대가 끝났거나 지금 무대 뒤에 서 있을 가능성이 높았다. 어찌할까 고민하던 기욤은 다시 잰걸음을 옮겼다. 오페라 극장에서 어린 시절을 보낸 기욤은 어렵지 않게 무대로 가는 길을 찾을 수 있었다. 겨우 무대 뒤로 들어간 기욤은 다음 대기자의 눈초리를 받으며 무대와 그 공간을 나눈 얇은 벽에 손을 가져다 댔다.

그녀였다. 비록 얼굴을 보지는 못했지만, 기욤은 누가 말해주지 않아도 지금 피아노 의자에 앉아 있는 그녀가 자신의 연인인 시시 씨라는 것을 바로 알 수 있었다. 그녀는 막 자리에 앉아 멘델스존의 곡을 연주하고 있었다. 지금 그녀가 연주하는 건 그렇게 끔찍하게 싫어하는 예브제니의 피아노 연주 방식이었다.

"아니에요, 시시 씨! 그게 아니라니까!"

그는 속삭이듯 외쳤다. 그녀가 자신의 목소리를 들을 수 있길 바라면서. 따돌렸다고 생각한 경비는 끈질겼다. 어느새 그가 숨어 있는 곳을 찾아냈다. 경비원은 낮은 목소리로 외쳤다.

"거기! 출입금지 구역이에요! 나와요!"

경비가 팔을 붙들었지만, 기욤은 다리로 버티며 우겨댔다.

"조금만 듣고요. 조금만!"

"아, 진짜. 홀에서 들으라고요, 이 양반아!"

경비원이 그의 팔을 잡아끌고 나가려는 찰나, 기욤은 외쳤다.

"우린 서로 보면 안 된다니까!"

그 외침에, 무대 위의 피아노 선율이 멈추었다. 사람들이 웅성거리는 소리가 들렸다.

"아, 어서 이리 나오라니까!"

경비원과 실랑이를 벌이던 기욤은 다시 한 번 소리쳤다.

"시시 씨, 지금이에요! 지금이 기회라고요!"

얇은 나무 벽 뒤에, 그가 와 있다!

안 올지도 모른다고, 온다면 자신의 피아노에 실망할지도 모른다고 생각했는데. 그는 그저 그녀를 응원하고 있었다. 미셸은 손을 멈추고 벽 너머를 바라보았다. 그 너머에 그가 있다. 굳어 있던 얼굴에 생기가 돌았다. 당장이라도 일어나 그쪽으로 달려가고 싶었다.

"시시 씨, 지금이에요! 지금이 기회라고요!"

그는 이어 외쳤다.

"날려버려요! 놔버리라고!"

암호와도 같은 그 말은, 두 사람이 그날 밤 나눈 이야기였다. 미셸은 마음을 다잡고 다시 건반 위에 손을 얹었다. 이미 한 번 피아노를 멈췄기 때문일까, 심사위원들은 고개를 저으며 말했다.

"수고하셨습니다. 내려가세요."

그 말에 정신이 번쩍 든 미셸은 급히 자신의 머리를 풀어 내리며 말했다.

"아뇨, 다시 할게요."

나오기 전 옷이 너무 야하다며 위에 걸친 카디건까지 벗어던졌다.

"됐습니다. 다음, 9번 올라오세요."

심사위원들은 칼같이 그녀에게 내려갈 것을 요구했지만, 미셸은 자리에서 일어나지 않았다. 좁은 음악계에서 이런 일을 벌이다니, 앞으로 어떤 불이익을 받게 될지 알 수 없었지만 그녀는 오직 도도 씨의 말만을, 그날의 기억을 되살렸다. 벽 너머의 그를 위해서.

"9번!"

심사위원들이 다음 참가자를 불렀지만 미셸은 개의치 않고 왼손으로 옥타브를 내려찍었다.

쾅.

그리고 이어지는 즉흥 환상곡의 빠른 도입부에 웅성대던 사람들은 입을 다물었다. 격정적으로 노래하는 오른손과 그를 쫓아 따라가는 왼손의 대구에, 심사위원들은 놀라는 표정으로 그녀를 바라보았다.

피아노는 이제 더 이상 그녀에게 틀리지 말아야 할 숙제가 아니었다. 그날의 기억처럼, 영혼을 담아 연주하는 그 음악은 다시 한 번 그녀를 이끌었다. 이곳에 와 자신을 응원해주는 사람들을 위해 그리고 자기 자신을 위해. 미셸은 그 모든 것이 자신의 안에서 아름답게 어우러지도록 한 음 한 음에 집중했다.

'즉흥 환상곡'의 마지막 음까지 모두 치고 난 극장 안은 조용했다.

미셸은 벗어 던진 카디건과 바닥에 던진 머리핀을 주워 들고
자리에서 일어났다. 한 번 연주를 멈췄기에 탈락 처리되어도
할 말이 없는 상황이었지만, 미셸의 표정은 밝았다. 결과 같은
건 중요하지 않았다. 사람들 앞에서 온전한 자신을 내보였으니
까. 조용하던 객석에서 일순 박수와 환호가 터져 나왔다.

"브라보, 시시!"

"브라보, 부부!"

자신을 부르는 목소리가 들렸다. 미셸은 스포트라이트로 잘
보이지 않는 객석을 향해 살짝 미소를 지어주고는 무대를 내려
갔다. 모든 것이 후련했다. 심사위원들과 관중의 시선 같은 건
이제 상관없었다. 지난 10여 년간 그렇게나 무서워한 것이었음
에도.

그녀는 지금 자신이 생각하는 최고의 연주를 했다. 분명 도도
씨가 들었으면 기뻐할 만한. 그렇게 벽 뒤편 계단으로 내려가면
서, 그녀는 스물여섯 해 동안의 자신을 완전히 내려놓았다.

미셸은 중앙 홀로 갔다. 사람들이 북적거리는 가운데, 눈에
띄는 키 큰 금발 여자를 찾던 그녀는 이내 샬롯을 찾아냈다. 옆
에는 처음 보는 남자가 함께 서 있었다.

"그날 저녁 식사는 정말 좋았어요."

"정말 좋았죠. 의외였지만."

미셸은 의아한 표정으로 두 사람을 번갈아 쳐다보며 걸음을

옮겼다. 두 사람의 대화가 어딘지 익숙했다.

"우리 음식은 좀 그랬지만요."

"타르트 타탱요?"

남자가 타르트 타탱 이야기를 꺼내고 나서야 미셸은 깜짝 놀라 입을 가렸다. 샬롯 옆에 선 남자가 아투스인 것을 어렵지 않게 짐작할 수 있었다.

"어머, 미셸!"

그녀가 다가서자, 샬롯이 그녀를 알아보고는 종종걸음으로 다가와 그녀를 안았다.

"최고였어, 진짜! 정말 최고였다고! 내가 클래식을 들으면서 이렇게 우는 날이 올 줄이야."

그녀를 살짝 밀어낸 미셸은 아직 물기 어린 언니의 눈가를 슬쩍 닦아주면서 말했다.

"멀쩡한데 뭐. 아, 마스카라가 번지긴 했다."

"맙소사, 정말?"

"농담이야."

"뭐?"

웃으며 아웅다웅하는 자매에게 한 여자가 다가왔다.

"내 평생 이런 쇼팽은 들어본 적이 없어요. 아주 인상 깊었어요."

여자는 품속에서 이것저것 반짝이는 것으로 장식된 케이스를 꺼내더니 그 속에서 명함 한 장을 꺼내 미셸에게 내밀었다.

"당신에겐 콩쿠르보다는 오디션 쪽이 어울릴 것 같군요. 이쪽으로 연락해보겠어요?"

그렇게 말한 뒤 도도하게 돌아서는 여자의 뒷모습에 그제야 미셸은 그녀가 심사위원 중 한 명이었음을 기억해내고는 작게 대답했다.

"감사합니다."

믿을 수 없어 웃음만 나오는 외중에 샬롯이 호들갑을 떨었다.

"대단해, 미셸! 심사위원 아냐? 거기다 오디션이면, 단원 오디션? 완전 극찬이잖아!"

두 사람에게 아투스가 슬그머니 다가와서는 미소 띤 얼굴로 말했다.

"요리엔 큰 재능이 없는 것 같지만, 피아노는 굉장하네요. 축하해요."

"고마워요."

미셸은 한마디 덧붙였다.

"아투스?"

남자는 자신이 아투스가 맞다는 듯 고개를 끄덕이며 빙그레 웃었다. 그러고는 샬롯과 다시 한 번 눈인사를 나눈 뒤 몸을 돌려 걸어갔다. 그 뒷모습을 한동안 바라보던 샬롯은 미셸에게 말했다.

"미셸, 저 사람 괜찮지 않아? 매력 있는 것 같아. 한번 꼬셔
봐?"

"맙소사, 언니."

미셸은 샬롯을 말리려 입을 열었지만, 때마침 샬롯의 휴대폰
이 울렸다. 경박한 벨소리와 함께 전화를 건 사람을 확인한 샬
롯은 종종걸음으로 멀어지며 말했다.

"앗, 전화야. 잠깐만, 금방 올게."

미셸은 홀 안을 둘러보았다. 분명 벽 너머에 있던 사람은 그
였다. 어디에 있는 걸까. 미셸은 그가 아직 돌아가지 않았기를
간절히 바라면서 고개를 빼 사람들을 살폈다.

하지만 그녀를 바라보고 있는 사람은 없었다. 그녀가 먼저
한 약속 때문에, 그리고 이전에 그렇게나 약속을 지키지 않은
것으로 그에게 화를 냈기에 그녀를 보지 않고 돌아갔는지도 몰
랐다. 대신 의외의 불청객이 그녀를 찾았다.

"미셸!"

"어? 마리아! 그리고 예브제니 선생님."

반가운 얼굴과 반갑지 않은 얼굴이 하나씩. 평소 앞치마 입
은 모습과 다르게 한껏 꾸민 마리아는 예브제니의 팔짱을 낀
상태였다.

"오늘 아주 멋졌어, 미셸. 난 감동받았단다."

"고마워요, 마리아. 마리아도 오늘 정말 예쁜데요? 정말 와줄

줄 몰랐어요. 고마워요."

"어머, 섭섭하게. 우리 미셸이 참가하는 콩쿠르인데 내가 안 오면 어떡해. 선생님, 선생님도 뭐라고 이야기 좀 해봐요."

예브제니 선생은 평소처럼 멀끔하고 신경질적인 얼굴로 미셸을 슥 훑더니 말했다.

"이런 경박한 짓이 연주라고 생각한다면 네 생각이 틀렸다, 우리 아가. 다음부터는….

우리 아가라고 불린 그 순간, 미셸은 저도 모르게 예브제니에게 박치기를 날렸다. 예브제니 선생은 코피를 쏟으며 뒷걸음질 쳤다.

"이, 이게 무슨!"

"선생님!"

비틀거리는 예브게니를 마리아가 얼른 옆에서 부축했다. 그 두 사람을 바라보며 미셸은 말했다.

"미안해요, 마리아. 한 번쯤 이렇게 꼭 해보고 싶었어요. 이제야 후련하네요."

"괜찮아요? 선생님, 선생님!"

선생을 챙기며 얼른 가라는 듯 손짓으로 인사하는 마리아와 정신없이 욕지거리를 주워섬기는 예브제니를 내버려두고, 미셸은 그녀의 손을 잡아 이끄는 샬롯을 따라 밖으로 나왔다. 샬롯은 흥분한 얼굴로 두 주먹을 모아 쥐고 외쳤다.

"완전! 우리 동생, 언제부터 이렇게 호탕해지셨을까? 네가 안 했으면, 내가 정강이를 걷어 찼을 텐데!"

"도도 씨가 그랬거든. 자기라면 우리 아가 소리 나올 때 박치기가 바로 나갔을 거라고."

이야기를 하면서도 미셸은 계속 주위를 살폈다. 그 시선에 계속 휴대폰을 만지작대던 샬롯이 물었다.

"그 사람, 왔을 거 같아서 그래?"

"왔었어. 그 목소리, 분명 들었단 말이야."

"응? 혹시 아까 네가 피아노 멈췄을 때? 착각 아니야? 우리한 텐 잘 안 들렸는데…"

샬롯의 말에 미셸은 고개를 흔들었다. 아니, 착각일 리가 없다. 적어도 그의 목소리만은. 그리 넓지 않은 극장에서 지금까지 찾지 못한 걸 보면 이미 돌아간 게 아닐까. 혹시나 집에 돌아가면, 기다려주고 있을까.

"아, 있지. 미셸."

봄빛 가득한 가로수들을 바라보던 미셸은 샬롯의 부름에 고개를 돌렸다.

"아까 전화 와서 이야기하는 걸 깜빡했는데."

"응?"

계속 휴대폰에 무언가를 찍으며 샬롯이 말했다.

"나 있지, 곧 새 남자친구가 생길 예정이야."

336

"응? 예전 그 남자는?"

"헤어졌지."

"형부는?"

"폴하고도. 우리 헤어지기로 했어."

"뭐? 언제?"

미셸은 경악했다. 분명 며칠 전까지만 해도 샬롯은 별다른 이야기가 없었다.

"뭐야, 내 콩쿠르 때문에 그동안 이야기 못한 거야?"

미안해하는 미셸에게 샬롯은 고개를 저으며 대답했다.

"아니. 아까 네 연주를 들으면서 결심했고, 나오자마자 문자로 통보했어. 영계는 징징대서 차단했고, 아까 전화 온 게 네 형부 폴이었는데 그러자고 하더라. 역시 생각한 것만큼 담백하다니까. 나, 결혼 하난 잘한 것 같아."

맙소사. 그녀에게는 역시나 모든 것이 쉬운 것 같았다. 이제는 그저 웃음이 터져 나왔다. 그마저도 너무나 언니다워서.

미셸이 이마를 짚으며 한참을 웃는 사이, 자매의 앞에 택시 한 대가 와서 섰다. 문이 열린다 했더니 아투스가 차 바깥으로 나왔다. 그는 두 사람을 바라보며 말했다.

"아가씨들, 같이 타고 갈래요?"

미셸은 고개를 저었다.

"아뇨. 전 걸어갈게요."

샬롯은 얼른 손을 들었다. 그녀답지 않게 더듬거리는 목소리로 대답하면서.

"나, 난 타고 갈래요!"

미셸과 아투스, 두 사람 모두 놀란 표정으로 그녀를 바라보았다. 샬롯은 작은 목소리로 미셸에게 덧붙였다.

"물론 네가 허락만 해준다면 말이야."

미셸은 웃음 지으며 속삭였다.

"뭘 나한테 물어. 가봐. 아투스가 언니의 새로운 남자친구 후보인 거지?"

미셸은 언니가 이제라도 자신의 행복을 위해 움직일 생각을 한 것이 진심으로 기쁘고 다행이라고 생각했다. 왜 아투스가 마음에 들었는지는 잘 모르겠지만, 마음먹은 이상 이번에도 그녀답게 모든 일을 잘 처리해 나가리라.

자매는 마주 보면서 다시금 웃음을 터뜨렸다. 아투스가 샬롯에게 말했다.

"그럼, 타시죠. 자, 어디로 모실까요?"

"당신이 가고 싶은 곳으로요."

열린 창문 사이로 두 사람이 나누는 목소리가 들려왔다. 새로운 길을 걷는 언니가 행복하길 바라면서 택시가 멀어져가는 걸 멍하니 바라보던 미셸도 천천히 발걸음을 떼었다.

아침만 해도 아직 벌어지지 않은 꽃봉오리들이 많았는데, 낮

동안 무슨 일이 있었는지 이따금 부는 바람에 꽃잎들이 하늘하늘 떨어져 길을 하얗게 물들였다.

그 사이를 미셸은 뛰기 시작했다. 무대에서 내려와 다시 걸친 카디건도 땀이 나기 시작해 벗어 들고, 평소와 달리 신었던 높은 구두도 벗어 들고.

그와 자신의 연결 고리, 그것은 그 벽이었다. 가장 먼저 사라져야 할 것도 벽이었다. 어떻게 해야겠다는 생각 같은 건 없었다. 그저 지금 당장은 도도 씨에게 달려가 지금 느끼고 있는 것들을 열심히 이야기해야겠다는 생각뿐이었다. 그리고 지금 그것을 잡지 않으면 죽을 때까지 영원히, 찾지 못하리라는 확신이 들었다.

♥

현관문을 열고 건물 안으로 들어선 그녀는 계단으로 바쁘게 걸음을 옮겼다. 엘리베이터가 내려오는 그 짧은 시간조차 기다리기 힘들었기 때문이다. 겨우 집 앞에 선 그녀는 한동안 숨을 골랐다. 그는 문 너머에서 나를 기다리고 있을까? 아니면 이제는 쓸모없어진 그 약속을 지키기 위해 집을 비웠을까? 미셸은 조심히 문을 열고 한 걸음을 방 안으로 내딛었다.

"도도 씨?"

미셸은 한 걸음 더 걸어 들어갔다. 그녀의 손에서 찰랑이며 열쇠가 떨어졌다. 그다음에는 품에 꼭 안고 있던 악보가, 그리고 카디건도, 마지막으로는 구두까지. 거추장스러운 것들은 그녀가 한 걸음씩 옮길 때마다 하나씩 떨어져 나갔다.

벽에서 한 걸음 정도 떨어진 곳에 선 미셸은 조용히 물었다.

"거기 있어요, 도도 씨?"

벽 너머에서는 침묵만이 들려왔다. 미셸은 간절함을 담아 말했다.

"제발 거기 있다고 말해줘요. 나 하고픈 말이 정말 많아요."

가슴속 가득 차오른 감정이 무엇인지, 미셸은 말로 다 표현할 수 없었다. 기쁨? 고마움? 애정? 아니면 소망? 그 모든 것이 얽혀 그녀의 가슴을 벅차게 했다.

삶을 내내 내리누르던 중압감에서 해방되었다는 기쁨, 그것을 가능하게 해준 도도 씨에 대한 고마움, 자신을 보러 와준 그에게 느끼는 애정 그리고 새로운 인생을 다짐한 언니의 행복을 바라는 마음…. 목까지 차오른 그 감정들 때문에 눈물이 그렁그렁하게 맺혔다. 어느새 뿌옇게 흐려진 눈으로 그녀는 벽 너머 언제나 그의 목소리가 들려오던 곳을 바라보며 말했다. 그가 듣고 있기를 간절히 바라면서.

"오늘 콩쿠르에서 정말로 우리 관계가 특별하고 근사하다는 걸 다시 한 번 깨달았어요."

이제 더 이상 이전과 같은 관계로 남아 있고 싶지 않다고 그녀는 생각했다.

"하지만 밖으로 나갔을 때, 난 당신도 거기 있기를 간절히 바랐어요."

간절히, 정말로 간절히 바라고 바랐다. 그곳에서 찾지 못한 그를 찾기 위해, 이곳까지 쉬지 않고 뛰었을 정도로.

"나, 이젠 당신이 여기 있었으면 해요. 내가 있는, 이쪽 벽에요. 저기 듣고 있어요?"

답이 없는 벽 너머가 야속했다. 그녀의 눈가에 맺혀 있던 눈물이 또르륵 흘러내렸다. 차라리 이런 벽 따위, 원래부터 없었다면 좋았을 텐데. 미셸은 그렇게 생각하며 손을 벽에 갖다 댔다. 여전한 그 차가움에 가슴이 더욱 아팠다.

그때였다.

쿵!

벽이 흔들리기 시작했다.

기욤은 콩쿠르가 끝난 뒤, 아니 그녀의 연주가 끝난 뒤 바로 집으로 돌아왔다. 그녀를 만날 용기가 나지 않았다.

결과는 걱정하지 않았다. 비록 이번 콩쿠르에서는 연주를 멈춘 일로 탈락되더라도 심사위원들이 바보가 아닌 이상, 그녀의 피아노 연주 실력을 몰라볼 리가 없다고 생각했다. 정말 다행이라고 생각했다. 그녀가 자신의 날개를 제대로 펼칠 수 있게 되었다는 것이. 하지만 그녀를 보내야 한다는 사실이 가슴 아팠다. 지금이라도 당장 그녀를 만나러 극장으로 뛰어가고 싶은 마음이 굴뚝같았다. 기욤은 자신을 되돌아보았다. 자신이 그녀에게 권리를 주장할 수 있을까. 차라리 그냥 목소리로 남는 것이 아름답지 않을까 하고.

흐트러진 채이지만 아직 꼿꼿이 서서 자기를 주장하고 있는 울티맥스를 바라보며 기욤은 긴 의자에 앉아 머리를 감싸 쥐었다. 이제 그녀는 짐을 챙겨 나갈 것이고, 그는 혼자 남겨진다. 예전에는 평화롭다고 생각한 그 고요한 지옥 속에. 기욤은 이제 저 흉물스러운 울티맥스도 내다 버리기로 했다. 그것은 더는 기욤에게 아무런 의미도 주지 못했다.

그는 그녀가 짐을 챙겨 나갈 동안 집에 없는 체하기로 마음먹었다. 그렇다고 집을 나가 있을 엄두는 나지 않았다. 그녀가 자신에게 한마디라도 남겨주지 않을까 싶어서, 비록 안녕이라는 작별 인사라도 남기지 않을까 싶어서. 그것을 위해 그는 터져 나오려는 울음을 억지로 붙잡았다. 그리고 그 기다림은 최고의 선물로 그에게 돌아왔다.

"오늘 콩쿠르에서 정말로 우리 관계가 특별하고 근사하단 걸 다시 한 번 깨달았어요."

들려오는 목소리에, 기욤은 손을 벽에 가져다 댔다.

"하지만 밖으로 나갔을 때, 난 당신도 거기 있기를 간절히 바랐어요."

꿈결에서 들려오는 듯한 그녀의 목소리에, 기욤의 목울대를 울컥거리게 한 울음이 언제 찾아왔었냐는 듯 잦아들었다. 심장이 빠르게 뛰기 시작했다.

"나, 이젠 당신이 여기 있었으면 해요. 저기 듣고 있어요?"

이제야 알아챈 것이지만 그녀의 숨은 상당히 가쁜 상태였다. 뛰어온 것 같았다. 그리고 그것은, 아마도 자신을 만나기 위한 것일 터였다.

그녀가 먼저 용기를 내주었다면, 이 이상 고민하는 것은 쓸데없는 짓이었다. 서로의 마음을 확인했다면 그저 나아갈 수밖에. 이 벽만 없다면 당장 그녀를 만날 수 있을 텐데. 소리조차 막지 못해 그대로 통과시키는 이 얇은 벽만 없다면!

미친 듯이 고개를 돌려 주위를 둘러보던 기욤의 눈에 고고하게 서 있는 울티맥스가 보였다. 당장 손을 뻗은 그는 잠시 움찔했다. 아무리 그래도 그의 7년 세월이 담긴 작업물이었다. 이전에는 그렇게나 아름답다고 생각한 그 수학적 비율이, 이제는 그저 흉물스럽게만 보였다. 그는 벽과 함께 울티맥스를 날려버리겠다고 생각했다.

그제야 기윰은 깨달았다. 조용하고 평화롭다 생각한 지난 7년은 실상 자신을 하루하루 말라 죽이는 것이었음을. 자신은 그저 어리석은 죄책감과 자격지심에 아투스가 언젠가 이야기한 것처럼 스스로를 감옥 안에 가두고 있었다는 것을. 기윰은 성큼성큼 작업대로 가 고글과 장갑을 꼈다. 그리고 단단히 고정되어 있는 울티맥스를 뽑아 들었다.

쿵.

날카롭게 서 있던 울티맥스의 철골 구조가 벽에 부딪히며 부러져 나갔다. 반들거리는 철봉 위로 옛 연인의 모습이 스쳐 지나갔다. 봉을 자르고 수식을 계산하며 하루하루 그것을 조립해 나가던 자신의 모습도.

쿵.

그 안에서 며칠씩 걸려 자리를 만들어주던 구와 금속 퍼즐들이 튀어 나왔다. 기윰은 그것에는 눈길조차 주지 않았다. 그저 눈앞의 벽을 부수기 위해 팔에 힘을 가득 주어 울티맥스를 휘두를 뿐이었다.

쿵!

시시 씨와 벽을 사이에 두고 나눈 많은 이야기가 생각났다. 함께였지만 홀로 보아야 했던 지난 풍경들도 떠올랐다. 푸른 하늘, 초록의 가로수와 붉게 물든 노을 그리고 두 사람을 갈라 놓았던 짙은 벽.

쿵, 쿵, 콰앙!

이어지는 충돌에 벽의 균열은 점점 커졌다. 그리고 마침내, 와르르 무너졌다.

♥

미셸은 자신도 모르게 뒷걸음쳤다. 처음에는 무슨 일인가 하고 주위를 살폈지만, 집 전체를 울리는 쿵쿵 소리는 계속되었다. 그리고 그 소리는 도도 씨의 집에서 들려오고 있었다.

벽에 금이 가기 시작했다. 미셸은 두 손으로 입을 가렸다. 그러고는 눈물 가득한 눈동자로 웃음 지었다.

쿵.

그가 자신을 만나러 오고 있다.

쿵.

그의 응원에 피아노를 치던 시간들이 떠올랐다. 그는 언제나 자신과 자신의 피아노를 믿어주었다. 오히려 그녀는 그것에 회의를 품고 있었는데도.

쿵!

그와 함께 이야기했던 미래를 떠올렸다. 꿈꾸었던 그 풍경 속의 그녀는, 그와 함께라고 이야기했지만 실상은 언제나 그녀 혼자였다. 이제 이 벽이 무너진다면, 그 모든 것을 정말 함께할 수 있을 것 같았다.

쿵!

끝내 굵은 쇠 봉 하나가 벽을 뚫고 들어왔다. 그리고 그것이 시작이었다. 자잘한 균열이 생기더니, 일순간 벽이 와르르 무너졌다.

그렇게 두 사람을 가르고 있던 벽치고는 꽤나 초라한 최후였다. 벽에 난 구멍 아래로 고글과 장갑이 하나씩 툭툭 떨어졌다. 그리고 한 남자가 그 틈을 통해 미셸의 방으로 건너왔다.

뿌옇게 피어오르는 먼지 사이로 그렇게 두 사람은 처음 얼굴을 마주했다. 남자는 검은 머리의 잘생긴 그리스인도 우아한 옷차림도 아니었다. 키가 아주 크지도 않았고, 카우보이 부츠도 신지 않았다. 미셸 역시 마찬가지였다. 금발도 아니고, 키가 크지도 미인도 아니었다. 그 어떤 모습이든 아무래도 상관없었다. 그들은 조심스럽게 서로를 향해 걸음을 옮겼다.

한 걸음 그리고 또 한 걸음.

겨우 얼굴을 마주한 두 사람은 서로를 미소 지으며 바라보았다.

남자의 손이 조심히 그녀의 뺨을 쓸었다. 그제야 미셸은 언니의 이야기가 무슨 뜻이었는지 알았다. 왼뺨에 와 닿는 거칠지만 따뜻한 손, 애정이 가득 담긴 눈동자 그리고 그간 목소리만으로는 전해지지 않았던 수많은 이야기가 체온을 통해 아련히 전해졌다. 자신을 끌어안는 남자의 어깨에 미셸 역시 힘껏 매달렸다. 호흡도, 눈빛도, 입술도, 서로를 끌어안은 그 따뜻함까지 나누었다. 꼭 당겨 안은 채 서로의 뺨을, 이마를, 코를 맞대었다. 남자의 따뜻한 숨결에 뺨 위로 오소소 솜털이 일어났다. 간지러워 살짝 이마를 찡그리자 그는 찡그린 곳까지 따라와 입을 맞추었다. 이마에서 콧등으로, 그리고 부드러운 입술로. 끝날 것 같지 않던 그 순간이 사르르 녹아 사라지고, 두 사람은 서로를 품에 꼭 끌어안았다.

남자는 조금 망설이다 입을 열었다.

"사실 내 이름은…."

미셸은 말하지 말라는 듯 검지를 입술에 가져다 댔다.

"쉬."

이야기할 날은 앞으로도 많으니까.

마주 본 두 사람의 입가에, 눈가에 누가 먼저랄 것 없이 따스함이 번졌다. 웃음을 가득 머금은 두 개의 입술이 살포시 맞닿았다.

두 사람의 진정한 만남을 축복하듯 맑은 봄 햇살이 그들의 발치를 간질였다. 시작하는 두 연인의 뒤로 보이는 창밖 하늘은, 어제의 먹구름이 거짓말인 것처럼 푸르게 빛나고 있었다.

END

# 블라인드 러브

1판 1쇄 인쇄 2016년 3월 10일
1판 1쇄 발행 2016년 3월 15일

원작 클로비스 코르니악
소설 유은서

발행인 김성룡
편집 박소영
교정 김은희
디자인 황선정

펴낸곳 도서출판 가연
주소 서울시 마포구 월드컵북로 4길 77, 3층 (동교동, ANT 빌딩)
구입문의  02-858-2217
팩스  02-858-2219

ISBN 978-89-6897-024-5  03810